DER TOD SPIELT FALSCH

Von H.C. Scherf

Thriller

Bibliografische Information der Deutschen Nationalbibliothek:
Die Deutsche Nationalbibliothek verzeichnet diese Publikation in der
Deutschen Nationalbibliografie; detaillierte bibliografische Daten sind im
Internet über http://dnb.dnb.de abrufbar.

DER TOD SPIELT FALSCH

Aktives Mitglied im Selfpublisher-Verband e.V.

Covergestaltung: VercoDesign, Unna
Bilder von:
Art Konovalov / shutterstock
36clicks / clipdealer.com
majdansky / clipdealer.com
dgool / clipdealer.com

Lektorat/Korrektorat: Heidemarie Rabe
rabe.heidemarie47@googlemail.com

Herstellung und Verlag:
BoD – Books on Demand, Norderstedt

ISBN: 978-3751980777

DER TOD
SPIELT FALSCH

Von H.C. Scherf

**Wer auf Rache sinnt,
der träufelt unbemerkt auch
ein schleichendes Gift
in den eigenen Becher**

1

Nur das monotone Quietschen einer angerosteten Kette über ihm, die vom stetigen Wind in Bewegung gehalten wurde, zerrte an seinen Nerven. Das Sonnenlicht drang nur an wenigen Stellen durch die fast blinden Scheiben, die der Verwitterung bisher standhalten konnten. Dichte Spinnweben dämpften zusätzlich selbst das bisschen Licht und verlieh dieser einstigen Werkhalle etwas Gespenstiges. Vor vielen Jahren war dieses ehemalige Zementwerk aufgegeben worden, folgte damit den zahlreichen Betrieben, die als Letzte die Industrialisierung der Ruhrgebietsregion symbolisierten. Das Gebäude zählte in dieser Region zu den sogenannten Lost Places.

Nur dem eingeschossenen Adrenalin verdankte Hauptkommissar Gordon Rabe, dass ihm die unsäglichen Schmerzen nicht sofort die Sinne raubten. Immer wieder versuchte er, sich von den eng anliegenden Fesseln, die um seine Handgelenke geschlungen waren, zu befreien. Sein Blick irrte zum gefühlt tausendsten Mal rauf zu seinen Fußgelenken, in die diese verdammten Kettenglieder tief einschnitten. Schon lange war ihm jegliches Gefühl daraus entwichen.

Selbst ihn bewegte der Wind leicht, während er kopfüber in diesen dunklen Schacht sah, der in einem riesigen Haufen Müll tief unter ihm mündete. Die Schritte seines Peinigers waren schon längst verklungen, nachdem er ihm einen letzten verächtlichen Blick zugeworfen hatte. Nichts auf dieser Welt würde Gordon noch retten können, da niemand wusste, wo man ihn zu suchen hatte. Dieses Schwein hatte sie alle in die Irre geführt, sodass sämtliche Spuren in die falsche Richtung führten. Der Drecksack sollte recht behalten mit der Bemerkung, dass an dieser Stelle Gordons Leben ein unrühmliches Ende finden würde. Das Grausame daran bestand in der Tatsache, dass es lange dauern konnte, bis ihn der Tod endlich befreite. Gordons einzige Hoffnung lag darin, dass ihm der steigende Druck auf das Gehirn vorher die Besinnung rauben würde und er das endgültige Aus nicht mehr mitbekam.

Aus weiter Ferne vernahm er schwache Geräusche von Autos, die über die Landstraße rauschten, deren Insassen keine Ahnung davon hatten, welch tragische Entwicklung sein Leben gerade nahm. Sie beschäftigten sich eher mit der Frage, ob die Marinade das Grillfleisch schon zart genug gemacht hatte. Viele von ihnen würden heute Abend mit ihrer Familie und Freunden das Leben bei einem kühlen Bier und Leckereien genießen. Seine Lippen formten Worte, die ihm seine Gedanken vorgaben.

Es tut mir leid, Jonas. Ich wollte dir ein guter Vater sein. Hör auf deine Mutter, die dich wirklich liebhat. Sie hatte recht mit ihrer Angst, dass genau das eines Tages passieren würde. Ich weiß, dass sie es nicht immer zeigen konnte. Doch glaube ihr, denn sie hat die Enttäuschung über deine

Beeinträchtigung jetzt überwunden. Ich weiß, dass ich dir vieles versprochen hatte, was wir gemeinsam hätten tun können. Doch es sollte nicht sein, mein Sohn. Ich habe dich sehr lieb. Pass auf dich und deine Mutter auf. Du wirst mich nicht mehr sehen können, ich dich aber sicherlich von einem anderen Ort.

Das Fiepen einer Ratte, die neugierig vom Rand einer Zwischenetage zu ihm herübersah, holte Gordon für einen Moment zurück in die erschreckende Realität. Das Gefühl war mittlerweile aus den unteren Extremitäten gewichen. Nun sorgte aber das in den Kopf einschießende Blut dafür, dass schwarze Flecken vor seinen Augen tanzten und sich mit bunten Ringen mischten. Verzweifelt straffte er die Bauchmuskulatur und bog den Oberkörper in Richtung der Oberschenkel, was ihm für einen Moment Erleichterung verschaffte und die drohende Ohnmacht verzögerte. Der aufziehende Schmerz in den Muskeln ließ ihn schnell wieder zurückfallen. Er spürte es mit erschreckender Deutlichkeit: Sein Körper gab auf, konnte diesen verzweifelten Kampf nicht länger weiterführen. Der Kampfgeist verließ ihn. Zunehmend wechselte Gordon in den Zustand der Apathie, der endgültigen Aufgabe.

Ohne jegliche Reaktion nahm er die Schritte wahr, die sich von irgendwoher näherten. Das Echo verteilte sich in der großen Halle und schuf ein Wirrwarr an Geräuschen. Sein letzter Gedanke war, bevor sich ein Nebel über sie legte, dass dieses Schwein zurückkommen würde, um sein Werk zu vollenden.

2

Zwei Wochen früher

»Na, das ist ja eine Überraschung!«

Leonie Felten sprang auf und eilte auf Polizeimeisterin Mia Richter zu, die abwartend in der offenen Tür stehen geblieben war. Sie schlang ihre Arme um die Kollegin, von der man mittlerweile wusste, dass sie die Rehabilitation gut überstanden hatte. Sie wollte unbedingt wieder in den Dienst zurückkehren, nachdem sie glaubte, das Geschehen um Pablo Gomez-Martinez überwunden zu haben. Vehement hatte sie sich geweigert, sich die Fotos der Spurensicherung vom Tatort anzusehen. Sie befürchtete, wenn sie das viele Blut sehen würde, dass dieses Trauma neu entstehen könnte. Leonie trat einen Schritt zurück und betrachtete Mia von oben bis unten.

»Du siehst prächtig erholt aus, Mädel. Jonas hat schon hundertmal nach dir gefragt. Der mag dich – das hat er mir oft gesagt. Der wird dir niemals vergessen, was du für ihn und seine Mutter gewagt hast. Der Chef müsste jeden Moment kommen. Der wird sich über deinen Besuch freuen. Bist du absolut sicher, dass du ...?«

»Aber natürlich, Frau Felten. Wir haben uns diesen Job irgendwann aus gutem Grund ausgesucht und mussten damit rechnen, immer mal in solche Situationen zu geraten. Außerdem muss ich zugeben, dass ich nicht einen Moment darüber nachgedacht habe, was ich da gerade tue. Es geschah einfach und ich lag mit einem Mal auf dem Boden. Das Schwein hat verdient, dass man ihm das Hirn weggepustet hat. Frau Rabe dürfte schlimmer dran sein als ich. Wie geht es ihr?«

Die Stimme hinter den beiden Frauen ließ sie zusammenfahren, bis sie erkannten, dass sie Gordon Rabe gehörte, der sich, unbemerkt von ihnen, genähert und die Frage mitbekommen hatte.

»Meine Frau hat vermutlich noch eine Weile damit zu tun. Sie benimmt sich allerdings für jeden, der sie nicht so genau kennt, völlig normal. Sie wacht manchmal nachts auf und schlägt um sich. Irgendwie kommt mir das bekannt vor. Doch das wird in den letzten Wochen immer seltener.« Gordon schob Mia in den Raum und erzählte weiter. »Ich finde es toll, dass Sie wieder zurückgefunden haben. Ich hörte davon, dass Sie nächste Woche Ihre erste Schicht beginnen. Richtig so, Frau Richter. Machen Sie nicht den gleichen Fehler wie ich und suchen beim Teufel Alkohol den scheinbaren Frieden. Das ist die Hölle. Kommen Sie doch rein in die gute Stube und erzählen uns, wie es Ihnen ergangen ist.«

Leonie war nicht entgangen, dass sich Mia Richter intensiv im Büro der Mordermittler umsah. Sie tastete sich mit ihrer Frage vorsichtig an die Frau heran, die womöglich durch ihren beherzten Einsatz einige Leben gerettet hatte.

»Worüber denken Sie nach?«

Mia zögerte einen Augenblick, bevor sie endlich mit der Wahrheit herausplatzte.

»Ich werde mich beruflich verändern, Frau Felten.«

»Sagen Sie Leonie – wir sind doch schließlich Kolleginnen«, unterbrach sie Mia Richter, die sich auf einen Stuhl am Besprechungstisch fallen ließ.

»Danke, das mach ich doch gerne. Aber ich wollte sagen, dass ich mich für den Dienst, das heißt, für eine Ausbildung bei der Kripo beworben habe. Die Verfolgung von Straftätern wäre eine Aufgabe, die mir nicht nur Spaß machen würde, sondern sogar eine innere Befriedigung schaffen könnte. Da ich schon die Grundausbildung der Schutzpolizei hinter mich gebracht habe und die Hochschulreife besitze, würde ich in den gehobenen Dienst eintreten. Immer vorausgesetzt, man stimmt ganz oben zu.«

»Na, das nenne ich mal eine Neuigkeit, Mia. Dann könnte es ja sein, dass wir eines Tages richtige Kolleginnen werden und gemeinsam ermitteln. In welches Dezernat möchtest du denn dann eintreten? Da hast du ja die freie Auswahl bei mindestens acht Abteilungen.«

»Die Frage stellst du doch nicht ernsthaft, Leonie? Natürlich will ich in die Abteilung für Kapitaldelikte wie Tötung, Raub, Erpressung und Brandstiftung. Wenn das nicht klappt, würde mich die Abteilung interessieren, die bei Delikten gegen Kinder und Jugendliche ermittelt. Ich bin es leid, mich nur auf der Straße rumzutreiben, um mich um Ehestreit und Krawalle zu kümmern. Ich lass mich überraschen, was passiert.«

»Hoho – die Konkurrenz bewegt sich direkt auf mich zu«, meinte Gordon, der dem Gespräch aufmerksam gefolgt war. »In einigen Jahren werde ich das hier an den Nagel hängen müssen und hoffe auf geeignete Nachfolger. Ich glaube, dass ich momentan zwei geeigneten Kandidatinnen gegenüberstehe. Frau Richter, ich glaube an Sie. Sollte Ihr Vorgesetzter noch einen Fürsprecher für Ihre Bewerbung benötigen, darf er sich gerne an mich wenden. Meine Stimme haben Sie sicher.«

Leonie legte ihren Arm um die Schulter der Kollegin, deren Gesicht eine zarte Verlegenheitsröte überzog. Als sich Gordon in sein Büro zurückgezogen hatte, zog Leonie ihre neue Freundin in die kleine Kochküche und begann damit, einen frischen Kaffee aufzubrühen. Die momentane Ruhe gestattete es ihnen, unbeobachtet typische Frauengespräche zu führen. Keine von beiden konnte in diesem Augenblick ahnen, was sich im Hintergrund zusammenbraute.

3

Martinas Hände glitten unbemerkt von ihrer galanten Eroberung am Steuer über das feine, sandfarbene Leder des Bei-
fahrersitzes. Bereits, als sie am späten Abend quer über den
Parkplatz auf die Diskothek zusteuerte, war ihr der goldfar-
bene Maserati aufgefallen, der sogar zwischen den anderen
Nobelkarossen angenehm herausstach. Niemals hätte sie sich
träumen lassen, dass ausgerechnet sie diesen verdammt gutaussehenden Besitzer an der Theke treffen würde. Eigentlich
war sie mit Joel verabredet gewesen, der ihr jedoch über eine
SMS eine Nachricht geschickt hatte, dass er beruflich aufgehalten wurde. So nannte er es, wenn er sich mit Geschäfts-
freunden oder einer neuen Eroberung gewissen Freuden hin-
gab. Es gab zwischen ihnen eine stille Vereinbarung, dass
keiner den anderen unter Druck setzte – jeder seine Frei-
heiten innerhalb der Beziehung, wenn man das so nennen
wollte, weiter besitzen durfte.

Der DJ sorgte in dem Augenblick für eine ruhigere Tanz-
phase, als Martina dieser so außergewöhnliche Duft in die
Nase stieg. Eine Note, die augenblicklich bei ihr die Nerven-
bahnen reizte, die für den Hormonspiegel verantwortlich
zeichneten. Bevor sie sich nach dem Verursacher dieser

Sinnesreizung umsehen konnte, drang diese ungemein einschmeichelnde Stimme an ihr Ohr. Gleichzeitig stellte eine gutmanikürte Männerhand einen weiteren Erdbeer-Mojito neben ihr fast geleertes Glas.

»Darf ich Sie zu einem Glas einladen? Bitte halten Sie das nicht für eine billige Anmache, aber ich habe den Eindruck, dass man Ihnen nicht die Aufmerksamkeit zukommen lässt, die Sie verdient haben. Man sollte an solchen Abenden nicht allein in einer Diskothek sitzen und sich langweilen. Hat man Sie versetzt? Derjenige gehört verprügelt. Ich würde Sie niemals aus den Augen lassen.«

Obwohl das blaue Licht der umherstreifenden Scheinwerferkegel fast jedes Gesicht blass aussehen ließ, erkannte Martina, dass diese Haut eine angenehme Bräune besitzen musste, die diese makellos weißen Zahnreihen zwischen den sinnlich wirkenden Lippen noch stärker hervorhob. Neben ihr war das Gesicht eines Mannes aufgetaucht, das auf jedes Werbeplakat eines Kosmetikproduktes gepasst hätte. Mit klopfendem Herzen verfolgte Martina, dass sich dieses Prachtexemplar der Spezies Mann einen Barhocker heranzog und sich darauf niederließ – ohne nur eine Sekunde den Blick von ihr abzuwenden. Die schwarze Jeans passte perfekt zum weißen Blazer. Was wollte dieses Brad-Pitt-Double ausgerechnet von ihr?

»Sie trinken doch Erdbeer-Mojito? Oder habe ich mich geirrt? Ich kann Ihnen gerne etwas anderes ...«

»Nein, nein, ist schon in Ordnung. Kennen wir uns von irgendwoher? Sind Sie ein Freund von Joel?«

»Ohne Ihren Freund Joel zu kennen, möchte ich behaupten, dass er ein Glückspilz und gleichzeitig ein Trottel ist.

War er es, der Sie hier allein sitzen ließ? Ein dummer Glückspilz, wenn ich das so frei sagen darf. Nein, Sie fielen mir auf, da Sie ... ja, Sie wirken etwas traurig. Dafür habe ich ein Gespür. Eine Frau wie Sie sollte niemals traurig sein müssen. Darf ich ...?«

Martina wusste nicht, was sie bewog, die ihr angebotene Hand spontan zu ergreifen und sich zu den Klängen von Michael Jacksons *I Just Can't Stop Loving You* über die Tanzfläche führen zu lassen. Der Kerl tanzte verdammt gut.

Das sonore Brummen des V8-Motors erstarb erst, als sich bereits das Garagentor hinter ihnen wieder auseinanderfaltete und die übergroße Garage der Villa verschloss. Die laue Sommernacht blieb hinter ihnen zurück. Martina hatte die Fahrt in dem Gran-Turismo-Cabrio genossen und mit an die Nackenstütze gelehntem Kopf den sommerlichen Nachthimmel an sich vorbeiziehen lassen, an dem sich schon das erste Morgenrot am Horizont bemerkbar machte. Sie ahnte – nein, sie hoffte, dass diese Nacht noch nicht vorbei sein würde. Sie wollte die Hände dieses Mannes auf ihrer Haut spüren. Das Lächeln auf seinem Gesicht versprach Martina viel. Ab und zu erschien darauf ein Hauch von Nachdenklichkeit, was jedoch die Attraktivität nur verstärkte. Galant öffnete er ihr die Tür und führte sie durch die riesige Küche an die kleine Bar.

»Möchtest du hier einen Drink oder darf ich dir die Erfrischung im Pool reichen? Wenn dir danach ist, kannst du gerne eine Runde schwimmen, bevor du ...«

Martina lachte und folgte spontan der ausgestreckten Hand ihres Gastgebers, der auf eine Glastür zeigte, hinter der ein unruhiges Flackern erkennbar war, so wie es durch bewegtes Wasser erzeugt wurde.

»Geh schon einmal, Martina. Ich werde mir etwas Bequemeres anziehen und dann zu dir stoßen. Ich bringe uns was Erfrischendes mit. Geh nur.«

Nur mit dem Slip bekleidet zog Martina ihre Bahnen in dem Pool, der von unten beleuchtet wilde Ornamente an die Decke warf und der leicht beschwipsten Frau ein Glücksgefühl vermittelte, das sie in dieser Intensität bisher kaum kannte. War es diese kleine Prise Kokain, die bei ihr wirkte? Letztendlich war es völlig egal. Es war einfach nur schön.

Leise Musik, deren Klänge ihr absolut unbekannt waren, begleiteten sie bei ihren wilden Fantasien, die sie während des Schwimmens auf den Sex vorbereiteten. Es sollte die Nacht der Nächte werden. Mit einem Mal tauchten sie vor ihr auf, diese tiefblauen Augen, die sie auf eine besondere Art anstarrten und wieder abtauchten in das glitzernde Wasser. Martina konnte ein Stöhnen nicht vermeiden, als sich zwei starke Arme von hinten um ihren Körper legten und sich die Hände schon fast zu fest um ihre Brüste schlossen. Dieser Schmerz ging unter in dem, der darauf folgte.

Ihr unmenschlicher Schrei hallte in dem großen Raum mehrfach nach. Er enthielt den gesamten Schmerz, den der kräftige Biss in ihren Hals bewirkte. Das Letzte, was sie bewusst wahrnahm, waren die wandernden Hände zum Hals und das Knirschen ihrer brechenden Nackenwirbel. Das austretende Blut, das nicht von dem hinter ihr schwimmenden Mann aufgesaugt wurde, verteilte sich auf der Wasseroberfläche und wurde allmählich von der Filteranlage eingefangen.

4

»Ausgerechnet ein kleiner Junge hat sie dort im Gestrüpp gefunden«, erklärte Kai Wiesner seine Gesichtsblässe. Dr. Klaus Lieken besah sich zuerst den sichtlich beeindruckten Kommissar, bevor er sich um die unter einer Folie versteckte Frauenleiche kümmerte. Leonie Felten, die gleichzeitig mit ihrem Kollegen am Fundort eingetroffen war, wandte ihren Blick ab, da sie schon zuvor vom Anblick der Leiche absolut beeindruckt wurde. Nie zuvor hatte sie einen Menschen betrachten müssen, dessen Haut sich nach dem Tod derart verändert hatte. Lieken legte die Folie zur Seite und damit einen nackten Körper frei. Seine spontane Sichtprüfung drückte er mehr im Selbstgespräch aus.

»Was ist mit dieser Welt los? Ist die Zeit gekommen, in der selbst das Morden sich verändert? Kann man die Gegner nicht wie früher einfach erschlagen oder erdolchen?«

»Was laberst du da vor dich hin, Klaus?«, meinte Gordon Rabe, der zwischenzeitlich eingetroffen war und die Worte des Freundes mitbekommen hatte. Dr. Lieken schien nicht überrascht davon, dass man seiner Äußerung mit Unverständnis begegnete. Er holte einen Teleskopstab aus der Seitentasche, den er auf volle Länge auseinanderzog und auf den Halsbereich der Frau richtete.

»Man könnte annehmen, dass wir es mit einer blassen Wasserleiche zu tun haben. Irrtum, mein Lieber. Die Frau ist blutleer!«

Sämtliche Gespräche, die bis dahin rundherum von Beobachtern geführt worden waren, verstummten augenblicklich. Gordon fand die Stimme zuerst zurück.

»Blutleer? Du meinst, dass man die Frau ...?«

»Ja, das meine ich, Gordon. Sieh her. Die Halsschlagader wurde zerrissen, besser gesagt, sie wurde durchgebissen. Und bevor wir lange darüber rätseln. Es war ein Mensch, der das getan hat. Diese Tatsache ist schnell belegbar, wenn man sich die typischen Merkmale betrachtet.«

Gordon, Kai und Leonie traten näher heran und folgten dem Teleskopstab des Rechtsmediziners.

»Hier können wir deutlich einen fast ovalen Bissring erkennen, der nur von einem Menschen stammen kann. Das beweisen die Blutunterlaufungen und Abschürfungen der Haut. Hätte das ein Tier getan, würden wir Zerfleischungsspuren und Abbildungen der Reißzähne vorfinden. Nagetiere erkennt man gut an den paarweise angeordneten Zahnspuren. Ein Mensch ... definitiv.«

»Wer macht denn so was?«, meinte Leonie fragen zu müssen.

Wieder war es Lieken, der sich dazu äußerte.

»Ich würde sagen, dass wir es mit einem Fall von Vampirismus zu tun haben, so wie ich ihn bisher nie erlebt habe. Die Frau besitzt nur noch wenig Blut im Körper. Darauf möchte ich wetten. Aber ich möchte trotzdem behaupten, dass das Opfer den Tod im Wasser fand. Fragt mich bitte nicht, wie das im Zusammenhang zu sehen ist. Aber sie lag zumindest eine gewisse Zeit im Wasser. Das erklärt die leichte Waschhaut in der Hohlhand. Allerdings bezweifle ich, dass sie hier in der Ruhr zu Tode kam. Dass sie selbstständig den Fluss verließ und sich zum Sterben ins Gebüsch bewegte, dürfte mehr als abwegig sein.«

»Jemand hat sie dort platziert«, bestätigte Gordon die Annahme des Freundes, »Es sollte so aussehen, dass sie hier ertrunken ist. Ich denke, dass du die Flüssigkeit in der Lunge analysieren und uns dann Hinweise liefern kannst, wo sie tatsächlich den Tod gefunden haben könnte. Was ist das da, Klaus?«

Gordon nahm Lieken den Stab aus der Hand und wies auf stark ausgeprägte Hämatome im Nackenbereich. Mit einer energischen Handbewegung entriss ihm der Arzt wieder den Stab.

»Verdammt, sei nicht so ungeduldig. Immer eines nach dem anderen. Aber schön, dass dir das aufgefallen ist. Ich vermute mal, dass der Täter eine Gegenwehr im Keim ersticken wollte, indem er dem Opfer das Genick brach. Wenn ich mir die Male genau ansehe, würde ich behaupten, dass es mit bloßer Hand durchgeführt wurde. Der Täter ist darin geübt.«

»Wie erkennen Sie denn so schnell ohne nähere Untersuchung, dass ihr das Genick gebrochen wurde, Dr. Lieken«, unterbrach Leonie den Arzt. Der sah fast mitleidig hoch zu ihr.

»Ich nehme mal an, Frau Felten, dass Sie sportlich veranlagt sind. Dennoch versuchen Sie mal, Ihren Kopf in diese außergewöhnliche Position zu bringen, ohne dass sich Ihre Nackenwirbel mit einem hässlichen Knirschen bedanken würden. Die Nervenstränge wurden bei der Frau durchtrennt. Was man sonst noch mit ihr angestellt hat, werde ich im Institut untersuchen müssen. Mehr kann ich im Moment nicht für euch tun.«

Gordon half dem Freund auf die Beine, der sich dafür mit einem stummen Nicken bedankte. Bevor er sich mit seiner Tasche zurück zu seinem alten Ford Taunus schleppte, wandte er sich noch einmal an seinen Freund Gordon und flüsterte ihm zu:»Ich weiß nicht, ob du es noch weißt. Aber heute hat Mareike Geburtstag. Sie hat wieder Gott und die Welt zu einer Feier eingeladen. Gegen Gott hätte ich ja nichts einzuwenden, aber wenn ich von der Welt spreche, meine ich diese schmierigen Schmarotzer aus der Verwandtschaft und ihrem Freundeskreis. Du wirst wissen, was ich davon halte. Kannst du mir einen Gefallen tun und heute ...?«

»Wann soll ich da sein? Natürlich helfe ich dir und komme vorbei. Aber du sollst darauf vorbereitet sein, dass wir uns diesmal nicht besaufen werden, um die arrogante Bagage zu ärgern. Ich bin trocken. Ich bringe Blümchen mit. Wenn ich mich recht erinnere, mag Mareike Orchideen.«

»Danke dir, Gordon. Ein Kaktus reicht völlig aus. Der würde besser zu ihr passen. Um acht? Passt dir das? Und bestelle Denise einen Gruß von mir. Es ist ja nur dieser eine Abend, an dem sie auf dich verzichten muss.«

Sichtlich lockerer bewegte sich Dr. Lieken auf seinen Oldtimer zu und verschwand schließlich darin zwischen den vielen Polizeifahrzeugen. Kai und Leonie fand Gordon Rabe in einer intensiven Diskussion vor, die sie unterbrachen, als sie ihren Chef bemerkten.

»Das ist ja mal was Besonderes, liebe Leute«, richtete Gordon seine Ansprache an alle Umstehenden. Stummes, betretenes Nicken bestätigte seine Annahme. »Toben hier neuerdings Vampire durch die Wälder? Ich dachte immer, dass dies nur Hirngespinste von sensationsgeilen Jugendlichen wären, die diese Vorstellung einfach cool finden. Dass diese sinnfreien Filme als Vorlage für reale Handlungen herangezogen werden, muss ich erst verarbeiten.«

Leonie fuhr sich mit der flachen Hand durch ihre stoppeligen Haare und sah nachdenklich auf die tote Frau, von der Lieken behauptete, dass man sie leergesaugt haben sollte. Sie konnte die Gänsehaut kaum vor ihren männlichen Kollegen verbergen, die jedoch nicht weniger beeindruckt dastanden. Erst das Zupfen einer der Bestatter an Gordons Ärmel riss ihn aus den Gedanken.

»Ins Institut zu Dr. Lieken?«

Gordon nickte nur und entfernte sich wortlos, um Denise über seine unerwartete Abendveranstaltung zu informieren.

5

»Komm ruhig rein Gordon, die junge Dame von gestern habe ich noch nicht in die Kühlkammer geschoben. Ich denke, dass du weitere Fragen dazu hast.«

Dr. Lieken zog seinen Mundschutz unter das Kinn und nahm einen Schluck von seinem kalten Kaffee, um gleichzeitig angewidert das Gesicht zu verziehen.

»Na, schmeckt dir die Brühe nicht? Hast du etwa noch einen Kater von gestern? Es tut mir immer in der Seele weh, wenn ich mitansehen muss, dass sich erwachsene Männer vor lauter Frust besaufen, obwohl sie genau wissen, dass sich das spätestens am nächsten Morgen rächt.«

Gordon ignorierte den vorwurfsvollen Blick des Freundes und drehte sich ab, um nicht das Grinsen auf seinem Gesicht zu offenbaren. Er wusste, was folgen würde.

»Das sagst ausgerechnet du? Weißt du noch, wie oft ich dich aus dem Marktbrunnen geholt habe, weil du nicht einmal mehr deinen Namen buchstabieren konntest? Du bist der erbärmlichste Heuchler vor dem Herrn. Jetzt kannst du klug reden, wo du dich wieder gefangen hast.«

»Okay, okay ... beruhige dich wieder. Das war nur ein Scherz. Was ist mit der Dame? Gab es eine Vergewaltigung? Bist du so nett und klärst mich auf?«

Gespielt beleidigt näherte sich Klaus Lieken und zog das Laken zurück, unter dem jetzt ein gesäuberter, frisch zugenähter Körper einer Frau zu sehen war. Gordon musste zugeben, dass es sich um ein besonders gut gelungenes Exemplar der menschlichen Rasse handelte. Auffällig war ihre extrem helle Haut, unter der nur vereinzelt Adern erkennbar waren.

»Dieses Prachtweib wurde nicht vergewaltigt, um deine erste Frage zu beantworten. Aber ...« Hier zögerte Lieken einen Moment. »Ich konnte an verschiedenen Stellen ihres Körpers Spermaspuren feststellen.«

»Du meinst, dass man sie nicht ...?«

»Genau das will ich damit sagen, Gordon. Da hat sich jemand, besser gesagt, da haben sich mehrere Kerle selbst befriedigt.«

Gordon starrte seinen Freund verständnislos an. Bevor er eine Frage stellen konnte, ergänzte Lieken seine Ergebnisse.

»Es wurden Spermaspuren von mindestens drei Männern gefunden. Du hörst richtig. Die Tat ist nicht die eines Einzelnen. Zu deinem besseren Verständnis muss ich etwas erklären. Ich habe mich auch gefragt, wieso dieses Sperma nicht abgespült worden ist, zumal sie im Wasser gelegen haben muss. Meine These ist, dass sie zwar im Wasser den Tod fand, später jedoch missbraucht wurde. Ihr wurde das Blut aus dem Körper gesaugt und zusätzlich hat man auf ihren Körper onaniert. Bei dem Wasser, das ich in der Lunge fand, konnte ich noch Chloranteile herausfiltern. Sie muss also in einem Pool gelegen haben.«

Fast belustigt beobachtete Lieken seinen Freund, in dem es kräftig arbeitete. Gordon, das wusste er seit Jahren, besaß die Gabe, sich Situationen klar vor seinem geistigen Auge vorzustellen. Schon oft hatte ihm das bei der Lösung eines Falles geholfen. Er ließ Gordon Zeit und zog das Laken weiter herunter. Der Blick wurde frei auf die Beine des Opfers. Stumm wies Klaus Lieken auf die Stelle, an der ein weiterer Bissring und eine geöffnete Schlagader zu sehen waren.

»Die Wahnsinnigen haben der Frau zusätzlich die Schlagader am Oberschenkel geöffnet, da der Blutkreislauf ja durch den fehlenden Puls eingestellt wurde. So konnten sie mehr Blut entnehmen. Eine für mich mehr als eklige Vorstellung. Die Riten des Mittelalters leben wieder auf. Wenn du mich fragst, existiert mitten unter uns eine Sekte, deren Mitglieder Blutopfer fordern und gleichzeitig ihre sexuellen Lüste befriedigen. Wir sollten uns nach einem geeigneten Exorzisten umsehen.«

»Wenn wir hier nicht ein Opfer zu beklagen hätten, das entsprechende Merkmale aufweist, würde ich dich für durchgeknallt halten. Hier und da hört man von zumeist jungen Leuten, die den fiktiven Vampiren aus der Twilight-Szene huldigen. Doch das ist Kinderkram und endet letztendlich mit falschen Zähnen und entsprechender Kleidung. Noch nie hörten wir hier in Deutschland davon, dass diese verklärten Typen tatsächlich Menschen anfielen. Das blieb bisher beim Kino.« Gordon begann eine Wanderung zwischen den Tischen und versteckte seine Hände in den Taschen seiner Jeans. »Ich will einfach nicht glauben, dass sich plötzlich eine oder mehrere kranke Personen dem Satanismus verschrieben haben, obwohl es selbst hier nur selten Hinweise zum Vampirismus gibt. Wenn du mir nicht von den verschiedenen Spermaspuren erzählt hättest, würde ich sagen, dass wir es mit einem einzelnen verirrten Geist zu tun haben.«

»... was die Sache umso schwieriger gemacht hätte«, ergänzte Dr. Lieken Gordons Vermutung. »Eine Gruppe müsste doch eher auszumachen sein als eine einzelne Person. Oder liege ich da völlig falsch? Viele Mitwisser, mehr Spuren und die Chance auf Verräter würde ich meinen. In der entsprechenden Szene dürfte sich so was rumsprechen. Ich beneide dich nicht um deinen Job. Ich finde das alles ziemlich gruselig.«

»Wenn ich den anderen davon erzähle, erklären die mich für verrückt. Ich sehe mich schon mit einer Reihe Knoblauchknollen über der Bürotür.«

»Zur Sicherheit solltest du dir schon einmal Hammer und Holzpflock zurechtlegen«, spottete Lieken, »das könnte eine blutige Angelegenheit werden. Du wirst ja schon davon gehört haben, dass normale Munition nichts bringt. Diese Wiedergänger, wie man sie auch nennt, lachen sich darüber kaputt und hauen dir die Zähne in den Hals. Warte mal ... ich müsste hier noch irgendwo ein Kruzifix rumliegen haben.«

Lachend zog er die Schublade auf, in der er normalerweise seine Brotdose aufbewahrte. Die Kopfnuss, die er von Gordon erhielt, steckte er kommentarlos weg. Ein Besucher hätte kaum Verständnis für die skurrile Szene aufbringen können, als sich zwei erwachsene Männer neben dem Leichnam einer Frau vor Lachen krümmten.

6

Seine Augen verbargen sich hinter dünnen Schlitzen, durch die er die vielen Zeitungsausschnitte betrachtete, die weit über den Holztisch ausgelegt worden waren. Die zusammengekniffenen Lippen zeugten von einer aufgestauten Wut, die durch die tiefen Stirnfalten noch deutlicher zum Ausdruck kam. Immer wieder glitten die Finger über Abbildungen eines jungen Mädchens, das glücklich lächelnd in die Kamera blickte, auf verschiedenen anderen Abbildungen jedoch mit geschlossenen Augen und tiefen Wunden im Gesicht dargestellt wurde. Daneben immer wieder der Kopf eines Mannes, dessen zynisches Grinsen in dem Augenblick entstand, als der Richter das Urteil verkündete.

Der Angeklagte wird wegen Mangel an Beweisen vom Vorwurf der Vergewaltigung und des Mordes von Sibylle Heimann freigesprochen!

Von diesem Augenblick an fraß sich dieses Grinsen förmlich auf seinem Gesicht fest, wurde zur ständigen Maske. Besonders stark zeigte er es, als er beim Verlassen des Gerichtssaales an ihm, dem Bruder des Opfers, vorbeiging. Der Rechtsanwalt hielt den zuvor Angeklagten Rudolf Fokus im letzten Augenblick davon ab, dem Bruder der Getöteten seinen Triumph ins Gesicht zu schreien.

25

Die Presse und sämtliche Zuhörer, die dem Prozess gegen den brutalen Vergewaltiger gefolgt waren, empörten sich direkt nach dem Urteil über die himmelschreiende Ungerechtigkeit. Für alle war im Laufe der Beweisaufnahme klar, dass diese Bestie ein gerechtes Urteil erhalten würde. Erst als der Richter feststellte, dass ein Beweismittel, das als das einzig Überzeugende erachtet wurde, nicht anerkannt werden konnte, fiel die gesamte Beweiskette in sich zusammen. Dem Staatsanwalt wurde das so wichtige Geständnis als nicht zulässig abgelehnt, da es nachweislich unter Androhung von Gewalt vom Angeklagten eingeholt worden war. Der ermittelnde Hauptkommissar hatte den Beschuldigten beim Verhör bedroht, sogar leicht verletzt. Das Geständnis wurde im Laufe der Verhandlung zurückgenommen. Weitere Beweise gegen den Mann gab es nicht. Das Biest hatte keinerlei verwertbare Spuren am Tatort hinterlassen, sodass man ihm sogar glauben musste, dass er am Tatabend seine Wohnung nicht verlassen hatte.

In der Hand hielt der Mann den so wichtigen Zettel, für den er einige tausend Euro hat hinlegen müssen. Der schmierige Privatschnüffler hatte die Adresse von Rudolf Fokus relativ schnell herausgefunden, doch leider auch die Kenntnisse über den damaligen Prozess besessen. Es war sozusagen Schweigegeld, das er verlangte. Zähneknirschend war ihm die hohe Summe in einem Umschlag im Austausch mit der Adresse ausgehändigt worden.

Begleitet von einem Seufzer griff der Mann neben sich und hob die Aktentasche hoch, die er bereits eine Weile neben seinem Stuhl deponiert hatte. Ein letztes Mal überprüfte er den Inhalt und schob sämtliche Bilder und Zeitungsberichte zusammen, verstaute sie in einer Blechdose. Ein langanhaltender Hustenanfall, der ihn dazu zwang, sich auf den Stuhl zu setzen, überfiel ihn wieder. Soeben schaffte er es, die Dose wieder in einer Schublade verschwinden zu lassen. Den blutigen Schleim, der sich in seinem Hals gesammelt hatte, spuckte er, begleitet von einem wilden Fluch, in die Toilette. Mit den Händen stützte er sich auf dem Waschbecken ab. Seine vom Husten rotgefärbten Augen blickten traurig in den Spiegel, der ihm einen Mann zeigte, dessen tiefes Leid unverkennbar viele Falten geschaffen hatte. Von dem einst dichten Haar war nur ein Kranz von weißen Strähnen geblieben. Die Medikamente fraßen ihn förmlich auf und zerstörten nun noch seine restlichen Organe. Jetzt endlich nach elf Jahren war die Zeit gekommen, in der er sich an den Menschen rächen wollte, denen er die Schuld an all dem unerträglichen Leid zuwies. Die Ärzte gaben ihm maximal drei Monate. Es blieb ihm genug Zeit.

Sorgfältig schloss er die Tür von dem Haus ab, in dem er bereits vierundfünfzig Jahre lebte. Als die Eltern starben, hinterließen sie ihm und der kleinen Schwester das kleine Häuschen mit dem umgebenden Gärtchen. Alles war gut. Das änderte sich, als er eines Tages das Schlafzimmer betrat und die brutal zugerichtete Leiche seiner geliebten Schwester vorfand. Der Verdacht fiel schnell auf den bereits vorbestraften Rudolf Fokus. Schon zweimal saß er wegen kleinerer Sexualdelikte. Sein spontanes Geständnis sollte das schnelle Ende der Ermittlungen bedeuten. Der Prozess änderte alles und ließ einen verzweifelten Bruder zurück. Lange wurden in der Öffentlichkeit danach Diskussionen geführt, ob unser deutsches Strafrecht überhaupt der Wahrheitsfindung diente oder sogar den Täter schützte.

Seit zwölf Jahren war es ein sich ständig wiederholender Ritus, dass Richter Kallweit seinen mittlerweile betagten Mercedes 123 um genau 08:30 Uhr aus der Garage holte und den Weg zum Gericht in der Zweigertstraße nahm. Auch heute stoppte er an der roten Ampel zur Hauptstraße und lauschte den aktuellen Tagesnachrichten. Wieder verkündete der Verkehrsbericht einen längeren Stau auf der berüchtigten A40 Richtung Dortmund. Völlig irritiert schrak er hoch, als die Beifahrertür geöffnet wurde und sich ein Mann auf den Sitz fallen ließ, der sich sofort mit einer Bitte an ihn wandte.

»Bleiben Sie ganz ruhig, Richter Kallweit. Die Hand in meiner Jackentasche hält einen Revolver, der genau auf Ihren Bauch zielt. Es ist nicht viel, was ich von Ihnen erwarte. Fahren Sie einfach geradeaus und warten Sie auf weitere Anweisungen.«

»Wer sind Sie? Was wollen Sie? Wissen Sie überhaupt, wen Sie im Augenblick bedrohen?«

»Ich sagte bereits, dass ich nicht viel von Ihnen verlange«, unterbrach der Mann Richter Kallweit. »Dazu gehört allerdings auch, dass Sie einfach weiterfahren und Ihren Mund halten. Wir können uns gerne später unterhalten, aber jetzt seien Sie einfach nur ruhig. Fahren Sie an der nächsten Kreuzung rechts und folgen Sie den Umleitungsschildern.«

»Wo fahren wir ...?«

»Halt endlich Deine Schnauze. Ist das so schwer zu verstehen?«, schrie ihn der Eindringling an. Emanuel Kallweit hatte eine solche Reaktion seit seiner Studienzeit nicht mehr erleben müssen. Sein Gesicht lief rot an. Er verzichtete auf eine Entgegnung, als er bemerkte, dass sich etwas in der Jackentasche des ungebetenen Gastes auf ihn zubewegte. Der Lauf einer Waffe war unverkennbar. Verzweifelt überlegte er, wie er auf seine Situation aufmerksam machen konnte und suchte den Blickkontakt mit einem Autofahrer, der direkt neben ihm an dem Haltebalken hielt.

»Versuchen Sie es erst gar nicht«, kam die Warnung vom Beifahrersitz, »Ihr würdet dann beide sterben. Das ist es doch nicht wert, oder? Fahren Sie bis zum Wehr und biegen Sie Richtung Kettwig ab. Wir haben es bald geschafft.«

»Warum ...?«

»Halt die Schnauze!«

Kurz und knapp kam der Befehl, diesmal jedoch wesentlich gelassener. Immer weiter ging die wilde Fahrt entlang des südlichen Ruhrufers, bis der Mann mit der freien Hand auf die Mittellehne klopfte und auf einen Feldweg wies, der direkt in den dichten Wald führte. Nur mit Mühe schaffte es Richter Kallweit, das Steuer des zu schnellen Wagens herumzureißen. Schlingernd schaffte er es, in den lehmigen Weg einzubiegen. Als er zur Seite blickte, um herauszufinden, ob er weiterfahren sollte, kam keinerlei Regung von seinem Entführer. Teilnahmslos blickte der in den Wald, was Kallweit so interpretierte, dass er die Fahrt fortsetzen sollte. Erst als sie auf eine kleine Hütte zusteuerten, kam wieder Leben in den ungebetenen Gast.

»Halten Sie hinter der Hütte. Wir sind da.«

Nach kurzem Zögern und einem Blick auf die Waffe, die der Mann inzwischen aus der Jackentasche gezogen hatte, verließ Richter Kallweit das Fahrzeug und sah sich um.

»Die Tür ist offen. Gehen Sie hinein. Drinnen ist es gemütlicher als hier draußen.«

Mit einer knappen Bewegung des Revolverlaufes gab der Entführer die Richtung an. Richter Kallweit blieb einen Moment in der Eingangstür stehen und versuchte, sich in dem Halbdunkel des Raumes zurechtzufinden, der von einer feuchtwarmen und stickigen Luft erfüllt war. Wenig Licht fiel durch die Schlitze der dunklen Vorhänge. Die karge Einrichtung zeigte Kallweit an, dass diese Behausung nur selten benutzt wurde. In der Ecke erkannte er ein schmales Feldbett, das nach dem letzten Besuch nicht einmal geordnet worden war. Selbst auf dem Tisch lagen neben dem Frühstücksbrettchen und dem Besteck eine verdrögte Brötchenhälfte. Zwei Stühle und eine Holzvitrine vervollständigten die Einrichtung. Was ihm Unbehagen bereitete, waren die Seile, die sauber geordnet an den Haken an der Wand und der Decke hingen. Kallweit zuckte zusammen, als ihm der kalte Stahl der Waffe mit grober Gewalt in den Rücken gedrückt wurde.

»Machen Sie es sich doch bequem, Richter Kallweit. Ich kann Ihnen leider nicht den gewohnten Komfort Ihrer Villa anbieten, doch das werden Sie verschmerzen müssen.«

Als sich der Richter dem Tisch näherte, bestätigten sich seine Befürchtungen. Sein Entführer bewegte sich geradewegs auf die Seile zu und suchte sich eines heraus, mit dem er sich näherte.

»Setzen Sie sich und legen Sie die Hände auf den Rücken. Ich werde Ihnen lediglich die Arme zusammenbinden, damit Sie keine Dummheiten machen. Worauf warten Sie? Ich würde gerne mit der Sitzung beginnen, Herr Vorsitzender.«

Emanuel Kallweit versuchte, den Kloß, der sich im Hals gebildet hatte, runterzuschlucken, was ihm aber nicht gelang. Wortlos, jedoch mit einem einsetzenden Beben, nahm er es hin, dass die Hände mit der Rückenlehne verbunden wurden. Mit seinen Füßen geschah das Gleiche. Sie saßen fest an den Stuhlbeinen. Dass sich Angst in seinem Inneren aufbaute, konnte er nicht verhindern. Immer wieder versuchte er, in dem Gesicht des Mannes zu lesen, herauszufinden, wo er es schon einmal gesehen haben könnte. Er war sich sicher, dass dieser Mann niemals vor seinem Richtertisch gestanden hatte. Dass es sich um einen ehemaligen Angeklagten handeln könnte, schloss er damit aus und redete sich gleichzeitig ein, den Racheakt eines Knackis nicht befürchten zu müssen. Als er dem Mann gegenübersaß, der einen großen Umschlag unter der Jacke hervorzog, wartete er geduldig ab, was er von ihm wollte. Die Selbstsicherheit kam allmählich wieder zurück. Erst das Foto, das ihm vorgelegt wurde, traf ihn wie eine Keule.

7

»Sie erinnern sich? Ein hübsches Mädchen, nicht wahr? Das, mein lieber Kallweit, war sie, bevor Rudolf Fokus über sie hergefallen ist. Sie wird in diesem Augenblick von oben auf uns runtersehen. Ich habe ihr versprochen, dass sie an dieser Gerichtsverhandlung teilnehmen darf.«

Kallweit zuckte zusammen, als ein zweites Foto mit dem Antlitz von Rudolf Fokus auf die Tischplatte gehämmert wurde. Immer wieder tippte der Mann mit dem Finger auf das Foto und sprach mit fester Stimme.

»Die Sitzung gegen diese Bestie endete bekanntermaßen mit einem Freispruch, den Sie, geehrter Herr Vorsitzender, schon nach kurzer Zeit aussprachen. Sie erinnern sich, das sehe ich Ihnen an. Nun sitzen wir hier und eröffnen eine weitere Sitzung – gegen Sie. Ich und die damals teilnehmende Öffentlichkeit klagen Sie an, diesen Mord an meiner Schwester nicht gesühnt zu haben. Sie haben sich der Mittäterschaft schuldig gemacht und bekommen die Gelegenheit, sich zur Sache zu äußern. Sie können auch ein Geständnis ablegen. Wir hören, Angeklagter.«

Zu spät bemerkte Kallweit seinen ersten Fehler. Kaum zeigte sich das überhebliche Lächeln auf seinem Gesicht, traf die harte Faust des Anklägers auf das Jochbein des

Richters. Das Knirschen der brechenden Knochen drang überdeutlich in sein Gehirn und ließ ihn aufstöhnen.

»Ich habe das Gefühl, dass Sie den Ernst der Lage immer noch nicht erkannt haben. Wir führen hier im Augenblick kein Possenspiel auf, sondern versuchen, eine Schuldfrage zu klären. Sie lautet: Wie groß ist Ihre Schuld. Am Tag der Verhandlung hat ein Mörder Ihren Gerichtssaal unbeschadet verlassen, der zuvor einen Mord an einem unschuldigen Mädchen zugegeben hatte. Es gilt in unserer Verhandlung festzustellen, wie groß Ihr Mitverschulden einzuordnen ist. Haben Sie etwas zu Ihrer Verteidigung vorzutragen oder soll ich ohne Beweisaufnahme das Urteil sprechen? Ich wurde ermächtigt, das im Namen meiner abwesenden Schwester auszusprechen.«

Allmählich wurde Kallweit sich dessen bewusst, dass es diesem Mann völlig ernst war mit dem in seinen Augen irrwitzigen Vorhaben, ihn aburteilen zu wollen. Er zwang sich zur Ruhe und suchte den Blickkontakt zu seinem Entführer.

»Bitte lassen Sie uns wie vernünftige Menschen die Sache bereden. Ich kann mich jetzt recht gut an das damalige Verfahren erinnern und möchte Ihnen die Gründe für den Freispruch darlegen.«

»Tun Sie das bitte so, dass ich es als juristischer Laie auf Anhieb verstehe. Schon damals konnte Ihnen niemand folgen, was Sie wohl an der Reaktion der Presse und der Zuhörer festgestellt haben. Diese Farce bedarf einer logischen Erklärung.«

Die Bitte des Mannes trug nicht unbedingt zur Beruhigung des Richters bei, da er schon damals gewissen Anfeindungen ausgesetzt war. Verzweifelt suchte Kallweit nach einer plausiblen Erklärung, die er schließlich gefunden zu haben glaubte.

»Ich konnte damals gar nicht anders urteilen, mein Herr. Dass der Angeklagte Fokus wieder auf freien Fuß kam, hat mir selbst nicht gefallen. Dazu müssen wir aber das Gesetzbuch, besonders die Prozessordnung bemühen. Sie werden sich sicher daran erinnern, dass Rudolf Fokus schon lange vor dem Prozess ein Geständnis abgelegt hat. Er hatte darin behauptet, dass er Ihre Schwester in einem Anfall von starker sexueller Erregung getötet habe. Das war der Hauptgrund, warum dieser Prozess überhaupt geführt werden konnte.«

Die Faust des Mannes ließ den Tisch erzittern und den Richter zurückschrecken. Die mehr gezischten Worte erreichten ihn und sorgten dafür, dass er jede weitere Erklärung sorgfältig überdachte.

»Genau das hat jeder im Saal verstanden, Herr Kallweit. Wo allerdings das Verständnis endete, war, als genau dieses Geständnis widerrufen wurde. Das Schwein hat alles abgestritten – und Sie haben das zugelassen. Sie glaubten plötzlich wieder an die Unschuld dieses Tieres.«

»Das ist nicht wahr. So war das nicht. Nach unserem Recht darf jeder sein Geständnis innerhalb der Verhandlung zurücknehmen. Das Gericht hat dann zu bewerten, ob es das so anerkennt.«

»Sie haben es getan. Sie haben in Ihrem Urteil betont, dass Ihnen ein Verwertungsverbot nicht gestattet, das Erstgeständnis als Beweismittel anzuerkennen. Was sollte das?«

Kallweit erhielt seine Selbstsicherheit wieder zurück, da er spürte, dass er das Gespräch auf die sachliche, die juristische Schiene lenken könnte. Hier würde er dem Mann haushoch überlegen sein.

»Wir nähern uns dem wesentlichen Punkt, der mir die Hände band. Glauben Sie mir – das betone ich an dieser Stelle ausdrücklich – es ging mir selber gegen den Strich, diesen Mann zu entlasten. Es gab nur das Geständnis, wenn Sie sich recht erinnern. Kein Augenzeuge, keine Spur am Tatort – nichts, was ihn hätte belasten können. Seine Behauptung, dass er sich zur Tatzeit in seiner Wohnung aufhielt, war in keinem Augenblick zu widerlegen. Und jetzt kommen wir zum entscheidenden Punkt: Sie werden vermutlich noch nie vom Paragrafen 136a der Strafprozessordnung gehört haben. Davon gehe ich zumindest einmal aus.«

Richter Kallweit wartete einen Moment ab und deutete das Schweigen des Mannes als Bestätigung.

»Darin wird angeführt, dass ein Geständnis aus freien Stücken ausgesprochen werden muss, um vor Gericht verwertbar sein zu können. Wir haben während der Beweisaufnahme allerdings Zeugen aus dem Ermittlerbereich gehört, die zugegeben haben, dass der verhörende Hauptkommissar unlautere Mittel angewendet hatte. Er hat nicht nur haltlose Versprechungen abgegeben, was eine Verringerung des möglichen Strafmaßes betraf. Nein, er soll sogar gegenüber dem Angeklagten Gewalt angewendet haben. Dass Fokus von ihm geschlagen wurde, beweisen Fotos, die nach der Vernehmung gemacht wurden. Die Anklagevertretung stützte sich allein auf dieses nachweislich erzwungene Geständnis. Nach Absatz 3 des Paragrafen 136a führte das unweigerlich zu einem Verwertungsverbot. Wir hatten nichts mehr gegen den Mann in der Hand. Verstehen Sie mich nun?«

Noch immer konnte Kallweit keinerlei Regung bei seinem Gegenüber feststellen und hoffte, dass er den Mann endgültig überzeugt hatte. Er sah seine Chance gekommen. »Hören Sie zu. Ich verstehe gut, wie schwer es für Sie damals gewesen sein muss, das einzuordnen. Lassen Sie uns vernünftig über die Sache nachdenken. Tagtäglich muss ich mich mit Recht und Gesetz beschäftigen, abwägen, wie ein Urteil auszusehen hat. Sie haben mich entführt. Mich, einen amtierenden Richter an einem deutschen Gericht. Darauf steht eine lange Haftstrafe. Nun muss ich befinden, ob es mildernde Umstände geben könnte, die anzuwenden sind. Mit viel gutem Willen billige ich Ihnen zu, dass Sie sich in einer emotionalen Ausnahmesituation bewegen und sich der Tragweite Ihres Tuns nicht wirklich bewusst sind. Ich weiß wirklich nicht, warum ich das jetzt sage, aber ich wäre bereit, die Sache auf sich beruhen zu lassen. Sie bringen mich zurück an meinen Arbeitsplatz und ich lasse mir etwas einfallen, was die Abwesenheit von mindestens drei Verfahren am heutigen Tag angeht. Es ist einfach nicht geschehen. Können Sie mir folgen?«

Ungeduldig zerrte Kallweit an seinen Fesseln und hoffte, mit seinem Angebot überzeugt zu haben. Wie sehr er sich geirrt hatte, wurde ihm erst bewusst, als sein Gegner einen Strick vom Haken nahm, auf den Tisch kletterte und das Seil durch eine Rollenvorrichtung an der Decke zog. Gelähmt vor Angst verfolgte Kallweit, wie sich der Mann daran machte, das Ende des Seils zu einer kunstvoll geknüpften Schlinge zu formen. Seine Finger wirkten geschickt, als würde er das tagtäglich erledigen. Nachdem er endlich zufrieden auf sein Werk blickte, fixierte er den Richter fast mitleidig und ließ die Schlinge über dem Tisch baumeln. Kallweits weit aufgerissene Augen folgten dem Schwingen des Seiles, schienen sich der hypnotischen Wirkung dieser Pendelbewegung nicht entziehen zu können. Der Mann ging in die Hocke und erklärte dem Richter seine Sichtweise der Dinge.

»Jetzt, wo Sie mir die Irrtümer innerhalb der deutschen Rechtsprechung und Ihre eigenen Beweggründe ausgiebig dargestellt haben, will ich Ihnen meine Auffassung von Gerechtigkeit erklären. Das ist für jeden einfach zu verstehen und folgt einer logischen Regel. Sie werden sicherlich schon einmal von Murphys Gesetz gehört haben. Natürlich haben Sie das als Jurist. Das basiert auf einer schlichten Annahme: Der amerikanische Ingenieur Edward A. Murphy stellte innerhalb einer Untersuchung über Arbeitsabläufe fest, dass etwas, was falsch gemacht werden kann, auch tatsächlich falsch gemacht wird. Dieser simplen Regel sind alle Beteiligten in dem Verfahren gegen Rudolf Fokus gefolgt. Der Hauptkommissar, der Staatsanwalt und zuletzt Sie. Das zieht eine Bestrafung nach sich. Sorry – ich vergaß den Hauptschuldigen, dieses Schwein, das meine Schwester vergewaltigt und getötet hat.«

Mit ausdrucksloser Miene verfolgte der Mann die Veränderung im Gesicht des Richters. Er schien die Entschlossenheit seines Entführers zu erahnen, sich nicht von einem feststehenden Plan abbringen zu lassen. Die Angst kroch wie ein Virus durch seinen Geist und ließ ihn stottern.

»Das ... Sie können das nicht ... lassen Sie uns reden, Mann. Darauf steht lebenslänglich. Ich trage keine Schuld am Tod Ihrer Schwester.«

»Da haben Sie ausnahmsweise mal recht, Richter Kallweit. Diese Schuld trägt Rudolf Fokus. Allerdings spreche ich Sie hiermit mitschuldig, weil Sie diesem Umstand nicht gerecht wurden. Sie schützen einen Mörder, was Sie eindeutig zugegeben haben. Sie wussten, dass er es getan hatte, und haben ihm trotz besseren Wissens zur Freiheit verholfen. Mein Urteil lautet deshalb: Todesstrafe. Sie werden solange am Hals aufgehängt, bis der Tod eintritt. Gegen das Urteil werden keine Berufung und keine Revision zugelassen. Das Urteil wird sofort vollstreckt.«

»Sind Sie wahnsinnig geworden? Das ist doch ein übler Scherz, über den niemand lachen kann. Sie treiben es jetzt auf die Spitze, sodass ich mein Angebot von vorher nicht mehr aufrecht erhalten kann. Machen Sie mich sofort los und bringen mich zur nächsten Polizeistation. Sofort, habe ich gesagt!«

Die ausdruckslosen Augen seines Entführers zeigten Kallweit, dass seine Drohungen unwirksam verhallten. Er versuchte, dem Griff des Mannes auszuweichen, als sich dieser immer noch auf dem Tisch stehend bückte und ihm das Seil um den Hals legte.

»Nein!«

Der unmenschlich wirkende Schrei verhallte wirkungslos in der Enge der Hütte. Mit fast aus den Höhlen tretenden Augen verfolgte Kallweit das Bemühen des Mannes, von dem Tisch zu klettern, was ihm nur mühsam gelang. Ein Hustenanfall überfiel ihn, kurz nachdem er vom Stuhl den Boden erreicht hatte. Das blutige Taschentuch stopfte er gedankenverloren zurück in die Tasche und griff nach dem Seilende. Mitleidlos betrachtete er sein Opfer, das mit hochrotem Kopf noch immer auf dem Stuhl verharrte und verzweifelt versuchte, etwas über die Lippen zu bringen. Die Angst schnürte Kallweit den Hals zu. Seelenruhig kam der Mann näher und trennte die Fesseln an Füßen und Händen, das Seilende fest in der anderen Hand haltend.

Als hätte er damit gerechnet, dass Kallweit sofort um sich schlagen würde, zog der Fremde ruckartig an dem Seil und beförderte den Richter in die Höhe. Die Hände, die kurz zuvor noch den Gegner erreichen wollten, griffen an den Hals, um den sich unerbittlich das Seil gelegt hatte und die Blutzirkulation abrupt abschnitt. Die Augen spiegelten das Entsetzen deutlich wider, das Richter Kallweit spüren musste. Sein Tod stand unmittelbar bevor, seine Luftzufuhr war abgeschnitten und die Sinne drohten zu schwinden. Als ihn die Ohnmacht befreite, zuckte sein Körper noch lange und bewies, dass die Nerven ein Eigenleben führen konnten. Zufrieden besah sich der Mann sein Werk und kramte einen Zettel aus dem Umschlag, in dem sich zuvor schon die Fotos befanden. Die schob er wieder hinein und steckte alles wieder unter die Jacke. Den Zettel befestigte er an einem Knopf des Richter-Sakkos.

8

»Was soll das heißen, man hat Richter Kallweit gefunden? Hatte man ihn überhaupt als vermisst gemeldet? Davon weiß ich ja gar nichts. Wenn Kai schon vor Ort ist, werden wir uns das Ganze mal ansehen. Du kannst bei mir mitfahren, Leonie.«

Als Gordons Wagen den Waldweg hinauf ausrollte, musste er etliche Fahrzeuge der Polizei und der Spurensicherung umkurven. Die zuvor einsame Holzhütte war von vielen Menschen umlagert, die Fotos machten und nach Spuren suchten. Als Leonie und Gordon ausstiegen, erschienen Kai und Dr. Lieken in der Tür der Hütte, intensiv in Diskussionen vertieft. Als sie Gordon erkannten, kamen sie den Neuankömmlingen entgegen. Es war Lieken, der unaufgefordert mit den Erklärungen begann. Während er die Lage schilderte, drückte ihn Gordon wieder Richtung Hütte.

»Damit das von Anfang an klar ist. Das war Mord und keine Selbsttötung.«

Gordon stoppte einen Moment und sah auf seinen Freund runter, den er um Haupteslänge überragte.

»Was macht dich so sicher?«

»Da hat jemand gar nicht erst versucht, die Tat zu vertuschen. Richter Kallweit wurde quasi exekutiert. Du wirst das gleich selbst schnell erkennen. Aber das hätten wir sowieso rausgefunden.«

Mittlerweile hatten alle vier den Innenraum erreicht, wo Kallweit noch immer über dem Tisch baumelte. Dr. Lieken trat näher heran und gab den bereitstehenden Beamten das Zeichen, dass sie den Mann langsam herunterlassen könnten. Das war problemlos möglich, da die Rollenvorrichtung an der Decke hilfreich war. Nun berührten die Füße des Strangulierten die Tischplatte, als Lieken stoppen ließ. Er zeigte auf den Hals des Toten.

»Seht ihr hier die beiden Strangmarken? Ich gehe davon aus, dass das Opfer ruckartig in die Höhe gerissen wurde. Die untere Strangmarke zeigt, wo der Strick anfangs angelegt wurde. Dann wurde das Seil mit starkem Zug gestrafft, also hochgezogen und riss den Richter mit. Meiner Ansicht nach saß Kallweit auf diesem Stuhl.«

Lieken wies auf einen Holzstuhl, der umgekippt neben dem Tisch lag.

»Der Stuhl kann nicht auf dem Tisch gestanden haben, da dann Kratzspuren vorhanden sein müssten. Der Mann muss dort gesessen und keine Chance zur Gegenwehr gehabt haben. Wie eindeutige Abwehrspuren an den Wangen und am Hals beweisen, hat der Richter noch versucht, die Finger zwischen Seil und Hals zu bekommen. Er hatte definitiv keine Chance. Wir wissen, dass das Bewusstsein schon nach spätestens zwölf Sekunden schwindet. Die Kompression der Arteriae carotides bewirkt das und führt bei Dauerhaftigkeit unweigerlich zum Tod. Die restlichen Spuren, wie Speichel- und Tränenfluss und Sekretion aus der Nase sind vorhanden, was ebenfalls völlig normal ist.«

41

Leonie trat näher heran und legte den Finger auf zwei Stellen an den Hosenbeinen, wo sich dunkle Flecken zeigten.

»Was ist das hier? Wurde der Mann gefoltert?«

»Sehr aufmerksam, Frau Felten. Das habe ich mir auch schon angesehen.«

Lieken schob den Stoff der Hose hinauf und legte zwei breite Wunden frei, die von Hämatomen umgeben waren. »Diese Verletzungen brachten mich erst darauf, dass der Richter vom Stuhl mit aller Gewalt hochgerissen wurde. Die Wunden entstanden, als er mit den Schienbeinen vor die Tischkante knallte. Zu diesem Zeitpunkt lebte er noch, da die Blutungen und die Bildung von Hämatomen ansonsten nicht mehr möglich gewesen wären. Übrigens war Kallweit zuvor gefesselt, was Wunden an den Hand- und Fußfesseln beweisen. Für mich steht fest, dass es sich um eine Hinrichtung handelt. Ihr müsst nun herausfinden, worin der Grund zu suchen ist. Vielleicht hilft euch der Zettel, den der Mann auf der Brust trug.«

»Welcher Zettel?«, fragte Gordon und sah sich nach Kai um, der sich beeilte, diesen heranzuschaffen. Keiner wagte einen Kommentar, als alle die Zeilen lasen, die der Mörder für sie hinterlassen hatte.

Wer Leben zerstört, hat den Tod verdient. Wer es versäumt, die Täter zu bestrafen, oder sie schützt, wird selbst zum Mörder.

»Ein Fall von Selbstjustiz?«, murmelte Leonie vor sich hin und sah sich im Kreis der Kollegen um. Keiner bestätigte ihre Vermutung. Gordon winkte einen Mitarbeiter der Spurensicherung herbei.

»Den Wisch auf Fingerabdrücke untersuchen. Ich möchte wissen, womit das hier geschrieben wurde. Sieht mir nicht nach einem Kugelschreiber aus. Das war echte Tinte. Der Graphologe soll eine Analyse der Schrift erstellen. Das Papier hat einige rote Spritzer. Ich möchte wissen, ob es das Blut des Opfers ist oder die DNA die Feststellung des Täters ermöglicht.«

Jetzt endlich äußerte er sich zu Leonies Vermutung.

»Ja, ich denke auch, dass sich jemand für erlittenes Unrecht durch ein Fehlurteil rächen wollte.«

»Oder er will es zumindest so aussehen lassen«, ergänzte Kai Wiesner und kratzte sich am fast kahlen Schädel. »Möglich wäre es ja, dass ein entlassener Strafgefangener späte Rache geübt hat und die Spuren verschleiert. Ich würde diese Möglichkeit nicht völlig außer Acht lassen. Richter Kallweit war bekannt als harter Hund und heftige Urteile, die häufig das Höchstmaß enthielten.«

»Ein weites Feld, was wir zu beackern haben, Leute. Wir müssen alle Urteile durchgehen, die zu langen Strafen führten und bis vor kurzer Zeit abgesessen wurden. Wer wurde entlassen und wo halten sich diese Leute auf? Bei welchen Fällen wurde ohne wirklich eindeutige Beweise abgeurteilt?«

Gordon wurde von Leonie unterbrochen, die ihren Einwand nicht zurückhalten wollte.

»Ich kann mir nicht vorstellen, dass der Richter ohne eindeutige Beweise eine Freiheitsstrafe ausspricht. Das wäre gegen das Gesetz.«

»Dann korrigiere ich mich eben«, antwortete Gordon. »Ich spreche von Beweisen, die vom Verurteilten als reiner

Indizienbeweis angesehen werden. Das kann zum Beispiel eine falsche Zeugenaussage oder ein fehlendes Alibi sein. Wir alle wissen, dass es in Gefängnissen nicht einen Schuldigen gibt. Du hast in der Zelle Zeit, Rachegedanken zu schmieden, die du dann auslebst, wenn du in Freiheit bist. Das hat nichts mit Logik zu tun.«

»Jetzt mal halblang«, schaltete sich Kai dazwischen. »Der Täter schreibt etwas davon, dass man selbst zum Mörder wird, deckt man das Tun des Täters. Das dürfen wir nicht aus den Augen verlieren. Ich würde empfehlen, alle Fälle des Richters zu durchleuchten, wo ein mutmaßlicher Täter nicht verurteilt wurde. Das könnte Angehörige eines Opfers gehörig auf die Palme bringen. Da sehe ich das mögliche Hauptmotiv für einen solchen Racheakt.«

»Entschuldigt, wenn ich mich da einmische«, merkte Dr. Lieken an und betrachtete den Toten. »Ich stelle mir mal vor, dass ich ein entlassener Sträfling bin und mich für erlittenes Unrecht rächen möchte. Im Knast habe ich gelernt, mit Gewalt umzugehen, musste mich dagegen wehren. Jetzt begegne ich endlich dem Mistkerl, der mir das eingebrockt hat. Bringe ich tatsächlich die Geduld auf, den Mann so gezielt zu bestrafen? Oder lauere ich ihm auf und stoße ihm ein Messer in sein verfluchtes Herz? Nein Leute, da war zwar jemand von Hass beseelt, hat jedoch zur Todesart klare Zeichen setzen wollen. Der Richter Kallweit hat das Strafmaß bekommen, was einem anderen zugestanden hätte. Das wäre meine Intention, wenn ich mir das hier ansehe. Es gibt nicht einmal klare Hinweise auf eine Folter. Der Täter war ganz und gar kein Mördertyp – er will lediglich ein Zeichen setzen.«

44

Nach kurzer Pause, in der alle den Mediziner anstarrten, fuhr er fort.

»Und wenn ihr weiter meine Meinung hören möchtet: Der Täter ist noch nicht fertig. Um ein Urteil zu fällen, sind weitere Menschen, andere Abteilungen eingebunden. Denkt nur mal an die Staatsanwaltschaft, die in seinen Augen nicht korrekt ermittelt haben könnte. Was ist mit den Ermittlern selbst, die Wichtiges übersehen haben? Der macht weiter – glaubt mir!«

9

»Dr. Lieken hat verdammt recht«, bemerkte Leonie Felten, als sie mit Kai Wiesner und ihrem Chef Gordon Rabe wieder im Büro ankam und ihre Nachrichten checkte.

»Keiner von uns bewertet das wohl anders, Leonie. Doch was sollen wir tun? Es ist zu früh, in Panik zu verfallen. Wir haben momentan nichts in der Hand außer einem toten Richter und einer dubiosen Nachricht. Lasst uns die Ermittlungen in aller Ruhe und gründlich angehen. Wir teilen die Aufgaben ab sofort auf und holen uns von Kriminalrat Kläver die Erlaubnis, zusätzliches Personal dafür einzuspannen.«

Gordon wusste, dass Leonie und Lieken in die gleiche Richtung dachten und damit genau richtiglagen. Doch einige Fotos an der Wand erinnerten ihn daran, dass es noch einen weiteren Fall gab, der ihnen Rätsel aufgab. Die Vampir-Geschichte, da war er sich absolut sicher, würde von der Presse sogar noch in den Hintergrund gestellt, wenn sie von dem Mord an Richter Kallweit hörten. Das war die Meldung, um Titelseiten zu füllen. Die Schlagzeilen würden wieder einmal die Arbeit der Justiz in den Schmutz ziehen. Ein gefundenes Fressen für Gegner der Staatsmacht. Die Pressekonferenz würde sicher zum Spießrutenlauf für Kriminalrat Kläver und ihn, Gordon, als ermittelnder Leiter der Abteilung. Sie brauchten unbedingt Verstärkung für die Suche nach dem Mordmotiv des Täters. Das Telefon riss ihn aus seinen Gedanken.

»Was glaubst du, wann du heute kommst? Ich möchte Jonas einen Wunsch erfüllen und sein Leibgericht zubereiten. Du weißt doch, wie gerne er Kartoffelpüree mit Spinat und Rührei isst. Schaffst du es bis neunzehn Uhr?«

So sehr sich Gordon über den Anruf freute, so unangenehm war es ihm, Denise eine schlechte Nachricht zu übermitteln.

»Das dürfte heute schwierig werden. Es ist etwas passiert, was uns mit Sicherheit den pünktlichen Feierabend versauen wird.«

Geduldig hörte Denise zu, als Gordon ihr die Lage grob erklärte. Nach einer kurzen Pause, in der er schon dachte, dass sie vor lauter Enttäuschung aufgelegt hätte, meldete sie sich mit einer Frage, die ihn sprachlos machte.

»Hast du Angst?«

»Warum sollte ich mich jetzt fürchten – und wovor?«, entgegnete Gordon spontan. Ihn machten solche vagen Andeutungen vonseiten Denises immer nervös, da er wusste, dass sie schon oft rein intuitiv richtiggelegen hatte.

»Es wird seinen Grund haben, dass jemand den Richter tötete. Man will sich für erlittenes Unrecht rächen. Ist es nicht so? Und Richter Kallweit wird nach Aktenlage entschieden haben. Die Akten werden jedoch von euch gefüllt. Da sich wohl niemand für einen Irrtum bei einfachem Diebstahl rächen wird, gehe ich davon aus, dass es sich um ein Gewaltdelikt handelte. Irre ich mich, oder ist da meistens deine Abteilung zuständig?«

»Verdammt, Denise hör bitte damit auf, Gefahren herbeizureden. Noch tappen wir völlig im Dunkeln und stützen uns auf Vermutungen. Das wird sich schnell klären.«

»Nein, Gordon, ich rede nichts herbei. Die Vergangenheit hat uns gelehrt, um die Ecke zu denken. Du scheinst schon vergessen zu haben, was vor wenigen Wochen passierte. Und was war damals, als uns dieser verkommene Zuhälter nach seiner Haftentlassung im Restaurant angegriffen hat? Das war Vergeltung für geglaubtes Unrecht. Der wollte dich töten. Du musst mir glauben, wenn ich dir sage, dass ich es gerne ignorieren würde. Doch das ist schwer. Dein verdammter Job und die verbundenen Gefahren sind allgegenwärtig.«

Die Leitung war tot, als Gordon zu einer Antwort ansetzte, mit der er alles herunterspielen wollte. Schon oft hatten sie diese Gefechte ausgetragen – zu oft. Jetzt, wo er an einen familiären Frieden glaubte, holte sie das Ganze wieder ein.

Hatte Denise möglicherweise recht mit dem Gefühl, die Rache des Täters könnte auch ihm gelten?

Sie alle hatten im Polizeidienst lernen müssen, solche Gedanken zu verdrängen. Damit war die Gefahr jedoch niemals gebannt. Sie hing wie ein Damoklesschwert ständig über ihnen. In den meisten Fällen erreichte sie sogar das Familienleben und viel zu oft zerstörte sie es. Es durfte einfach nicht sein, dass dieser Fall wieder alles bedrohte, was er sich zurückerkämpft glaubte.

»Gordon, stören wir dich gerade bei etwas?«

Kai stand vor Gordons Schreibtisch und wedelte mit einem Blatt Papier vor seinem Gesicht herum.

»Nein, nein, es ist alles in Ordnung. Was gibt es?«

»Es gibt Neuigkeiten im Vampir-Fall. Es konnten Speichelspuren analysiert werden, die am Hals und an dem Oberschenkel gefunden wurden. Die ermittelte DNA existiert jedoch in keiner Datenbank. Aber das ist noch nicht alles. Man konnte anhand der Gebissringe ein Muster nachbilden. Dr. Lieken meint, dass das vor Gericht auf jeden Fall verwertbar sein wird, vorausgesetzt, wir finden den Zahnarzt. Jetzt brauchen wir nur noch Tatverdächtige.«

Gordon betrachtete die DNA-Kurven und die Abbildung des Gebisses. Sofort fiel ihm auf, dass es sich bei einem von beiden um ein absolut ebenmäßiges Gebiss handelte.

»Das hat bestimmt viel Geld gekostet. Entweder war das ein sehr junger Mensch oder es handelt sich um jemanden, der sich solche edlen Drittzähne leisten kann. Aber bei dem anderen Muster erkenne ich eine Lücke.«

»Genau das hat Dr. Lieken auch entdeckt«, unterbrach Kai seinen Chef. »Er meint, dass es zu einer Person gehören muss, deren rechter Augenzahn zumindest abgebrochen ist, möglicherweise sogar komplett fehlt. Das müsste sofort auffallen.«

»Na, wenigstens etwas Verwertbares. Wir müssen uns noch in der Szene umhören, ob da was bekannt wurde über die Vampire. Ich befürchte, dass es sich um eine geheime Gruppe handelt, deren Mitglieder sogar einen Eid auf Verschwiegenheit abgelegt haben. Um in diese Kreise reinzukommen, musst du schon viel Geld mitbringen. Die lassen nicht jeden rein.«

Kai drehte sich im Weggehen noch einmal um und informierte Gordon weiter.

»Das Wichtigste hätte ich beinahe vergessen. Wir konnten das Opfer endlich identifizieren. Eine Freundin hat uns auf die Spur gebracht. Eine gewisse Julia Harmann hat ihre Arbeitskollegin als vermisst gemeldet. Unser Opfer, deren Name Martina Hollstein sein soll, wollte nach Aussage der Freundin am Wochenende mit ihrem Freund Joel in die Disco. Wie wir erfuhren, hatte Joel jedoch einen anderen Termin und hat sie draufgesetzt. Nun vermutet Julia, dass Martina trotzdem zum Tanzen ging. Das muss der Joel wohl des Öfteren gemacht haben. Scheint ein richtiger Hallodri zu sein. Ich bin gleich mit Julia Harmann verabredet. Wir wollen mal hören, was es mit dem Joel auf sich hat und wohin Martina womöglich gegangen ist. Sie hatte mehrere Discos im Portfolio. Anschließend vernehmen wir Joel.«

»Das hört sich doch gut an«, meinte Gordon und nickte anerkennend. »Ich befürchte, dass Martina Hollstein dort ihrem Mörder begegnete. Also finden wir die Disco und vernehmen die Angestellten. Vielleicht hat jemand von denen das Opfer und ihre spätere Begleitung bemerkt.«

Leonie machte mit wildem Fingerschnippen auf sich aufmerksam und erreichte damit, dass sich Kai und Gordon auf sie zubewegten und die Bilder im Desktop des Computers betrachten konnten. Leonies Finger tippte immer wieder auf ein Diagramm, das ihr vom Labor auf den Bildschirm geschickt worden war.

»Das sind die DNA-Werte des Mörders. Der Täter aus dem Fall Kallweit war wohl nicht besonders clever und hat uns Spuren im Wagen des Richters hinterlassen. An der Türverkleidung des Beifahrers konnte die Spurensicherung sogar Fingerabdrücke sicherstellen. In der Hütte wurden sie ebenfalls fündig. Entweder ist der Bursche nicht ganz helle oder es ist ihm scheißegal, ob man ihn findet. Ich tendiere zu Version zwei.«

Kais Frage überraschte sie keineswegs, wie sie darauf käme.

»Wenn ich mir die gesamte Vorbereitung der Entführung und die ausgeklügelte Deckenkonstruktion mit dem Flaschenzug vor Augen führe, dürften diese Nachlässigkeiten mit den Fingerabdrücken doch wirklich überraschen. Dem ist es scheinbar egal, dass man ihn erwischt. Der Typ führt einen Plan aus. Ich denke, dass er es sogar darauf anlegt, später erwischt zu werden. Würde mich nicht wundern, wenn der sich am Ende sogar selbst stellt. Aber – ich wiederhole da gerne die Mutmaßung unseres Doktors: Er ist noch nicht fertig. Richter Kallweit stand auf seiner Liste wohl ganz oben.«

Leonie spürte Gordons Hand auf ihrer Schulter, der ihr dort einen anerkennenden Klaps hinterließ, bevor er sich wieder an seinen Schreibtisch begab. Sein Gesicht drückte tiefe Nachdenklichkeit aus. Kurz bevor er seinen Stuhl erreichte, drehte er sich um.

»Wie weit sind wir mit den von Kallweit verhandelten Fällen? Ich brauche die, die zu langen Haftstrafen wegen Gewaltdelikten führten. Wir sollten dabei die Urteile nicht vergessen, die Sextäter in den Knast brachten. Wer von denen, und dabei meine ich alle Täter, wurde vor kurzer Zeit entlassen? Weiterhin möchte ich die Fälle auf dem Tisch haben, bei denen Kallweit die Angeklagten freisprach. Ich kann es nicht erklären, aber ich habe da ein Bauchgefühl, dass wir es mit einer Person zu tun bekommen, die Selbstjustiz ausüben will. Übrigens kommt gleich das Team zusammen, das schon im letzten Fall mit dem Mörderpaar in der Soko arbeitete. Kläver hat schnell reagiert, weil es einen Richter traf.«

»Schade, dass der Zeuge uns nicht mehr liefern konnte, der den Wagen hinter der Hütte fand. Er dürfte wohl den Killer knapp verpasst haben«, meinte Kai, »Andersrum wäre das für ihn dann vermutlich schlecht ausgegangen.«

10

»Geile Hütte. Sind bereits Gäste da, oder sind wir zu früh?«
Ellen blieb schon in der Diele stehen, die ahnen ließ, wie
groß der Luxus erst im Innenbereich des Hauses sein musste.
Immer noch hallte in ihren Ohren das Blubbern des schicken
Maseratis nach, den sie in der Riesengarage wusste. Neu-
gierig folgte sie dem außergewöhnlichen Mann, der sie im
Café Overbeck auf der Kettwiger Straße angesprochen hatte.
Für sie kam erst gar nicht der Gedanke an billige Anmache
auf, als sich der gut aussehende Mann über ihren Tisch
beugte und ihr gestand, dass er sie schon eine Weile
beobachtet und schließlich allen Mut zusammengenommen
hatte. Er schmeichelte damit ihrer ausgeprägten Eitelkeit.
Als er sie fragte, ob er sie noch am gleichen Abend zu einer
Party einladen dürfe, war jede Skepsis beseitigt. Der Sportwagen im nahe gelegenen Parkhaus verschlug ihr die
Sprache. Irgendwann vor Jahren schon hatte sie sich in
genau diesen Wagen verliebt, als sie mit ihren Eltern das
unglaublich große Siam-Center in Bangkok besucht hatte.
Dort entdeckte sie den Luxussportwagen zwischen anderen
Schönheiten auf einer Verkaufsetage.
»Ich habe mir gedacht, dass wir uns vorher etwas frisch
machen könnten. Es ist noch massig Zeit, bis der Service das

Essen liefert. Hast du Lust, mit mir eine Runde schwimmen zu gehen?«

»Schwimmen? Wo soll ...?«

Der große Mann in seinem perfekt passenden Anzug griff nach Ellens Hand und zog sie mit einem gewinnenden Lächeln in die hinteren Räume. Dort nahm sie sofort diese geheimnisvolle und einschmeichelnde Musik wahr. Wechselnde Farben tauchten den Swimmingpool in ein geisterhaftes Licht. Während sich ihre Augen noch an den Zauber gewöhnten, der in der Luft zu schweben schien, spürte Ellen die warmen Hände ihres Begleiters auf dem Rücken. Der Reißverschluss öffnete sich wie von selbst und zeigte dem Mann, dass seine Eroberung auf einen BH verzichtet hatte. Nur mit dem Slip bekleidet näherte sich Ellen der verführerisch blinkenden Wasseroberfläche und sprang mit einem befreienden Jauchzer hinein. Als sie wieder auftauchte, stand ihre Begleitung immer noch geheimnisvoll lächelnd am Beckenrand.

»Einen Manhattan? Du magst doch Cocktails, oder irre ich mich? Natürlich tust du das. Eine Sekunde, meine Schöne – ich bin gleich wieder da. Genieße alles. Der Abend wird dir gefallen.«

Es dauerte wirklich nur wenige Minuten, bis Ellen das Glas in der Hand hielt und die angenehme Kühle des Poolwassers in sich aufnahm. Dass der Abend noch viele Überraschungen versprach, setzte sich in ihrem Kopf fest, wobei sie sich in dem Moment nicht bewusst war, was das bedeutete. Genüsslich fuhr sie sich mit der freien Hand durch den Short Bob, den ihr gerade heute Tim, der Friseur ihres Vertrauens, geschnitten hatte. Es war nach dem Schwimmen nur ein kurzer Moment mit dem Föhn, um sich neu zu stylen. Schließlich wollte sie bei der Party eine gute Figur machen mit dem Traummann an ihrer Seite. Die sanfte Stimme über ihr holte sie aus ihren Gedanken.

»Gefällt es dir? Wir sollten uns langsam auf Besuch vorbereiten. Einige Gäste warten bereits im Partykeller nebenan. Du siehst zauberhaft aus, selbst mit den nassen Haaren. Soll ich dir aus dem Wasser helfen?«

Der weiche Bademantel umschmeichelte Ellens feuchte Haut und hinterließ einen wohligen Schauer, zumal die Hände des Gastgebers mehr zufällig über ihre Brustknospen glitten. Gerne ließ sie sich in einen Verbindungsgang führen, an dessen Ende sie den schwachen Schein dezent flackernder Beleuchtung erkennen konnte.

»Ich muss mich umziehen, bevor wir zu den Gästen gehen. Wo hast du mein Kleid hingelegt?«

»Das wird nicht nötig sein, meine Schönheit. Wir werden alle in Badekleidung sein, damit wir später ins Wasser hüpfen können. Ich habe es dir doch versprochen, dass es dir gefallen wird. Man ist hier absolut zwanglos, wenn Party angesagt ist. Komm nur – lass dich einfach fallen und genieße diese besondere Party.«

Ellen schloss für einen Moment die Augen, als sie die Zunge ihrer Begleitung im rechten Ohr spürte. Lieber wäre sie in diesem Augenblick mit ihm allein in einem der Zimmer des Hauses verschwunden. Als sie die Augen wieder öffnete, hatte sie Mühe, die ersten Eindrücke zu verarbeiten. Zu viel in diesem Raum erforderte ihre volle Aufmerksamkeit. Ein weiter Stuhlkreis, auf dem Männer saßen, die ihr erwartungsvoll entgegensahen. Das jetzt durchweg rote Licht wirkte auf Ellen für einen Moment betäubend, verhinderte, dass sie sofort ein wichtiges Utensil in der Mitte des Raumes bemerkte. Als sie sich der aufziehenden Gefahr bewusst wurde, war es bereits zu spät. Stahlharte Hände schlossen sich um ihre Handgelenke und drückten sie schmerzhaft auf den Rücken. Ihr Aufschrei ging unter in einem entsetzlichen tiefen Grollen, das aus den Mündern der Männer zu kommen schien. Mit weit aufgerissenen Augen starrte Ellen auf den altarähnlichen Steintisch, der in der Mitte des riesigen Raumes stand und von etlichen Kerzenständern umrahmt wurde. An den Ecken der Platte hatte man stabile Ringe eingelassen, an denen Handschellen befestigt waren. Mit aller Kraft versuchte sie, sich aus der Umklammerung zu befreien, schrie ihre gesamte Verzweiflung heraus. Das führte allerdings nur dazu, dass dieses Grollen intensiver wurde. Es schien die Männer sogar in Ekstase zu versetzen. Sie standen auf und kreisten um die Mitte des Raumes. Unverständliche Formeln wurden gemurmelt.

Mit brutaler Gewalt wurde Ellen auf den kalten Stein des Tisches geschleudert, was ihr für Sekunden die Sinne raubte. Als sie wieder halbwegs klar denken konnte, befanden sich Hände und Füße bereits in der Umklammerung der Metallfesseln. Jeder Befreiungsversuch wurde mit höllischen Schmerzen bestraft. Blut lief aus ihren Wunden, wo sich das Metall in die zarte Haut bohrte. Verzweifelt suchte sie nach dem Mann, der sie hierhergebracht hatte und von dem sie sich Hilfe erhoffte. Schließlich glaubte sie, ihn am Kopfende des Tisches zu erkennen, genau hinter ihr. Sein Gesicht besaß nichts mehr von der Attraktivität, die sie so dermaßen in den Bann gezogen hatte. Er hatte sich rote, violette und schwarze Symbole auf die Haut gemalt und ähnelte plötzlich einem indigenen Schamanen, wie Ellen es aus Horrorfilmen kannte. In seinen Händen, die er weit nach oben gestreckt hielt, fiel besonders das auf den Kopf gestellte Kreuz auf. Immer wieder hob und senkte er das Kruzifix und murmelte Worte in einer Sprache, die keinen irdischen Ursprung haben konnten. Begleitet wurde das von dem Gesang der um sie herumschreitenden Männer. Der Raum war erfüllt von einer Atmosphäre, die Ellens Körper mit Angstschweiß überzog. Die Kälte des Steins, auf dem sie lag, spürte sie nicht mehr. Adrenalin ließ ihr Blut wie wild durch die Adern pulsieren. Sie schloss die Augen und versuchte verzweifelt, ihre Gedanken zu ordnen. Sie öffnete sie erst wieder, als der Gesang wie auf ein geheimes Kommando hin abbrach und sie viele Lippenpaare auf ihrer Haut gewahrte. Nur leise sphärische Klänge untermalten das plötzliche Schweigen dieser Männer. Ellens Körper reagierte mit unsäglichen Schmerzen, als die Kerle fast gleichzeitig ihre Zähne in ihren Körper schlugen und damit begannen, das Blut aus ihr herauszusaugen. Die Schmatzgeräusche wurden überdeckt von Tönen, als kämen sie direkt aus der Hölle.

11

Der alte Volvo zündete einmal nach, obwohl Dr. Kreuzer den Motor bereits gestoppt hatte. Der Rechtsanwalt hätte sich auch gewundert, wenn es nicht passiert wäre. Schon mindestens zweiundzwanzig Jahre hatte dieser Wagen seine Dienste getan und genoss die volle Hochachtung seines Besitzers. Bevor er das Fahrzeug endgültig verließ, verharrte er einen Moment auf dem Fahrersitz und betrachtete die Front seines Hauses, das er nur noch wenige Monate bewohnen durfte. Katharina hatte sich vor Gericht durchgesetzt, dass die Immobilie vor der Scheidung veräußert wurde, um sie auszuzahlen. Viel Zeit und Geld hatten sie in ihr Heim investiert, bevor sie feststellen mussten, dass der Riss zwischen ihnen zu tief geworden war. Außerdem konnte Volker den Seitensprung seiner Frau nie vollkommen ignorieren, so wie sie es sich gewünscht hatte. Es war in seinen Augen Verrat an ihrer Beziehung, die von seiner Seite auf absolutem Vertrauen beruhte. Mit einem Seufzer öffnete er die knarrende Tür und schob sich vom Fahrersitz.

Die schwere Haustür, die er erst vor Monaten hatte einbauen lassen, schwang leise auf und öffnete den Blick in einen mit weißen Möbeln ausgestatteten Salon. Gemeinsam hatten sie sich genau für diese Möbellinie entschieden, da sie

Frische und modernen Look symbolisierte. Neben dem Kaffeegeruch vom morgendlichen Frühstück hing seiner Meinung immer noch etwas von Katharinas Parfum in der Luft. Das glaubte er wenigstens und folgte damit einem inneren Wunsch, dass sie wieder zu ihm zurückkommen würde. Schon als sie vor wenigen Tagen das Haus mit wenigem Gepäck verlassen hatte, belastete ihn die plötzliche Einsamkeit. Mit einer müden Bewegung warf er den Diplomatenkoffer auf die Anrichte und suchte nach dem Kleiderbügel, um das Sakko an die Garderobe zu hängen. Einen Moment hielt er inne, da ihn ein Geräusch störte, das aus dem Wohnzimmer zu kommen schien. Er trat vor und warf einen Blick in den riesigen Raum. Die Stimme ließ ihn zusammenfahren.

»Sie kommen spät, Dr. Kreuzer. Sie müssen wissen, dass Zeit für mich eine völlig neue Bedeutung bekommen hat. Das Warten fällt mir schwerer als früher. Doch jetzt sind Sie da und wir können uns unterhalten. Setzen Sie sich. Sie werden sicher entschuldigen, wenn ich mir in der Zwischenzeit eine Dose Ginger Ale aus dem Kühlschrank gegönnt habe.«

Obwohl das Gesicht des ungebetenen Gastes absolut freundlich wirkte, empfand Rechtsanwalt Kreuzer die Waffe in dessen Hand als bedrohlich. Sie war unablässig auf seinen Kopf gerichtet und zeigte durch eine kurze Bewegung an, wohin er sich setzen sollte. Als er der Aufforderung des Mannes folgte, konnte er nicht vermeiden, dass sich Schweiß auf seiner Stirn sammelte. Gleichzeitig versuchte er, sich an dieses Gesicht zu erinnern, das ihm zwar bekannt vorkam, sich jedoch keinem seiner Fälle zuordnen ließ.

Warum er nicht an einen normalen Einbrecher dachte, konnte sich Volker Kreuzer nicht erklären. Endlich fand er seine Stimme wieder und nahm allen Mut zusammen. »Was wollen Sie von mir? Ist es Geld? Ich kann Ihnen eine kleine Summe geben. Folgen Sie mir zum Safe. Und dann verschwinden Sie aus meinem Haus, bevor ich die Polizei hole.«

Fast mitleidig war der Blick des Mannes, dessen Alter kaum einzuschätzen war, da Falten und dunkle Ringe um die Augen das schwierig gestaltete. Für einen Moment legte der Besucher die schwere Waffe auf den Schoß und kramte in der Seitentasche seines Sakkos. Das Foto warf er auf den Tisch und wartete geduldig, bis Kreuzer es eingehend betrachtet hatte.

»Sie erinnern sich? Eigentlich müssten sich diese Augen in Ihr Gedächtnis eingebrannt haben. Es sind die eines vergewaltigten, gequälten und toten Mädchens. Sie war einmal hübsch und lebensfroh. Ich kann Ihnen versichern, dass sie noch Wunderbares für ihr Leben geplant hatte. Bevor dieses Tier sie tötete, war die Reise nach Australien bereits gebucht. Es war ein Austauschprogramm für eine Sprachreise. Aber selbst wenn Rudolf Fokus das gewusst hätte, wäre er sicher nicht von seinem Vorhaben abgewichen, dieses unschuldige Leben zu vernichten.« An dieser Stelle legte der Mann eine Pause ein und beobachtete den Anwalt. »Ich sehe, bei Ihnen klingelt es. Sie erinnern sich an den Fall? Sie haben damals dieses Schwein freibekommen und dafür gesorgt, dass diese Tat ungesühnt blieb. Das hat Ihnen sicherlich zu großer Bekanntheit in der Szene verholfen. Die Meinung von unbescholtenen Bürgern, die das Schwein gerne im Knast gesehen hätten, hat Sie einen Scheißdreck interessiert. Haben Sie etwas zu Ihrer Entschuldigung vorzutragen?«

»Wer sind Sie? Und was werfen Sie mir eigentlich vor? Ich habe meinen Job gemacht, verstehen Sie? Nur meinen Job. Außerdem möchte ich wissen, was Sie sich von Ihrem Besuch hier versprechen. Soll das ein privater Rachefeldzug werden, weil Sie Ihre Vorstellung von Gerechtigkeit heute Abend darstellen wollen. Ich kann Ihnen sagen, dass es vertane Zeit ist. Ich glaube, ich erinnere mich an die Verhandlung. Selbst wenn dieser Rudolf Fokus dieses Mädchen getötet hat, so hat er dennoch das Recht, die Grundgesetze unseres Staates für sich zu nutzen. Ich glaube, dass es damals ein erzwungenes Geständnis war, auf dem sich die Anklage stützte. Das war gegen das Gesetz. Es ist meine Aufgabe als Rechtsanwalt, meine Mandanten vor solchen Machenschaften der Ermittler zu schützen. Das würde ich sogar bei Ihnen tun.«

Kreuzer zuckte heftig zusammen, als sein Besucher aufsprang und ihm den Lauf der Waffe gegen die Stirn drückte. Jedes Wort, das er ihm entgegen schrie, schlug wie eine Bombe bei ihm ein.

»Wagen Sie es nicht, das Gesetz für Ihre Gier nach Ruhm und Reichtum vorzuschieben. Was sind Sie nur für ein Mensch? Sie wissen, dass dieses Schwein meine Schwester bestialisch getötet hat und sind trotzdem in der Lage, nach Unregelmäßigkeiten zu suchen, die Ihrem Mandanten die Freiheit garantieren? Ich habe Sie erlebt, als Sie Ihren Triumph über das Recht nach Vergeltung stellten. Ich sah in Ihr Gesicht, als Sie vor die Presse traten und öffentlich

Klage führten gegen die Beamten, die sich bemüht hatten, das Schwein zu überführen. Dieser Zynismus ist ekelerregend und darf nicht ohne Strafe bleiben.«

Volker Kreuzer hatte beide Hände schützend vor den Körper gehalten und beobachtete, wie der Gast versuchte, seinen Hustenanfall zu unterdrücken. Schließlich drückte der ein bereits blutiges Taschentuch vor den Mund, ohne Kreuzer aus den Augen zu lassen. Die Chance, einen günstigen Moment für sich zu nutzen, zerplatzte damit. Eine Bewegung mit der Waffe signalisierte Volker Kreuzer, dass er sich erheben sollte, was er zögernd tat. Unsicher geworden beobachtete er seinen Besucher, der ihn in die hinteren Räume dirigierte. Vor dem Bad zögerte er und blickte sich nach dem Mann um, der glaubte, Gerechtigkeit für den Tod seiner Schwester einfordern zu müssen.

»Was soll das Ganze? Nennen Sie mir Ihre Forderung. Es lässt sich über einen Betrag reden, denn alles hat seinen Preis und wird damit aus der Welt zu schaffen sein. Wenn Sie mich bestrafen, wird Ihre liebe Schwester dadurch nicht mehr lebendig. Sie ist tot, das ist Fakt und wird durch keine Maßnahme rückgängig gemacht werden können. Aber Sie können Vorteile für sich herausholen. Es tut mir von ganzem Herzen leid, was der Frau passiert ist, aber ich trage daran keine Schuld. Wenn einer Strafe verdient, dann ist es dieser Rudolf Fokus. Wir zwei werden uns mit Sicherheit einig. Also, wie viel wollen Sie?«

Der Lauf der Waffe traf Kreuzer genau auf dem Wangenknochen und trieb ihm die Tränen in die Augen. Reflexartig drückte er eine Hand auf das Gesicht und konnte so den zweiten Schlag etwas abmildern. Kreuzer prallte gegen die

Tür, die sich nach innen öffnete und mit einem Donnern gegen die Wand knallte. Nun war der Blick frei in das große und aufs modernste eingerichtete Bad. Der Anwalt stolperte in den Raum und fand im letzten Moment Halt an dem Rand der runden Badewanne. Ein leises Blubbern begleitete das Sprudeln des Wassers. Von überallher kamen diese Luftblasen und wirbelten das Wasser auf. Ungläubig starrte Kreuzer in das unruhige Wasser und drehte sich mit tränenverschleierten Augen um.

»Was wird das? Wieso das Wasser?«

»Nennen wir es einmal so, Kreuzer. Es soll Sie von all dem Schmutz befreien, der sich auf Ihrer Seele angesammelt hat. Eine Reinigung kann nicht schaden. Ziehen Sie Ihre Designerklamotten aus. Ich will Sie nackt vor mir stehen sehen. Legen Sie auch Ihren Mantel der Scheinheiligkeit ab, den Sie sich im Laufe der Jahre umgelegt haben. Treten Sie so, wie er Sie einst erschaffen hat, vor Gottes Gericht und stellen Sie sich seinem gerechten Urteil. Und bitte – beeilen Sie sich etwas. Sie müssen wissen, unsere Zeit auf Erden ist endlich.« Von einem Augenblick zum nächsten veränderte sich der Gesichtsausdruck des Besuchers und wechselte von einer gewissen Gelassenheit zu ausgeprägtem Zorn, der sich auch in seinem jetzt gefährlich klingenden Zischen der Stimme ausdrückte: »Zieh endlich diese verdammten Klamotten aus!«

Mittlerweile überzog ein durchgängiges Zittern Kreuzers Körper, der begriff, dass es dem Mann absolut ernst war mit seinen Forderungen. Nur mit Mühe schaffte er es, die Kleidung abzulegen, die er wohlgeordnet über einen Stuhl legte. Wie ein jugendlicher Konfirmand hielt er beide Hände vor seinen Penis und sah flehend auf den Besucher, ohne einen weiteren Versuch zu wagen, seinen Gast bestechen zu wollen.

»Jetzt bewegen Sie endlich den elenden Körper in die Wanne. Genießen Sie es. Ich habe Ihnen sogar einen Badezusatz eingelassen, damit Sie auch hinter den Ohren sauber werden.«

Drohend zeigte die Waffe auf die Stirn des Anwalts, dessen Selbstsicherheit mit seiner Kleidung abgelegt worden war. Tränen der Scham und der Angst liefen dem zur Fettleibigkeit neigenden Mann über die Wangen und tropften in das Badewasser. Fast wäre er sogar in die Wanne gestürzt, da ihn die Kräfte verließen. Soeben konnte er sich am Wannenrand abfangen, wobei er kräftig mit der Hüfte gegen den Rand stieß. Sein Schluchzen war unüberhörbar und erzeugte bei seinem Besucher neben Verachtung tiefe Befriedigung.

»Sitzen Sie gut, Herr Rechtsanwalt? Ich möchte, dass Sie es bequem haben, wenn Sie zum Verhör vor Ihren Schöpfer treten.«

Kreuzers Zittern verstärkte sich, als ihm das Foto des Mädchens vor die Augen gehalten wurde. Verständnislos blickte er auf seinen Besucher, der nicht lange den Grund dafür verschwieg.

»Wenn Sie gleich vor dem obersten Richter Erklärungen zum Fall abgeben müssen, sollen Sie genau wissen, über welches menschliche Wesen Sie reden müssen. Diese junge Frau war es, der Sie die Gerechtigkeit verweigerten. Sie war es, deren Mörder Sie zur Freiheit verhalfen. Ich bin fest davon überzeugt, dass Sie ihr da oben begegnen werden. Sie wird neben unserem Schöpfer sitzen und zufrieden lächeln, wenn er Sie in die tiefste Hölle verbannt. Sagen Sie ihr wenigstens, dass es Ihnen leidtut. Möglicherweise hilft das Ihrer beschissenen Seele.«

Immer wieder versuchte Kreuzer, Worte zu formulieren, wobei sich seine bebenden Lippen bewegten, aber keinen Ton produzierten. Der Fremde schob die Waffe in den Hosenbund und griff nach dem Haarföhn, den er bereits auf der Ablage bereitgelegt hatte. Kreuzers Augen quollen fast aus den Höhlen, als er das Gerät auf sich zufliegen sah.

12

»Ich lerne doch immer was dazu, Herr Seltsam. So funktionierte das zwischen Ihnen? Die Zeiten ändern sich, muss ich feststellen. Bisher glaubte ich daran, dass eine richtige Beziehung auf gegenseitigem Vertrauen basiert, wobei ich das Wort Monogamie nicht unnötig strapazieren möchte. Sie haben sich wirklich darauf verständigt, dass jeder den Partner nach Belieben wechseln kann und keine Eifersucht entstehen darf? Irre.«

Joel Seltsam saß Leonie mit übereinandergeschlagenen Beinen gegenüber und zeigte ein gewinnendes Lächeln. Mit einer beeindruckenden Portion Überheblichkeit hatte er vor Minuten berichtet, dass er und Martina Hollstein eine mehr als offene Beziehung pflegten. Die Methode schien derzeit in Mode zu kommen, das Ergebnis war jedoch weniger überzeugend, wie der Mord an Martina bewies. Leonie wurde das Gefühl nicht los, dass es Joel zwar bedauerte, der Tatsache, dass sie ermordet wurde, jedoch keine allzu große Bedeutung zukommen ließ. Schnell wurde der Kommissarin klar, dass Joel wegen eines stichhaltigen Alibis für die Tat nicht in Frage kam. Allerdings stieß sie die Art und Weise ab, wie dieser Mann mit dem Ableben einer Bekannten umging.

Immer wieder wischte der arrogante Fatzke die blondierte Haarsträhne aus der Stirn, die ihm idiotischerweise bis zur Oberlippe vor den Augen schwebte. Allein die Beobachtung dieser sinnfreien und ständigen Bewegung machte Leonie zusehends nervöser. Sie wollte den Kerl so schnell wie möglich aus ihrem Büro haben. Kais Erscheinen half ihr, sich von dem Widerling zu verabschieden.

»Es ist schade, dass Sie uns keine Hinweise auf den möglichen Aufenthalt von Martina Hollstein an dem besagten Abend liefern können. Ihr Alibi, da bitte ich um Ihr Verständnis, werden wir noch überprüfen. Sollten wir weitere Fragen an Sie haben, melden wir uns. Ihnen noch einen erlebnisreichen Tag.«

Joel Seltsam erhob sich träge vom Stuhl und wartete darauf, dass ihm der eintretende Kai Wiesner den Weg freigab, was allerdings nicht geschah. Mit einem unverständlichen Grummeln trat er um den Kommissar herum, der ihn um fast eine Haupteslänge überragte. Als sich die Tür hinter dem Mann schloss, trat Kai näher heran.

»Wer war das denn? Aus welcher Freakshow ist der entwichen? Sag mir bloß nicht, dass das der ehemalige Freund von der attraktiven Martina Hollstein war.«

Leonie ließ die Frage unbeantwortet und sah ihren Kollegen erwartungsvoll an.

»Hast du wenigstens was Neues erfahren können? Das gerade gehörte in die Kategorie vertane Zeit. Du hattest doch die Termine in den Discos.«

»Möglicherweise haben wir was erfahren, was uns helfen könnte. Dino Wohlert von der Drogenfahndung hat mich begleitet. Der kennt sich dort bestens aus und hat seine

Beziehungen spielen lassen. Im First Saloon soll sich Martina an dem Abend tatsächlich aufgehalten haben. Ein Barkeeper meint, sie dort noch spät gesehen zu haben.«

»Was ist mit Begleitungen? Hat man sie mit Männern gesehen?«

»An der Stelle wird es schwierig. Sie hat an dem Abend reichlich getanzt und scheint dabei die Partner gewechselt zu haben. Wann und mit wem sie den Laden verließ, ist noch immer ein Geheimnis. Der Keeper konnte sich lediglich an einen Typen erinnern, der außergewöhnlich gut und gepflegt ausgesehen haben soll. Mit dem hat sie längere Zeit an der Bar zugebracht. Woran er sich erinnern konnte, war die Tatsache, dass er Martina einige Mojitos spendiert hat und ein sattes Trinkgeld liegen ließ. Plötzlich waren beide verschwunden. Da soll es aber schon fast vier Uhr gewesen sein. Beschreibung kannst du vergessen. Aber wiedererkennen würde er den Kerl schon.«

»Na, das ist doch schon etwas, Kai. Das kann mal entscheidend sein, falls wir einen Verdächtigen haben.«

Beide drehten sich Richtung Tür, als Gordon in den Raum stürzte und ihnen anzeigte, dass sie ihm folgen sollten. Erst auf dem Weg zum Aufzug klärte er sie über die Sachlage auf. Mit beiden Händen strich er seine Jeansjacke glatt.

»Wir fahren nach Bredeney. Man hat Dr. Volker Kreuzer, diesen windigen Rechtsanwalt, tot in der Wanne gefunden. Seine Haushälterin hat ihn entdeckt. Der Mann glaubte, seine restlichen Flusen föhnen zu müssen, während er in der Wanne saß. Wie ihr seht, bedeutet ein Studium nicht zwingend, dass man gleichzeitig mit Intelligenz ausgestattet wurde.«

»Du machst Witze, Gordon? Der hat sich doch bestimmt selbst ...?, hielt Leonie dagegen.«

»... hat er nicht, meine Liebe. Jemand hat ihm das Teil statt Badeente hineingeworfen. War auch nur ein Scherz von mir. Die Spurensicherung und Lieken sind schon vor Ort. Klaus wird uns sofort sagen können, was da geschah. Ich überlege, was mir der Name Kreuzer sagt. Irgendwo haben sich unsere Wege schon gekreuzt. Gebt mir Zeit, dann komme ich drauf. Jetzt aber los. Leonie fährt, sie ist die beste Fahrerin von uns dreien. Adresse ist Am Wiesental.«

Einige Beamte kümmerten sich bereits um den alten Volvo, während die drei Ermittler den Weg an vielen Polizeibeamten vorbei suchten. Das Bad befand sich am Ende der breiten Diele und rang den dreien einen bewundernden Blick ab.

»Geile Hütte, muss ich schon sagen. Da kann man mal sehen, wie viel Kohle man damit machen kann, wenn man die Gesetze etwas zurechtbiegt und die Lücken darin findet«, konnte sich Kai nicht verkneifen.

Dr. Lieken saß auf der Toilette, so als hätte er dort ein wichtiges Geschäft zu erledigen. Gordon drehte sich wieder ab und drückte Kai und Leonie aus dem Raum.

»Leute, dabei wollen wir Dr. Lieken auf keinen Fall stören.« An seinen Freund gerichtet konnte er die Bemerkung nicht zurückhalten: »Wenn du mit deiner Notdurft fertig bist, sagst du uns bitte Bescheid. Ich hätte da einige Fragen an dich.«

»Du bist manchmal ein richtiges Arschloch, Gordon. Kannst du nicht wenigstens im Anblick des Todes deine flachen Witze zurückhalten? Was willst du wissen?«

Grinsend kam Gordon auf seinen Freund zu und klopfte ihm auf die Schulter.

»Entschuldige mal. Aber so wie du hier sitzt, könnte man meinen, dass du einen Teil der Morgentoilette nachholst. Bist du schon durch mit deiner Untersuchung? Wie ich hörte, hat den Mann jemand im Bad besucht.«

»Der Tod trat nachweislich durch die Stromeinwirkung ein. Herztod nach Kammerflimmern. Als die Haushaltshilfe eintraf, fiel ihr zuerst auf, dass der Hauptsicherungsschalter herausgesprungen war. Als sie den wieder reindrücken wollte, geschah das Gleiche immer wieder. Schließlich ist sie durch die halbdunklen Räume gelaufen und hat den Hausherrn hier gefunden.«

»Gab es weitere Gewalteinwirkung?«

Endlich bemühte sich Lieken von der Toilette und zog Gordon zur Wanne.

»Freiwillig ist Dr. Kreuzer nicht ins Wasser gestiegen. Ich denke mal, dass er sich die Macke unter dem Auge nicht selbst zugefügt hat. Als ich den Mann drehte, fiel mir ein mächtiges Hämatom an der Hüfte auf. Entweder wurde er mit einem harten Gegenstand attackiert, oder er ist gestürzt und es handelt sich um eine Prellung. Die Verletzungen sind noch recht frisch. Es erscheint mir unlogisch, dass man sich anschließend freiwillig in ein Blubberbad legt. Sieh dir einmal die Augen an. Fällt dir nichts auf?«

Gordon trat näher heran und besah sich die Verletzungen sowie die Augen des Opfers.

»Kreuzer hatte eine Scheißangst, würde ich mal sagen.«

»Genau. Ich vermute mal, dass er mitansehen musste, wie der Täter den Föhn in die Hand nahm. Das Ergebnis sehen wir hier. Dass er das nicht selber tat, belegt schon die Tatsache, dass ein Verlängerungskabel benutzt wurde. Die Kollegen von der Spurensicherungen meinten, dass auf dem Griff verschiedene Prints zu finden sind. Kreuzer ist verheiratet. Ihr braucht jetzt zum Vergleich die Abdrücke seiner Frau. Aber ich denke, dass die im Schlafzimmer zu finden sein werden.«

Kai, der zwischenzeitlich durchs Haus geschlichen war, betrat wieder das Bad und hörte die letzte Bemerkung.

»Ich war gerade oben in dem Zimmer. Da hängen nur noch wenige Klamotten von einer Frau. Ich vermute mal, dass die im Auszug begriffen ist. Zumindest wurden die meisten Schubladen ausgeräumt. Möglicherweise ist die gnädige Frau auf der Flucht. Soll ich eine Fahndung rausgeben?«

»Gibt es Einbruchspuren?«, wollte Gordon wissen.

»An der Terrassentür kam der Täter vermutlich rein. Das kann aber auch fingiert worden sein«, meinte Kai, »geklaut wurde scheinbar nichts. Außer den leeren Schubladen wurde nichts im Haus durchwühlt. Schon seltsam. Entweder hat seine Frau ein Martyrium beendet oder es hat sich jemand bei seinem Rechtsanwalt für einen schlechten Job bedankt.«

Es waren Gordon und Leonie, die wohl im selben Moment das Gleiche dachten. Ihre Blicke trafen sich.

»Warum denke ich in diesem Moment an Richter Kallweit?«, murmelte Leonie vor sich hin. »Die Sache stinkt nach einem Racheplan, dem der Täter folgt. Er arbeitet derzeit eine Todesliste ab. Ich werde mir mal die Akten von Verhandlungen vornehmen, wo Kallweit den Vorsitz führte und Kreuzer die Verteidigung übernommen hatte. Das wäre der Hammer. Selbst die Tatsache, dass der Täter seine Spuren erst gar nicht zu vertuschen sucht, deutet auf einen Zusammenhang hin.«

Gordon war hellwach und stimmte Leonie zu, indem er gedankenverloren nickte.

»Genau. Das könnte es sein. Leonie. Du übernimmst diesen Punkt und selektierst die Akten. Zusätzlich will ich schnellstmöglich Frau Kreuzer sehen, da wir These eins nicht zwingend ausschließen können. Findet raus, was in diesem Haus, ich meine damit die Ehe der beiden, nicht stimmte. Und das Ganze bitte gestern.«

Kai machte sich auf den Weg und rief über die Schulter: »Hoffentlich bekommen wir recht schnell Ergebnisse über die Fingerabdrücke. Wenn die mit denen im Fall Kallweit übereinstimmen, dürfte die Sache klar sein. Dann müssen wir herausfinden, wer der Nächste auf der ominösen Liste sein könnte.«

13

»Hätte ich vorher gewusst, dass Richter Kallweit ein Workaholiker war, hätte ich mich nicht freiwillig zu dieser Suche gemeldet.« Leonie fuhr sich mit beiden Händen durch die Haare und sah Kai flehend an. »Sieh dir mal die vielen Kartons an. Da solltest du mal den Kollegen herauskehren und mich fragen, ob du mir helfen kannst. Das dauert sonst Jahre.«

»Ich meine, dass schon auf der ersten Seite steht, wer gegen wen die Klage führt. In der Regel der Staat gegen xy. Und da müsstest du sogar den Rechtsvertreter finden. Ich würde mir eine Tabelle im Rechner aufbauen, damit du später besser filtern kannst.«

»Danke Kai – du warst mir eine große Hilfe. Hast du wirklich geglaubt, dass ich auf diese Idee nicht schon selbst gekommen bin? Das Ganze geht nur wesentlich schneller, wenn man zu zweit daran arbeitet. Habe ich mich jetzt verständlicher ausgedrückt? Zu zweit!«

Kai hob beide Hände, um seine Aufgabe anzuzeigen.

»Lass mich nur noch eben das Telefonat führen. Ich muss rausfinden, wo sich die gnädige Frau Kreuzer aufhält. Eine Nachbarin meinte, dass es oft Streit im Hause Kreuzer gab und es da schon einen Neuen geben könnte. Dabei soll es sich sogar um einen Kollegen des Opfers aus der gleichen Kanzleigemeinschaft handeln. So wie die Gerüchteküche verlauten lässt, handelt es sich um einen gewissen Rechtsanwalt Ralf Kloppe. Will mal versuchen, ob ich die trauernde Witwe im neuen Liebesnest erreiche. Bin gleich bei dir.«

Nur kurz musste Kai warten, bis sich die freundliche Stimme einer Dame nach seinem Anliegen erkundigte. Mit der Bemerkung, dass er in einem Mordfall ermittle, konnte er die Weiterschaltung zu Ralf Kloppe beschleunigen. Als dieser sich meldete, war er schon über den Anrufer ins Bild gesetzt worden.

»Wie kann ich Ihnen helfen, Kommissar Wiesner? Betrifft es einen meiner Klienten? Mordkommission – das hört sich danach an, als wäre etwas Schlimmes passiert.«

»Da liegen Sie genau richtig, Herr Kloppe. Wir ermitteln in einem Tötungsdelikt.«

»Kenne ich das Opfer oder sogar den mutmaßlichen Täter, Herr Kommissar?«

»Da sollten wir in mehrfacher Hinsicht von ausgehen. Es handelt sich um einen Ihrer Partner in der Sozietät. Der Grund meines Anrufs ist etwas speziell. In der Umgebung des Verstorbenen behauptet man, dass wir Frau Katharina Kreuzer über Sie finden könnten.«

Am anderen Ende der Leitung entstand absolute Stille. Erst nach einer Weile kamen von dort die ersten, wenn auch zögernden Fragen.

»Sie reden bei dem Opfer doch nicht etwa ... Sie wollen mir sagen, dass Volker ... ist er tot? Was ist passiert? Hat man ihn ermordet? Suchen Sie Katharina, weil Sie glauben, dass ...? Nein, das ist nicht möglich, Herr Wiesner. Das würde sie niemals zustande bringen.«

Kai ließ sich gar nicht erst dazu verleiten, Einzelheiten zur Tat auszuplaudern. Er wiederholte seine Frage.

»Können Sie mir sagen, wo wir Frau Kreuzer finden können? Sie wäre eine wichtige Zeugin. Ich muss Sie als Rechtsanwalt sicher nicht darüber aufklären, dass Sie verpflichtet sind, uns ...«

»Ja, ja, das weiß ich und ich habe absolut kein Problem damit, Ihnen zu sagen, dass sie sich in meinem Haus aufhält. Wann soll der Kollege denn ermordet worden sein? Verstehen Sie meine Frage nicht falsch, aber so können wir sicher schon im Vorfeld eingrenzen, wer dafür infrage kommen könnte. Katharina ist schon vor Tagen ausgezogen und lebt seitdem bei mir. Volker wusste davon und hat es scheinbar akzeptiert. Sind Sie sich absolut sicher, dass er nicht selbst ...?«

Nach nur kurzer Überlegung entschied sich Kai, das klarzustellen.

»Das können wir ausschließen, Herr Kloppe. Wir sprechen im Fall Kreuzer über Mord. Darf ich die Telefonnummer von Frau Kreuzer haben, damit wir sie befragen können?«

»Hören Sie, Herr Kommissar. Ich kann mit Katharina gerne bei Ihnen im Präsidium vorbeikommen. Sie wird sicher einen Anwalt brauchen.«

»Was macht Sie da so sicher, dass sie einen Anwalt benötigt? Bis jetzt soll sie nur als Zeugin angehört werden. Nichts spricht bisher dafür, dass sie an der Tat beteiligt war. Aber wenn Sie glauben, dass Verdachtsmomente gegen sie sprechen könnten, steht Ihrer Begleitung nichts entgegen. Ich will zugeben, dass es reichlich irritierend wirkt. Da wir gerade dabei sind, die Verdächtigen einzugrenzen, hätte ich eine Frage an Sie. Da sie scheinbar in einer gewissen intimen Beziehung zur Gattin des Opfers leben, würde es uns interessieren, wo Sie sich gestern zwischen 17 Uhr und 23 Uhr aufhielten.«

Es entstand eine längere Pause, sodass Kai noch mal nachfasste.

»Sind Sie noch da, Herr Kloppe? Soll ich die Frage wiederholen?«

»Entschuldigen Sie bitte, Herr Wiesner. Aber das musste ich erst einmal einordnen. Sie rufen mich in der Kanzlei an, um den Aufenthaltsort von Frau Kreuzer herauszufinden. Ich erkläre mich bereit, Ihnen das mitteilen zu wollen, und Sie besitzen die Unverfrorenheit, mich gleichzeitig in den Kreis der Verdächtigen aufzunehmen. Das ist doch harter Tobak.«

»Nun versetzen Sie mich in Erstaunen. Mit keiner Silbe habe ich Sie als Verdächtigen abgestempelt, sondern lediglich gefragt, wo Sie sich gestern Abend aufhielten. Wo liegt Ihr Problem? Es gehört zur Routine bei unserer Arbeit, jeden als möglichen Täter so lange einzustufen, bis seine Unschuld unumstößlich feststeht. Sie stehen in einer engeren Beziehung zur Familie des Opfers und haben schließlich die Ehefrau bei sich aufgenommen. Gibt es etwas zu verbergen? Ich möchte Sie daran erinnern, dass wir nicht über den Diebstahl von Klopapier reden. Ich ermittle in einem Mordfall. Also? Ich höre.«

Kai konnte das schwere Atmen deutlich vernehmen und stellte sich den Kampf vor, den dieser arrogante Kerl gerade mit sich austrug. Das ging klar gegen seine Ehre. Schließlich vernahm Kai die gepresste Stimme des Rechtsanwaltes.

»Wir waren den ganzen Abend ab ca. 20:30 Uhr zusammen, nachdem wir im Restaurant Tatort auf der Rüttenscheider Straße gegessen hatten. Zuvor hatte ich Katharina, ich meine Frau Kreuzer, im Frisiersalon Giese in der Henriettenstraße abgeholt. Man wird es Ihnen dort bestätigen können.«

»Tatort – wie passend. Wir werden das überprüfen. Ich stelle fest, dass dieses Alibi dann gleichzeitig für Frau Kreuzer gilt und sie mir die Zeiten ebenfalls bestätigen wird. Ich brauche immer noch die Telefonnummer.«

»Kommissar Kai Wiesner. Ich denke, Frau Kreuzer, dass Sie bereits von Herrn Kloppe bezüglich meines Anrufs vorbereitet wurden.«

»Wie kommen Sie darauf? Wir haben seit ...«

»Kürzen wir das Ganze ab, Frau Kreuzer. Sowohl Ihr Anschluss als auch der von Herrn Kloppe war in den letzten zehn Minuten besetzt. Ich verzichte darauf, Sie über das Ableben Ihres Gatten detailliert in Kenntnis zu setzen. Da sich Ihre Bestürzung scheinbar in erträglichen Grenzen bewegt, möchte ich gar nicht lange um den heißen Brei herumreden. Wir möchten Sie bitten, morgen um etwa zwölf Uhr im Präsidium vorstellig zu werden. Es soll lediglich eine Anhörung werden, zu der Sie Ihre Aussagen loswerden können. Herr Kloppe kündigte bereits an, dass er Sie begleiten wolle. Grundsätzlich ist dagegen nichts einzuwenden, obwohl es uns sichtlich überrascht. Doch wenn er glaubt, dass Sie einen Rechtsbeistand benötigen, soll es so sein. Ich erwarte Sie also morgen um zwölf. Ihnen noch einen angenehmen Tag.«

Leonie Felten hatte bereits seit dem Anruf bei Rechtsanwalt Kloppe die Arbeit ruhen lassen und war den Gesprächen gefolgt. Nun konnte sie sich nicht mehr zurückhalten.

»Das hast du aber erstaunlich ruhig durchgezogen, Kai. Ich vermute, dass es sich bei Kloppe um ein arrogantes Arschloch handelt. Ist doch klar, dass er der Frau seines Kollegen, die er vögelt, ein passendes Alibi liefert. Ich würde mir das schnellstmöglich im Restaurant bestätigen lassen. So ganz würde ich die beiden aber nicht von der Liste der Verdächtigen streichen. Das Motiv belastet sie schon. Ich denke mal, dass Katharina Kreuzer als Erbin das gesamte Vermögen zusteht. Kinder gibt es ja keine, wie ich herausbekommen habe. Immerhin greift sie dabei mehr ab, als sie durch eine Scheidung erhalten hätte.«

»Daran habe ich auch schon gedacht«, antwortete Kai, während er die Nachricht auf dem Rechner aufploppen sah. Augenblicklich zuckte er zusammen und sah rüber zu Leonie, der die Veränderung auf dem Gesicht des Kollegen aufgefallen war. Sie bekam keine Zeit, auf die nächste Frage Kais zu antworten.

»Wo ist Gordon?«

Die Tür wurde aufgerissen und die imposante Gestalt Gordons, wie gewohnt komplett in Jeans gekleidet, erschien im Rahmen.

»Erhebt euch. Es gibt Arbeit!«

14

»Das ist einfach ekelhaft. Wie kann man so mit einem Menschen umgehen? Das muss mal eine hübsche Frau gewesen sein.«

Leonie, die direkt neben Kai stand, musste sich an der Hausmauer abstützen, um ihre Schwankungen zu stabilisieren. Man hatte um den total zugemüllten Körper einen großen Kreis gelassen, auch um dem penetranten Verwesungsgeruch zu entkommen. Gordon war der Erste, der sich näher heranwagte. Er hatte für solche Fälle immer eine Riechsalbe dabei, die er sich unter die Nase rieb.

»Da wird sich Klaus Lieken aber freuen, wenn wir ihm diese Frau ins Institut bringen. Schade, dass er keine Zeit hat. So wie ich das sehe, gibt es Parallelen zur Martina Hollstein. Seht mal her!«

Leonie und Kai pressten ein Taschentuch vor die Nase und hielten den Würgereiz zurück. Gordon zeigte auf etliche Hämatome, die trotz der vorhandenen Leichenflecken deutlich zu erkennen waren. Immerhin lagen sie auf der Oberseite des Opfers, wobei die Leichenflecken naturgemäß in Bodennähe zu finden waren.

»Die gleichen Bisswunden wie bei der Hollstein, nur dass es diesmal mehr sind. Da müssen sich etliche Leute in die

Frau verbissen und ihr das Blut aus dem Körper gesaugt haben. Wir sollten das Ungeziefer unbedingt auf den Wunden belassen, damit Lieken den Todeszeitpunkt besser bestimmen kann. Die Spurensicherung hat bereits alle Fotos gesichert und die Umgebung nach Spuren abgesucht. Der Leichnam kann dann ins Institut. Wir sehen uns hier weiter um. Vielleicht finden wir in diesem Müllhaufen noch Hinweise. Neugierige haben wir genug hinter der Absperrung, aber nicht einen Zeugen, der was gesehen hat.«

Leonie erhob sich als Erste und marschierte Richtung Absperrung, hinter der zwei Polizisten einen Mann befragten.

»Sie haben die Frau gefunden? Mein Name ist Kommissarin Leonie Felten. Erzählen Sie bitte.«

»Das habe ich doch gerade dem Polizisten hier schon erklärt. Was soll das denn jetzt?«

Leonie konnte den Einwand des Mannes nachvollziehen, der jetzt leicht erregt vor ihr stand und die Welt nicht mehr verstehen wollte. Am liebsten hätte sie Abstand gehalten, da sie einem verhärmten, ungepflegt wirkenden Menschen gegenüberstand, den das Leben ins Abseits gestoßen hatte. Sie war auf jemanden getroffen, der Pfandflaschen aus den vielen Müllabladestellen in der Stadt heraussuchen musste, um sich eine warme Mahlzeit kaufen zu können. Die Kleidung hatte er womöglich ebenfalls hier gefunden. In seinem struppigen Bart klebte noch ein kleiner Rest von einem Essen, das er sich wahrscheinlich aus irgendeinem Mülleimer gezogen hatte. Sie kannte diese armen Menschen zu Genüge und hatte gelernt, den Menschen eine gewisse Achtung entgegenzubringen. Sie wollte ihm durch eine herablassende Art nicht auch noch das letzte bisschen Würde nehmen. Ungläubig starrte er auf Leonies ausgestreckte Hand und ergriff sie schließlich.

»Ich ... ich kam zufällig hier vorbei, weil ich hoffte, dass die Leute was Brauchbares abgestellt haben. Manchmal findet man ja was zum Anziehen – jetzt wo es bald kälter wird.«

»Sie haben also die Frau mehr zufällig gefunden?«, unterbrach Leonie den Redefluss des Mannes. »Wann war das denn? Haben Sie sofort die Polizei gerufen?«

»Das muss so um 13 Uhr gewesen sein. Ich musste warten, bis jemand vorbeikam, der ein Telefon hatte. Die Arschlöcher sind einfach weitergegangen, ohne auf mich ...«

»Ich sehe, dass die Meldung bei der Polizei um 13:46 Uhr einging. Haben Sie vorher vielleicht etwas Verdächtiges, zum Beispiel ein Auto gesehen, von dem die Frau oder irgendein Müll abgeladen wurde? War jemand hier, der sich von dieser Abladestelle entfernte? Denken Sie genau nach.«

»Nee, da war keiner. Nur die vielen Ratten. So viele von den Viechern habe ich hier noch nie gesehen. Die sind wohl alle wegen der Leiche gekommen. Heute liegt hier nämlich so gut wie nichts Essbares. Nicht einmal eine einzige leere Flasche werden Sie finden. Die müssen erst vor kurzer Zeit hier aufgeräumt haben.«

Leonie fand den Hinweis höchst interessant und machte sich Notizen.

»Nun denn, ich denke, dass es das für den Augenblick war. Gibt es eine Adresse, wo man Sie erreichen kann?«

»Nö, Frau Kommissarin. Ich bin mal hier mal da. Aber meistens finden Sie mich in der Innenstadt am Hauptbahnhof-Südeingang. Fragen Sie nach Freddie, dann wissen die anderen vielleicht, wo ich gerade bin.«

Mit großen Augen starrte Freddie auf den Fünfeuroschein, den ihm die Kommissarin in die Hand gedrückt hatte, bevor sie sich bedankte und abwandte.

Kai und Gordon waren immer noch in Diskussionen vertieft, als Leonie neben sie trat.

»Wir sollten uns bei der Stadt erkundigen, wann hier zuletzt der Müll abgeholt wurde. Der Zeuge meint, dass es noch nicht so lange her sein kann. Die Frau kann ja erst danach hier abgelegt worden sein. Möglicherweise hat man in dieser Zeit in der Nachbarschaft ein Fahrzeug beobachtet. Von der Häuserreihe dort drüben hat man einen recht guten Blick. Dort sollten wir dann mal recherchieren.«

Leonie drückte Gordon und Kai etwas zur Seite, da die Männer mit dem Zinksarg eintrafen, um das Opfer ins Institut zu Dr. Lieken zu transportieren. Selbst die verdrehten über ihrem Mundschutz die Augen, als sie die schlimm zugerichtete Frau in den Sarg hoben. Der Geruch tat sein Übriges.

»Verdammt, Gordon, du bist aber heute überpünktlich. Ich habe gerade erst mit der Arbeit an der jungen Frau angefangen. Da gibt es noch nicht so viel zu berichten. Aber der Reihe nach. Es handelt sich um eine Frau zwischen zwanzig und fünfundzwanzig, eins achtundsechzig groß und von sportlicher Statur. Dass sie kaum noch Blut im Körper hat, muss ich dir nicht extra sagen. Die ist leergesaugt worden.«

»Erkennst du schon jetzt Parallelen zum ersten Fund? Schließlich passen Alter und Aussehen zusammen.«

»Jetzt sei mal nicht so ungeduldig, mein Freund. Ich fange gerade erst an. Kannst du mir mal das Skalpell von dem Tisch reichen? Ich werde jetzt den Körper öffnen und sehen, was dort angerichtet wurde. Ach – bevor ich es vergesse. Riechst du nichts?«

»Willst du mich verarschen, Klaus?«, erwiderte Gordon. »Ich habe Mühe, mein Essen drin zu halten und du erwartest, dass ich Duftnoten unterscheide. Wovon sprichst du?«

Gordon erntete für seine Bemerkung nur ein verständnisloses Kopfschütteln. Dennoch erklärte Lieken, worauf er hinauswollte.

»Da ist ein Duft von Myrrhe. Dein Schnüffel ist für solche Feinheiten schon nicht mehr geeignet, wahrscheinlich weil du dir die Schleimhäute damals beim Saufen total ruiniert hast. Aber Spaß beiseite. Ich denke, dass man den gesamten Körper der Frau damit eingerieben hat. Dazu sollte man wissen, dass man schon im Mittelalter dieses Harz des Myrrhestrauches benutzte. Es heißt in der Überlieferung, dass man Jesus vor der Kreuzigung Myrrhewein zur Schmerzlinderung anbot. Aber das kann in unserem Fall wohl kaum der Grund gewesen sein. Die Schweine wollten die Schmerzen des Opfers bestimmt nicht lindern. Ich denke mal, dass es einem rituellen Zweck diente, denn auch dafür wurden Myrrhe und Weihrauch genutzt.«

»Du tippst auf irgendeine Satanssekte, die diese Frauen opfern, sie aussaugen? Die Haare hat man ihr außerdem größtenteils abgeschnitten. Die Wahnsinnigen behalten sie wohl als Trophäen.«

Gordon sah seinen Freund erwartungsvoll an, der prompt antwortete.

»Fällt dir was Besseres ein? Wo du gerade vom Satan sprichst. Ich denke, dass der hier schon seine Hand im Spiel hatte. Jeder, der hier tätig war – und das waren mindestens ein Dutzend Menschen – muss schon einen Pakt mit dem Herrscher der Hölle geschlossen haben. Sieh dir das an.«

Dr. Lieken legte seine behandschuhten Finger um Kinn und Nase der Frau und öffnete den Mund. Gordon prallte zurück als er die abgeschnittene Zunge und die in der Mundhöhle aufgestauten Blutgerinnsel sah. Er musste sich abwenden, um sich nicht zu übergeben. Lieken fuhr mit einer Erklärung fort.

»Diese Schweine wollten, dass man die Schreie nicht hörte. Man hat sie bei lebendigem Leib leergesaugt und ihr nicht einmal die Gnade einer schmerzstillenden Droge gegönnt. Das sind keine Menschen, Gordon. Finde sie und sorge dafür, dass man sie für immer wegsperrt. Die gehören auf den Scheiterhaufen. Das sind Augenblicke, in denen ich mir die Inquisition zurückwünsche. Sie sollten leiden, wie es ihre Opfer taten.«

15

Leonie legte vor lauter Entsetzen die Hand vor den Mund und schluckte. Zu grausam hörte sich Gordons Bericht an, den er von der Rechtsmedizin zum Fall der Blutsauger mitbrachte. Selbst die hart gesottenen Männer der Soko zeigten eine Gesichtsblässe, obwohl sie schon auf viele Leichen zurückblicken konnten. Es war nicht der Anblick einer Toten, sondern die Art und Weise, wie sie zu Tode kam, die schockierte. Hier und da war ein Fluchen zu vernehmen, was man den Männern nicht verübeln konnte.

»Wir haben schon die Fühler in der Szene ausgestreckt, alle Informanten befragt«, meinte Dino Wohlert von der Drogenfahndung. »Nichts – absolut nichts. Einer von meinen Kunden meinte, dass es sich um Leute aus den besseren Kreisen handeln könnte. Die könnten zu solchen Exzessen fähig sein. Und die, so meint man, halten durch einen Eid gebunden zusammen. Ich habe da mal die Literatur bemüht und Dinge erfahren, von denen ich vorher nichts geahnt habe.«

Dino sah in gespannte Gesichter und setzte seinen Bericht fort.

»Es bilden sich Gruppen, die in Hierarchien und strengen Regeln eingebunden und gut durchorganisiert sind. Diese meist männlichen Mitglieder besitzen eine dissoziative Identitätsstörung, die mit einem Hang zur rituellen Gewalt verbunden ist. Das bedeutet, dass man schwere Misshandlungen an Erwachsenen, Jugendlichen und sogar Kindern vornimmt. Ziel ist, das Opfer zu verwirren, es mittels Gewalt in Angst zu versetzen. Dabei gibt man sich den Anstrich, der religiösen, spirituellen oder zumindest einer Weltanschauung zu folgen. In Wirklichkeit lebt man seine Gewaltfantasien aus, wenn ihr mich fragt. Dass man Blutopfer schafft, wäre neu. Man kennt das aus der Aztekenzeit und glaubt, dass diese radikale Form nicht mehr praktiziert wird.«

»Aktuell werden wir eines anderen belehrt«, wandte Gordon ein. »Hier bedient man sich sogar des Vampirismus. Wir müssen dieses Nest unbedingt ausräuchern, bevor solche Praktiken vor allem bei jugendlichen Fanatikern publik werden und sich zu einem Flächenbrand ausbreiten. Derzeit besitzen wir keinen einzigen Hinweis auf eine solche Gruppe, wenn wir von den Gebissspuren einmal absehen. Die sind wertlos, solange wir sie nicht einer bestimmten Person zuordnen können.«

Kai unterbrach seinen Chef mit dem Vorschlag: »Ich sehe den derzeit einzigen Weg, dort dranzubleiben, wo das Geschehen seinen Anfang nimmt – in den Nobeldiscos. Hier suchen sich die Täter scheinbar ihre Opfer. Ich denke, dass wir dort nach Spuren suchen sollten. Jede Anmache bei jungen Frauen muss kritisch verfolgt werden. Das ist aber nur möglich, wenn die Ladys mitspielen.«

»Das werden sie aber nicht«, mischte sich Leonie ein.

»Genau das ist der Punkt«, fuhr Kai fort. »Wir brauchten unter ihnen Verbündete, was schwierig sein dürfte. Vielleicht könnten wir das Personal an den Theken einbinden. Ich sehe nur das Problem, dass die plaudern könnten und die Täter zu früh gewarnt werden.«

»Außerdem dürfen wir nicht den Fehler machen, denen von den Vampiren zu erzählen«, schaltete sich jetzt wieder Dino Wohlert ein. »Es geht einfach nur um schwere Vergewaltigungen. Das klingt für die Leute glaubhaft und ist von unserer Seite verantwortbar.«

Kollektives Nicken schien eine Zustimmung zu signalisieren und die Aktion wurde als machbar verabschiedet. Die Vorgehensweise wurde noch eingehend besprochen, bevor jeder seine ihm zugeteilte Aufgabe übernahm.

Kaum hatte Gordon seinen Tagesplan festgezurrt, als das Telefon in seiner Tasche um Aufmerksamkeit bettelte. Ein kurzer Blick genügte, um zu erkennen, dass der Anruf aus seinem Haus kam. Bereits am Atmen erkannte er, wer anrief.

»Wieso rufst du mich an, mein Junge? Müsstest du nicht in der Schule sein? Was ist passiert?«

Gordon musste sich einige Sekunden gedulden, bis er eine Antwort bekam. Er wusste, dass sein Sohn bestimmte, wann er sich artikulierte.

»Mama weint.«

Mit zwei Worten hatte es Jonas geschafft, seinen Vater aus der Fassung zu bringen. Er war plötzlich hellwach.

»Ist irgendetwas geschehen, dass Mama jetzt weinen muss? Hast du sie verärgert, sodass sie jetzt traurig ist?«

Statt einer Antwort hörte Gordon den durchgängigen Ton einer toten Leitung. Fluchend knallte er das Gerät auf die Schreibtischunterlage und blickte zur Decke, um sein weiteres Vorgehen zu überdenken. Immer wieder überraschte ihn Jonas mit unvorhersehbaren Reaktionen. Statt eine klare Auskunft zu geben, beendete er etwas, was er zuvor nur angedeutet hatte. Seine Botschaft an den Vater war klar: Kümmere dich um Mama. Leonie, die fragend herübersah, winkte er heran.

»Hör zu, Jonas erzählte am Telefon in Kurzform, dass mit Denise was nicht stimmt. Sie würde weinen. Ich seh mal nach dem Rechten und fahre anschließend noch mal zur Fundstelle der jungen Frau. Die Nachbarn sind noch nicht befragt worden.«

»Bestell meinem Freund Jonas die besten Grüße von mir. Sage ihm, dass ich in den nächsten Tagen vorbeischaue. Der ist mir eine Revanche beim Dame-Spiel schuldig.« Leonie warf einen Blick auf ihr Display, da sich ihr Telefon meldete. »Warte einen Moment, Gordon. Kai meldet sich gerade. Er hat einen Anruf erhalten, dem er nachgehen wollte. Es geht um die Tote aus dem Müllhaufen.«

Nur kurz hörte sie dem Kollegen zu und winkte Gordon heran. Dann stellte sie auf Lautsprecher.

»Ich habe auf Mithören gestellt, damit Gordon es ebenfalls verstehen kann. Noch mal von vorne bitte.«

»Zuerst glaubte ich ja, dass die Frau sich nur wichtigtun wollte und habe das nicht so ernst genommen. Aber ich sprach gerade mit einer gewissen Tamara Szudis. Sie behauptet, dass sie die Frau in der Zeitung erkannt habe. Mich wundert es ehrlich gesagt, so wie das Opfer aussah. Aber sie will mir Fotos von ihrer Freundin zeigen, die angeblich eine starke Ähnlichkeit aufzeigen. Es könnte sich um eine Ellen van Kalken handeln. Von ihr gibt es schon seit mehreren Tagen kein Lebenszeichen mehr. Ich werde es jetzt in der Wohnung des angeblichen Opfers versuchen und euch auf dem Laufenden halten. Morgen früh bin ich bei dieser Szudis und sehe mir die Fotos an. Könnte ja sein, dass wir einmal Glück haben. Leonie, du kannst ja in der Zwischenzeit mal recherchieren, ob wir was über Frau van Kalken haben. Hört sich nach niederländischen Wurzeln an. Die Adresse bekommst du übers Handy von mir. Die Frau soll angeblich als Laborassistentin bei Bayer arbeiten. Frag mal an, wann sie zuletzt zum Dienst erschienen ist. Bis nachher dann.«

Gordon hatte interessiert zugehört und nickte zufrieden.

»Hört sich doch gut an. Ich möchte alles über die Frau haben. Eltern, Geschwister, Hobbys, Freunde und versuche, was über ihr Arbeitsumfeld herauszubekommen. Hatte die einen Klüngel mit einem Kollegen, vielleicht sogar mit ihrem Chef ... das Übliche. So, ich mach mich auf den Weg. Dauert nicht lange. Schick mir sofort eine Nachricht, wenn es was Wichtiges gibt.«

An der Tür angekommen drehte sich Gordon um.

»Falls die van Kalken nicht auffindbar ist und Kai partout nicht in die Wohnung kommt, hole dir beim Staatsanwalt einen Beschluss zur Durchsuchung. Wir brauchen Spuren, so lange der Fall heiß ist.«

16

»Hallo, das ist aber eine Überraschung. Hast du schon Feierabend oder wolltest du was mit Jonas unternehmen?«

Denise machte Gordon Platz, damit er in die Diele eintreten konnte. Gordon dagegen suchte, während er eintrat, Spuren im Gesicht von Denise. Schnell erkannte er die dunklen und geschwollenen Ränder um ihre Augen, die sie nur notdürftig mit Make-up überdeckt hatte. In der Küche suchte er nach Mineralwasser, schüttete sich ein Glas ein und lehnte sich gegen die Arbeitsplatte.

»Nein, ich muss noch weg. Aber mir hat mein Bauch gesagt, sieh doch mal nach dem Rechten. Da stimmt was nicht. Komm raus mit der Sprache. Was bedrückt dich?«

»Oh Gott, hat Jonas wieder gepetzt? Es ist nichts, Gordon – wirklich nicht. Ich hatte nur einen Moment, in dem ich über das Geschehene nachgedacht habe. Er war wieder da. Plötzlich stand dieser Mistkerl vor mir.«

»Du sprichst von Pablo Martinez, nehme ich an. Hat er mit dir gesprochen? Hat er dich bedroht?«

Gordon versuchte, ruhig zu bleiben, und nahm einen Schluck Wasser zu sich. Dabei beobachtete er genau, wie Denise nach Worten, nach Ausflüchten suchte, um die Situation runterzuspielen.

»Nein, nein – er stand nur einfach da und beobachtete mich. Er hat sogar gelächelt, bevor ...« An dieser Stelle stockte Denise und drehte sich ab, öffnete die Tür der Spülmaschine und begann damit, das Geschirr auszuräumen. Gordon machte einen schnellen Schritt nach vorne und fasste sie vorsichtig an den Schultern. Nur mit sanfter Gewalt schaffte er es, dass sie ihm ins Gesicht sah.

»... bevor was geschah? Bitte sprich mit mir darüber. Es muss raus, sonst erstickst du daran. Was geschah danach?«

Deutlich waren die Tränen zu sehen, die nun ihre Spuren im Gesicht von Denise hinterließen. Zärtlich wischte Gordon sie ab und küsste ihr die Stirn.

»Ruhig, Liebes, ganz ruhig. Lass dir Zeit. Ich bin bei dir und lasse nicht zu, dass er dir wehtut. Was geschah dann?«

»Er ist ... er ist einfach geplatzt. Das ganze Blut spritzte durch das Zimmer und ich bekam es ins Gesicht. Ich habe versucht, es mit den Händen wegzuwischen, habe geschrien. Von irgendwoher kam sein Lachen. Verdammt, warum hat der Satan gelacht? Er ist doch tot. Gordon – er ist doch wirklich tot, oder irrt er noch herum? Ich habe Angst, dass es noch einmal geschehen könnte. Er rächt sich dafür, dass ich ihn erschossen habe.«

Jetzt gab es kein Halten mehr. In Strömen rannen die Tränen über ihre Wangen, während Gordon sie fest umklammerte und das Beben ihres Körpers spürte. Immer wieder setzte er an, um ihr tröstende Worte zu sagen. Doch jedes Mal stockte er mitten im Satz, den er nur in Gedanken formuliert hatte. Nur zu gut kannte er dieses Gefühl der Verzweiflung. Zu oft hatte er es selbst erleben müssen. Damals, als er diesen Schuss abgegeben hatte, der sein ganzes Leben verändert hatte. Bis zum heutigen Tag verfolgte ihn dieses traumatische Erlebnis, ließ ihn nachts hochfahren. Seine Alkoholabhängigkeit hatte er besiegen, aber niemals diese Erinnerung auslöschen können. Nun hatte es Denise erwischt. Er wusste von Anfang an, dass es schwer für sie würde, doch bestand die Hoffnung, dass sie stärker war als er. Auch bei ihm hatten mittlerweile Tränen den Blick verschleiert. Dennoch erkannte er den Jungen in der Tür, der sie beide aufmerksam beobachtete. Nur seine Körperhaltung drückte eine Spur von Traurigkeit aus, während seine Lippen fest aufeinandergepresst blieben. Selbst Gordon, der glaubte, seine Körpersprache recht gut lesen zu können, konnte in diesem Augenblick nicht einschätzen, was in Jonas vor sich ging. Gordon streckte seine Hand aus, um ihm zu zeigen, dass er zu ihm kommen sollte. Wortlos drehte sich der Junge um und verschwand in der Diele.

»Er spricht nicht mit mir, Gordon«, flüsterte Denise unvermittelt.»Er steht nur da und beobachtet mich. Ich kann es dir nicht mit Bestimmtheit sagen, aber ich habe das Gefühl, dass er sieht, was ich sehe. Das macht ihn traurig und gleichzeitig wütend. Kann das sein? Weiß er, was wir denken und fühlen?«

Es war eine Frage, die Gordon selbst schon häufig beschäftigt hatte. Eine Antwort hatte er nicht gefunden.

»Es ist schon möglich, dass er eine sensible Antenne für Stimmungen und Gefühle besitzt. Das sagt man diesen Kindern häufig nach. Doch dass er in unsere Gedanken eindringen kann, halte ich für ausgeschlossen. Das gibt es in der Realität nicht. Diese Figuren aus X-Men gibt es nur im Film. Er hat lediglich gefühlt, dass du etwas Schreckliches im

Traum gesehen haben musst. Das ist alles. Trotzdem mache ich mir Sorgen. Wir sollten über den Vorschlag nachdenken, dass du es doch mit einer Therapie versuchst, dein Trauma zu besiegen.«

»Ich will das nicht, Gordon. Ich gehe nicht in eine dieser Klapsmühlen. Niemals.«

»Jetzt sei bitte vernünftig Denise und erkläre diese Kliniken nicht gleich zu Sammelstätten für geistig Behinderte. Du kannst auch regelmäßig zu Sitzungen bei einem Psychologen gehen. Ich rede gerne einmal mit unserem Dr. ...«

»Vergiss es, Gordon. Du hast es auch geschafft ohne einen dieser Seelenklempner. Ich schaffe das ebenfalls. Nein, nein und noch mal nein. Sagtest du nicht, dass du noch was erledigen musst? Dann tu das bitte. Und ...« An dieser Stelle stoppte Denise und drückte Gordon mit einem gequälten Lächeln einen Kuss auf die Lippen. »... danke dafür, dass du gekommen bist. Ich liebe dich. Und noch was. Du solltest darüber nachdenken, ob du dieses Gestrüpp in deinem Gesicht nicht ein klein wenig stutzen könntest. Es kratzt.«

Denise wühlte in Gordons Bart und versuchte gleichzeitig, völlig normal zu wirken.

»Du hast recht. Ich sollte jetzt meinen Job machen. Und sage Jonas bitte, dass ich mich heute Abend mit ihm unterhalten möchte. So von Mann zu Mann.«

Denise schob ihn lächelnd zur Tür hinaus und lehnte sich schwer atmend von innen dagegen. Jonas' Blick ruhte auf ihr, während er ruhig auf der untersten Stufe der Flurtreppe saß. Langsam kam er auf sie zu und legte immer noch schweigend seine Arme um ihre Hüfte. Sie glaubte zu spüren, dass eine enorme Kraft in sie einzog.

17

Der Flur, den Kai vor sich sah, schien kein Ende zu nehmen. Die Wohnungstür von Tamara Szudis fand er fast am Ende. Er legte sein Ohr an das Türblatt, um schon früh darüber zu erfahren, ob er es vielleicht mit mehreren Personen zu tun haben würde. Dahinter blieb es ruhig. Nur das Klappern von Geschirr war zu vernehmen. Da er keinen Ton hörte, nachdem er auf den Klingelknopf gedrückt hatte, klopfte er energisch gegen das Holz. Es dauerte nicht lange, bis er Geräusche in der Wohnung hörte und ein Auge hinter dem Türspion auftauchte. Er ließ die Begutachtung über sich ergehen und wartete geduldig darauf, dass ihm geöffnet wurde. Schließlich hatte er sich telefonisch angekündigt. Die junge Frau, die ihre Tür weit aufriss und ihn hineinbat, hätte gut und gerne einem amerikanischen Teeniefilm entsprungen sein können. Kai konnte ein amüsiertes Lächeln nicht vermeiden, als er die blauen und rosafarbenen Schleifen in den langen blonden Haaren der schlanken Frau bewunderte. Dass sie sehr großzügig mit der Schminke hantiert hatte, vervollständigte sein Bild eines typischen amerikanischen Collegegirls, wie sie gerne in den oft sinnfreien Filmen dargestellt wurden. Den Punkt auf dem i bildeten die weißen Inear-Kopfhörer.

»Wird das ein Casting an der Haustür oder möchten Sie hereinkommen? Sie sind doch der Kommissar, der sich angemeldet hat?«

Tatsächlich errötete der so erfahrene Ermittler noch, als hätte ihn die Mutter beim Onanieren erwischt. Hektisch kramte er seinen Dienstausweis aus der Tasche und hielt ihn der flotten Dame entgegen.

»Ja, ja, es ist ja gut. Kommen Sie rein und suchen Sie sich einen freien Platz – falls Sie einen finden. Dass Sie ein Bulle sind, hätte ich auf fünfzig Meter Entfernung erkannt.«

Die Kleidungsstücke, die den zweiten Stuhl in der Küche bedeckten, fegte Tamara mit einer Bewegung von der Sitzfläche und quittierte das mit einem frechen Grinsen.

»Setzen wir uns. Soll ich Ihnen auch einen Latte macchiato zubereiten? Ich habe noch nicht gefrühstückt und der Automat erledigt das flott.«

Kai winkte dankend ab und sah sich in dem Raum um, wobei er sich fragte, wie man sich in diesem Chaos ein Essen zubereiten konnte. Das gestapelte Geschirr in der Spüle legte zumindest Zeugnis davon ab, dass vor geraumer Zeit einmal der Versuch dazu stattgefunden haben musste. Unter dem dünnen Morgenmantel, den Tamara Szudis sich um den Körper gelegt hatte, zeichneten sich ansprechende Kurven ab, die sicher hilfreich waren, wenn es in die Disco zum Abtanzen und Kennenlernen ging.

»Gibt es was Neues von Ellen? Ach, Moment, ich wollte Ihnen ja die Fotos zeigen, damit wir sicher sein können, dass es sich um sie handelt. Bei mir hat sie sich übrigens immer noch nicht gemeldet. Ich befürchte, dass sie es tatsächlich ist – ich meine damit die Tote in der Zeitung. Ich habe sie immer wieder davor gewarnt, mit jedem Kerl in die Falle zu steigen. Man hört ja oft genug von diesen Typen, die Frauen Gewalt antun.«

Als Tamara zurückkam, legte sie einen Stapel Bilder vor Kai ab und sortierte sie wieder nach einem nur ihr bekannten Muster.

»Gab es bei Ellen eine feste Beziehung? Ich meine in der letzten Zeit«, wollte Kai wissen, während er die Fotos durchsah und ausschließlich eine lebenslustige, stets lachende Brünette mit langem Haar und ausdrucksvollen Augen zu sehen bekam. »Auf den Bildern sehe ich immer nur neue Gesichter bei den Männern. Sie war scheinbar wechselhaft, was ihre Bekanntschaften betraf. Liege ich da richtig?«

»Ellen mochte das Leben, die Menschen und einfach Spaß haben. Sie hatte sogar Angst davor, sich eines Tages zu verlieben. Sie meinte, dass sie dadurch viel Neues versäumen könnte, wenn sie sich an einen Mann hängen würde. Ab und zu brachte ihr das sogar Ärger ein, weil es schon einmal Kerle gab, die nicht loslassen wollten. Da bekam sie Angebote, die ich an ihrer Stelle nicht ausgeschlagen hätte. Für sie gab es aber nur Geld, schöne Autos, gut aussehende Männer und ihre Freiheit. Wie man sehen kann, hat sie die womöglich teuer bezahlt. Zu teuer, würde ich sagen.«

»Sie haben mir die Frage nach einer aktuellen Beziehung noch nicht beantwortet«, hakte Kai nach. »Finde ich denjenigen sogar auf den Fotos?«

»Nein, Herr Wiesner. Wie ich schon sagte. Sie ließ sich auf keine Bindung ein. Und es gab immer wieder mal Männer, die ließen es partout nicht zu, dass man sie fotografierte. Ich wette drauf, dass sie verheiratet waren und befürchteten, später erpresst zu werden. Ich meine, dass mir Ellen mal von einem bekannten Politiker erzählte, der sich sogar trennen wollte, um sie zu heiraten.«

Kai sortierte die Bilder und sammelte diverse davon auf einem Extrastapel.

»Hat Ellen sich ihre Abende bezahlen lassen? Da war doch eine Menge Geld drin, wenn man so aussah wie sie.«

»Auf keinen Fall. Da bin ich mir sicher. Klar, ab und zu hat man ihr was zugesteckt oder sie mit in den Urlaub genommen. Einmal durfte ich sogar mitfahren in eine schicke Hütte nach St. Moritz. Skifahren mit allem Drumherum. War schon geil, mal das Leben von der Seite kennenzulernen. Sie hat den Kerl trotzdem abgeschossen, weil sie unabhängig bleiben wollte. Schade eigentlich. Der war wirklich nett.«

»Wie war das an dem Abend, als sie verschwand? Hat sie Ihnen gesagt, wohin sie wollte? Gab es da ein festes Date, oder wusste sie auch da nicht, was sie tun würde?«

Tamara zog ihre Stirn kraus, schien zu überlegen, während sie die blaue Schleife neu befestigte, die sich aus dem Haar gelöst hatte.

»Nö. Eigentlich ist das seltsam. Obwohl sie wusste, dass ich an diesem Abend nicht mitgehen konnte, rief sie nicht an. Wir telefonierten in der Regel trotzdem. Das hat sie an dem Tag vergessen. Aber normalerweise startete sie ihre Tour immer im First Saloon und zog dann weiter durch andere Discos. Das konnte auch schon einmal in Düsseldorf enden. Da war sie des Öfteren an den Wochenenden wegen der langen Anfahrt. Ich glaube, da kann ich Ihnen nicht helfen. Aber sie müsste ihr schwarzes hautenges Kleid mit

Ledereinsätzen angehabt haben. Das trug sie immer am Mittwoch. Dann machte sie auf mondän und männerfressend. Die Kerle mochten das. Ich halte nicht viel von solchen Marotten und Zwängen, bin lieber frei in meinen Entscheidungen.«

Kai machte sich Notizen und versuchte sich zu erinnern, was die Tote trug – ob sie überhaupt bekleidet war.

»Wir haben kein Telefon bei ihr gefunden. Könnte es sein, dass sie keines mitnahm, wenn sie auf Tour ging? Wäre es möglich, dass wir es bei ihr zu Hause finden? Wo wir gerade dabei sind – könnte es sein, dass Sie einen Schlüssel von ihrer Wohnung besitzen? Ungern würden wir die Tür aufbrechen.«

Ohne eine Antwort zu geben, kramte Tamara in den Schubladen einer Anrichte. Als sie fündig wurde, hielt sie Kai aufreizend das Bund vor die Augen und ließ die Schlüssel hin- und her schaukeln.

»Was ist es Ihnen wert? Ein Essen? Ich würde mir die Zeit gerne nehmen.«

Obwohl sich Kai geschmeichelt fühlte, hob er die rechte Hand und deutete auf den Ring, der eine Antwort ersetzte. Gleichzeitig stellte er sich die Situation in einem Restaurant vor, wenn er mit Tamara dort auftauchen würde. Möglicherweise würde sie auch dort mit ihren pastellfarbenen Haarschleifen und den poppigen Klamotten für ein gewisses Aufsehen sorgen. Eine Sünde wäre sie allemal wert gewesen.

Schulterzuckend ließ sie das Schlüsselbund in seine Hand fallen und murmelte: »Dann eben nicht. Einen Versuch war es wert, mein Großer.«

18

Leonie hatte sich dermaßen auf die Analyse der Gerichtsakten konzentriert, dass sie gar nicht bemerkte, dass Gordon hinter ihr stand und ebenfalls die Tabellen studierte. Sie schrak heftig zusammen, als seine Hand auf den Bildschirm wies.

»Verdammt, Gordon, was glaubst du, was du da tust? Willst du mich umbringen? Ich hätte mir beinahe in die Hose gemacht vor Schreck. Stehst du da schon lange?«

»Jetzt komm mal wieder runter und beruhige dich. Ich finde es erstaunlich, wie oft Richter Kallweit mit dem schmierigen Rechtsanwalt Kreuzer zu tun hatte. Natürlich hat Kallweit häufig Gewalttaten verhandelt, doch es wundert mich, wie oft Kreuzer die Gegenseite vertrat. Der Kerl hat sich immer die spektakulären Fälle rausgesucht. Jetzt fällt mir auch ein, woher ich den Mann kenne. Ab und zu habe ich die Ermittlungen geführt, die zur Festnahme seiner Mandanten führten.«

»Ich kann mir gut vorstellen, dass euch beide keine enge Freundschaft verband«, meinte Leonie und grinste. »Der wird bestimmt hin und wieder die ganze Arbeit zunichtegemacht haben, indem er die Unschuld seiner Klienten durch Paragrafenreiterei beweisen konnte. Habe ich recht?«

Dass Gordon die Frage unbeantwortet ließ, galt für Leonie als Bestätigung. Sie scrollte das Bild herunter und zeigte auf die bisherigen Zahlen.

»Ihr habt schon ein paar Sträuße ausgefochten, wenn ich das hier richtig deute. Nach meinen derzeitigen Recherchen warst du mit einem Dutzend Fällen betraut. Und ich bin noch lange nicht durch. Allerdings musstest du nicht jedes Mal im Gerichtssaal als Zeuge aussagen. Na ja, das hat sich ja erledigt. Ich denke, dass ich morgen damit durch bin. Ich gebe dir Bescheid, wenn mir was Besonderes auffällt.«

Gordon hatte sich schon längst umgewandt und war auf dem Weg zurück in sein Büro, als ihn Leonies Frage erreichte.

»Was gab es eigentlich bei Denise, wenn ich fragen darf? Und du hast mir noch nicht erzählt, was Jonas zu meinen Grüßen gesagt hat.«

Es dauerte eine kleine Weile, bis Gordon sich entschieden hatte, Leonie einzuweihen. Er kam zurück, wobei er beide Hände tief in den Taschen seiner Jeans vergraben hielt und seine Stirn in Falten legte.

»Oh, oh – das muss was Besonderes gewesen sein. Ich kann gut verstehen, wenn du nicht darüber ...«

»Ist schon gut, Leonie. Es ist vielleicht sogar gut, wenn ich mit jemandem darüber rede. Ich hatte schon seit längerer Zeit damit gerechnet, dass es passiert. Sie wird wieder von den Ereignissen eingeholt. Denise hat Pablo gesehen. Und Jonas weiß, dass sie ihn gesehen hat. Da bin ich mir sicher.«

»Hat er dir das gesagt?«

»Wo denkst du hin, Leonie? Es wäre das erste Mal, dass er das klar aussprechen würde. Er spricht niemals über

Gefühle, falls er überhaupt welche empfinden sollte. Ich weiß es aber. Ab und zu ist er mir unheimlich und vermittelt das Gefühl, dass er von Dingen weiß, die wir in unseren Gedanken verborgen glauben. Er benimmt sich dann ... ja, einfach anders.«

»Habt ihr darüber mal mit einem Fachmann gesprochen? Ich habe darüber gelesen, dass Autisten Fähigkeiten besitzen sollen, die bei uns nicht vorhanden sind.«

»Ach Leonie, darüber haben wir uns bereits den Mund fusselig geredet. Noch vor der Einschulung des Jungen stand für die Ärzte fest, dass er das Handicap eines Autisten mit in die Wiege gelegt bekam. Sofort wurde beteuert, dass er nicht krank ist, sondern nur mit diversen Einschränkungen, aber auch mit Gaben leben wird. Und das für den Rest seines Lebens. Denise wollte das aber nicht einsehen, war tief in ihrem Inneren enttäuscht. Sie glaubte weiter daran, dass Gott uns ein gesundes Kind verweigert hatte. Bis vor Kurzem war das ihre verwurzelte Ansicht.«

»Hat sie denn das Kind abgelehnt?«, wollte Leonie wissen.

»So würde ich das nicht sagen. Sicher war sie todunglücklich, doch sie bemühte sich, das Jonas gegenüber zu verbergen. Ich bin mir aber sicher, dass der Junge das spürte. Das bisherige Leben war für ihn schon schwer genug, da er nicht in der Lage war und immer noch ist, Freundschaften aufzubauen. Er nimmt keine Stimmungen auf, zumindest nicht so, wie wir es kennen. Empathiefähigkeit scheint er nicht zu besitzen. Das mach mal den Kindern in der Kita oder in der Schule klar. Die sehen in ihm einen Sonderling. Gott sei Dank scheint ihn das nicht zu stören. Er ist nur mit sich selbst beschäftigt. Er lernt auch anders als die anderen Kinder, dafür ist er ein Genie, was Fremdsprachen und Technik anbelangt.«

»Das ist doch schon etwas, Gordon. Dann solltest du ihn darin fördern. Das kann für ihn eine Zukunft bedeuten. Bring ihn doch mal wieder mit, ich mag den Burschen. Aber zurück zu Denise. Was gedenkst du in der Sache zu tun?«

Wieder musste Leonie eine Weile auf die Antwort warten. Gordon hatte am Fenster Posten bezogen und sprach gegen die Scheibe.

»Ich muss zugeben, dass ich es nicht weiß. Sie weigert sich partout, in eine Behandlung einzuwilligen. Sie wird es aber alleine nicht schaffen.«

»Warum sagst du so was? Mir fällt da jemand Bestimmtes ein, der sich ebenfalls dagegen wehrte und noch heute damit zu kämpfen hat. Spiel hier bloß nicht den Allwissenden, Gordon.«

»Gerade deshalb kann ich ihr heute hilfreiche Ratschläge geben.«

»Okay, der Punkt geht an dich. Befürchtest du, dass ihr Trauma sich auf die Erziehung des Jungen auswirken könnte? Vielleicht belastet es Jonas doch, ohne dass du oder Denise es bemerken. Die Wissenschaft behauptet zwar, dass die Autisten keine Gefühle erkennen und auch nicht weitergeben können, doch bei Jonas habe ich meine Zweifel. Ich habe immer noch die Szene vor Augen, als er euch zwei umarmte. Was war das sonst außer Empathie?«

Das Telefon auf Leonies Schreibtisch lärmte, sodass Gordon die Antwort erspart blieb.

»Was gibt es, Kai? Wo bist du?«

»Ich habe mir mal die Arbeitskollegen und die Personalakte von Ellen van Kalken angesehen. Bin bei der Bayer-Außenstelle gewesen, in der sie tätig war. Da habe ich etwas Interessantes gefunden. Könntest du einmal nachsehen, ob wir Daten über einen Reinhold Kleinig haben. Ich bin auf dem Rückweg und wüsste gerne, ob es irgendwas Auffälliges in seiner Vergangenheit gibt.«

»Meinst du damit etwas Spezielles?«

»Mach es einfach. Ich möchte dich nicht beeinflussen. Bin in etwa einer halben Stunde da.«

»Tut mir leid, aber es ist doch etwas später geworden«, entschuldigte sich Kai, nachdem er nach einer vollen Stunde endlich in das Büro stürmte. »Die A40 hatte einen Stau bis weit hinter Dortmund-Dorstfeld. Hatte schon daran gedacht, direkt zur Wohnung durchzufahren. Ist eh gleich Feierabend. Hast du was für mich, Leonie?«

»Das könnte dir so gefallen, du faule Socke. Ich mache hier die Arbeit für dich und der feine Herr meint, seinen Feierabend vorzuziehen, als wäre er beim Finanzamt angestellt. Der Zettel liegt auf deinem Schreibtisch. Sag mal, meintest du mit dem Interessanten die Vorstrafe wegen Drogenbesitzes und Misshandlung einer Schutzbefohlenen?«

»Ach, sieh mal einer an. Da hat dieses arrogante Arschloch doch Dreck am Stecken. Der wollte auf keinen Fall, dass ich in die Personalakte von Ellen van Kalken sehe. Erst als ich ihm andeutete, dass es eine Kleinigkeit wäre, eine offizielle Herausgabe durch die Staatsanwaltschaft zu erreichen, hat er den Schwanz eingezogen. Die Angestellten haben kleine Hinweise darauf gegeben, dass ich dem Mann nicht trauen solle. So richtig raus wollte aber keiner mit der Wahrheit. Die hatten wohl Angst. Ist das alles über den Mann?«

»Nun mal langsam, mein Freund. Dieses Arschloch, wie du ihn nennst, hat vor acht Jahren eine satte Erbschaft gemacht, nachdem seine vermögende Ehefrau bei einem dubiosen Unfall ums Leben kam. Sie soll während eines Urlaubs in Norwegen von einem Felsen in einen Fjord gestürzt sein. Ihre Leiche hat man Tage später im offenen Meer gefunden. Dem Ehemann konnte keine Schuld nach-gewiesen werden und so wurde er mit einem Schlag stink-reich. Das nennt man Glück im Unglück.«

Leonie schob ihre Aktenberge zusammen und beobachtete Kai, der nachdenklich wirkte.

»Viele Freunde hat der Kleinig nicht in seinem Team. Man quatschte so durch die Blume, als würde er sein Geld mit vollen Händen ausgeben und ein Luxusleben führen. Frauen, schicke Autos und Luxusurlaube. Das ruft natürlich Neider auf den Plan. Aber interessant ist das schon. Ob er mit Ellen van Kalken was hatte, wollte keiner bestätigen, man hat es aber nicht völlig ausgeschlossen. An dem Abend, an dem sie starb, war er angeblich in seinem Haus – allein. Ich muss mal in der Nachbarschaft die Fühler ausstrecken.«

»Darum könnte sich doch auch ein Kollege kümmern, Kai. Ich könnte dich gut bei meiner Aktenanalyse im Fall Kallweit/Kreuzer brauchen. Da bin ich noch nicht durch.«

»O. k., o. k. – das kann doch sicher bis morgen warten. Ich will mit der kleinen Lilian noch ins Kino. Du kennst es ja selbst, wie es mit Töchtern ist, wenn man denen einmal was versprochen hat.«

»Woher soll ich das wissen? Ich habe keine Kinder.«

»Aber du warst doch irgendwann auch einmal Tochter deiner Eltern. Oder?«

Kai duckte sich lachend unter dem heranfliegenden Radiergummi.

19

Mindestens zehn Minuten saß Gordon auf den Stufen vom Eingang des rechtsmedizinischen Institutes und dachte darüber nach, was es zu bedeuten hatte, dass Denise heute Morgen im Bett liegen bleiben wollte. Er hatte sein Frühstück alleine eingenommen, bevor er Jonas zur Schule begleitet hatte. Er wusste, dass Denise die halbe Nacht wach gelegen und an die Decke gestarrt hatte. Sie befand sich seiner Meinung nach in einem besorgniserregenden Zustand. Er war sich sicher, dass dieses Trauma Schuld daran trug. Klaus Lieken hatte darum gebeten, ihn heute zu besuchen, da er Neuigkeiten für ihn bereithielt. Nun wartete er auf seinen Freund. Die quietschenden Bremsen aus Richtung des Parkplatzes signalisierten Gordon, dass Klaus mit seinem alten Taunus 12M eingetroffen war. Müde erhob er sich und blickte dem Rechtsmediziner entgegen, der wieder seine Tasche fest in der Hand hielt, in der sich wie jeden Tag die geschmierten Butterbrote befanden. Gordon bewunderte diesen Mann, der trotz seines Reichtums an alten Gewohnheiten festhielt und mit beiden Beinen auf dem Boden blieb.

»Du bist zu früh, Gordon. In meinem Alter brauche ich diesen Stress nicht mehr. Lass uns reingehen und nachsehen, ob meine Kunden alle noch da sind. Immer wieder wird von der Kanzel von der Auferstehung geredet. Es könnte ja sein, dass einer von denen da drin das mal austesten möchte.«

»Hast du mich heute hierher bestellt, um dir bei einer Volkszählung zu helfen, oder gibt es was Handfestes?«

»Warte ab, mein Freund. Nicht so eilig. Es wird dir gefallen. Das verspreche ich dir.«

Immer wieder fragte sich Gordon, wie man es über so viele Jahre in dieser sterilen Umgebung zwischen Verstorbenen aushalten konnte. Ganz abgesehen von diesem Geruch, den man nicht beschreiben konnte. Die drei Seziertische waren frei. Klaus Lieken forderte ihn mit einer Handbewegung auf, sich an einem Tisch niederzulassen, an dem er gewöhnlich seine Berichte schrieb. Nachdem Lieken seine Tasche abgestellt hatte, griff er nach einer dünnen Akte und warf sie Gordon zu.

»Sieh dir die Diagramme der Blutbilder an und sage mir, was dir auffällt.«

Lange studierte Gordon Zahlen und Kurven, um schließlich die Mappe zuzuschlagen und auf den Tisch zu werfen.

»Du willst mich verarschen. Ich kann mit dem Mist nichts anfangen. Kürzen wir dieses bescheuerte Quiz ab und du lieferst mir ganz einfach die Lösung. Ich habe schließlich keine Medizin studiert.«

»Ist ja schon gut. Reg dich nicht auf. Es hätte ja sein können, dass dir die unterschiedlichen Werte ins Auge gefallen sind.«

»Sind sie«, antwortete Gordon, »doch kann ich daraus keine Rückschlüsse ziehen. Mach mich wissend, Klaus.«

»Das sind Laborergebnisse von Rechtsanwalt Kreuzer. Wir haben die Blutflecken auf der Kleidung einer genaueren

Prüfung unterzogen. Dabei gab es eine interessante Entdeckung. Wir sprechen über zwei verschiedene Blutgruppen. Das allein wäre ja nicht so aufregend, da sich der Täter bei einer Auseinandersetzung mit Kreuzer verletzt haben könnte. In dem Blut, das nicht dem Toten zuzuordnen ist, fanden wir etwas Bemerkenswertes.«

»Jetzt spann mich nicht unnötig auf die Folter. Was hast du gefunden?«

Bei Gordon baute sich allmählich Wut darüber auf, dass ihn sein Freund unnötig lange hinhielt.

»Ich will jetzt nicht zu wissenschaftlich werden und das besser in einfache Worte kleiden. Es fanden sich in dem fremden Blut Eiweißmoleküle und andere Substanzen, die von entarteten Zellen freigesetzt werden.«

Hier legte Lieken eine bedeutsame Pause ein, die Gordon fast in den Wahnsinn trieb.

»Und? Was willst du mir damit sagen? Entartete Zellen – das legt für mich als Laie die Vermutung nah, dass der Täter krank ist. Krebs? Hat dieser Mann etwa Krebs?«

»Der Kandidat hat die volle Punktzahl und gewinnt den Hauptpreis. Wir sprechen hier von jemandem, der sich mit Lungenkrebs herumschlagen muss. Jetzt weißt du auch, warum er sich gar nicht erst die Mühe macht, seine Spuren penibel zu beseitigen. Ich vermute, dass er sich im Endstadium befindet und reinen Tisch machen möchte.«

Gordon wirkte jetzt doch überrascht und streckte die langen Beine weit unter den Tisch. Seine Gedanken versuchten, aus diesem beeindruckenden Ergebnis einen Schluss zu ziehen. Nun gab es völlig neue Ansatzpunkte, denen sie ihre volle Aufmerksamkeit gönnen mussten.

»Wenn er sich im Endstadium befindet und schon zwei Männer gehimmelt hat, ...«

»... ist er noch nicht fertig mit seiner Arbeit«, beendete Klaus Lieken die ausgesprochenen Gedanken seines Freundes. »Er hätte sich dann längst zu erkennen gegeben. Der Job wäre getan und er würde die Strafe mit einer Portion Zufriedenheit entgegennehmen. Außerdem wird er das Bedürfnis haben, seine Taten publik machen zu wollen. Die Öffentlichkeit soll den Grund für seinen Rachefeldzug kennenlernen. Erst dann macht das Ganze für ihn Sinn. Zumindest ich würde so handeln. Der mordet weiter!«

Aufmerksam war Gordon der Erklärung seines Freundes gefolgt und wusste im selben Moment, dass er damit genau richtig lag. Sie mussten an der Analyse der Fälle um Kallweit und Kreuzer dranbleiben. Und noch etwas wurde deutlich: Die Zeit arbeitete gegen sie. Der Täter würde, nein, er musste schnell erneut zuschlagen. Die Krankheit trieb ihn unerbittlich an. Nur, wer war der Nächste auf der Liste?

»Klaus, eine Frage? Konntest du auch ein Medikament nachweisen, das der Täter einnimmt? Ich denke, dass die alle unterschiedliche Zusammensetzungen haben und gemischt werden müssen. Schließlich unterscheiden sich ja auch die Tumortypen.«

»Ich dachte schon, dass du überhaupt nicht mehr nachfragen würdest. Aber du bist ein helles Köpfchen. Wusste ich es doch. Die genaue Zusammensetzung des Kombipräparates gebe ich dir ausgedruckt mit. Ganz grob kann ich dir sagen, dass es sich um die Standardkombination aus Carboplatin und Etoposid handelt. Nun muss man herausfinden, welcher Arzt das verschrieben hat beziehungsweise welche Apotheke das liefert. Das sollte eine Sisyphusarbeit werden, um die ich euch nicht beneide.«

Gordon erhob sich fast müde und war schon auf dem Weg zum Ausgang, als er sich umdrehte und auf Klaus Lieken zuging. Der zuckte leicht zurück, als er die starken Arme seines Freundes spürte, die ihn an sich zogen.

»Du hast uns wahnsinnig geholfen Klaus. Danke dafür.«

20

Fast wären Kai Wiesner und Dino Wohlert vor der Aufzugtür zusammengestoßen, so sehr waren sie in ihren eigenen Gedanken gefangen. Dino hielt den Kollegen zurück, als der sich an ihm vorbeiquetschen wollte.

»Warte mal, Kai. Ich hätte einen kurzen Zwischenbericht für dich. Du wolltest doch was über Reinhold Kleinig erfahren, dem Chef von Ellen van Kalken. Ich warte noch auf nähere Angaben, aber ein paar Details haben wir schon.«

Kais Interesse war auf Anhieb geweckt. Beide Männer traten zur Seite, damit andere Kollegen an ihren Arbeitsplatz kommen konnten.

»Erzähl. Hat der Typ Dreck am Stecken? Wundern würde mich das nicht.«

»Wir stehen zwar erst am Anfang der Ermittlungen über den Mann, aber ein Kollege aus meinem Team meint, den Kerl zu kennen. Vor Monaten haben wir eine Koks-Lieferung abfangen können. Dabei fiel uns bei der Hausdurchsuchung bei einem Dealer auch ein Notizbuch in die Finger. Es ist eigentlich ungewöhnlich, dass sensible Daten und Namen irgendwo festgehalten werden. Lieferadressen werden zumeist codiert aufgezeichnet und anschließend vernichtet. Dieser Dealer war ein Stümper und hat sich seine Kunden in dem Büchlein verewigt. Kleinig gehörte zum erweiterten Kreis. Wir konnten dem Scheißkerl leider keinen Handel mit dem Stoff nachweisen. Er behauptete, dass alles für den Privatkonsum genutzt wurde. Sein Anwalt hat uns die Hölle heißgemacht. Nun gut, feststeht, dass Kleinig sich fortwährend Koks in den Schädel zieht.«

»Dafür kann ich ihn aber nicht belangen, Dino. Das nützt mir gar nichts«, bemerkte Kai total enttäuscht. »Da muss schon was Handfestes gegen ihn vorliegen.«

»Warte mal ab, mein Freund. Das ist ja nicht der Punkt. Wir haben herausgefunden, dass sich dieser Mistkerl in Kreise eingeschlichen hat, die man als bessere Gesellschaft bezeichnet. Alles Geldadel aus den verschiedensten Bereichen. Die spielen Golf und feiern Partys der besonders ausschweifenden Art.«

Nun hatte Dino den Kollegen an der Angel. Kais Interesse war von einem Moment zum nächsten geweckt.

»Da triffst du nur Geldsäcke, die ihre Knete entweder geerbt haben oder das Geld als Arzt, Anwalt, Schrotthändler oder aus irgendwelchen halbseidenen Beschäftigungen beziehen. Die spielen in einer anderen Liga als wir zwei.«

»Gibt es da bestimmte Gruppierungen, die sich fest installiert haben und sich regelmäßig treffen?«, wollte Kai wissen.

»Genau an diesem Punkt sind wir gerade, Kai. Ich habe dem Kleinig jemanden an die Fersen gehängt, der ihn beobachtet. Ich will wissen, mit wem er sich wann und wo trifft. Vielleicht landen wir in unserem Fall einen Treffer. Möglicherweise erwischen wir damit nur eine Horde von Lebemännern, die sich im Drogenrausch mit Frauen amüsieren. Egal. Es ist eine Spur, die ich verfolgen werde.«

In Gedanken nickte Kai und klopfte Dino auf die Schulter.

»Das ist großartig, Dino. Irgendwie passt das ins Bild für unseren Fall. Stell dir mal vor, dass diese Saukerle junge Frauen entführen könnten und ihnen dann eventuell zugedröhnt Gewalt antun. Man hört ja immer mal wieder von solchen Treffen, aber noch nie ist mir dabei ein Mord untergekommen. Vor allem nicht ein solches Blutopfer. Halte uns bitte auf dem Laufenden. Ich habe Leonie versprochen, ihr heute Morgen zu helfen. Die arbeitet an dem Kallweit-Fall. Die Säcke ganz oben sitzen uns im Nacken und fordern vehement Ergebnisse ein. Bis bald.«

»Sieh hier, Kai. Da haben wir jetzt insgesamt achtunddreißig Verhandlungen, bei denen Kallweit den Vorsitz hatte und Kreuzer die Verteidigung übernahm. Im nächsten Schritt müssen wir herausfinden, wer von den Verurteilten mittlerweile wieder auf freiem Fuß ist. Die sehe ich mal als Klasse 1 für eine Überprüfung. Gleichzeitig sortiere ich die nach hinten, die mit milden Strafen davonkamen. Nun haben wir noch diejenigen, die weiterhin sitzen und die Morde beauftragt haben könnten.«

»Was ist denn mit denen, die einer Verurteilung entgingen?«, wollte Kai wissen.

»Willst du mir damit andeuten, dass die trotzdem eine Stinkwut auf die beiden hatten? Das kann ich mir nicht vorstellen, dass die sich unnötig in Gefahr begeben.«

Leonie war anzusehen, dass ihr dieser Gedanke als zu weit hergeholt galt.

»Ich spreche nicht von den Freigesprochenen, Leonie. Was ist mit den Opfern? Dabei meine ich die Angehörigen, die sich um die Sühne der Tat betrogen fühlen könnten? Du sitzt dort im Verhandlungssaal und hörst, dass dieses Schwein, was es auch immer deiner Familie angetan hat, freikommt. Zumindest bei mir würde sich eine Stinkwut aufbauen. Sicher denke ich dann nicht gleich an Mord als Rache, aber ich könnte mir vorstellen, dass es auch andere Gedanken gibt.«

Gordon war hinter den beiden in den Raum getreten und hatte die letzten Worte mitbekommen. Kai und Leonie zuckten zusammen, als die Stimme im Hintergrund eine Erklärung für Kais Gedanken lieferte.

»Es ist möglich, dass du mit deiner Vermutung nicht weit entfernt bist von der Wahrheit. Ich komme gerade von Dr. Lieken, der mir ein mögliches Motiv des Mörders lieferte.«

In wenigen Sätzen schilderte Gordon den beiden die neuesten Erkenntnisse aus dem Labor. In den Gesichtern von Kai und Leonie konnte Gordon erkennen, wie sie die Nachricht verarbeiteten und ein neues Bild vom Täter herstellten.

»Das ist der Hammer. Todkranker Familienangehöriger rächt die ungesühnte Tat eines Killers, der vom Gesetz verschont wurde. Eine Schlagzeile, die sogar in der Bevölkerung ein breites Echo finden würde. Das wirft ein mieses Licht auf die Polizeiarbeit insgesamt und die Gerichtsbarkeit in Deutschland. Wir hätten einen zweiten Fall Bachmeier.«

»Trotzdem müssen wir diese Möglichkeit priorisieren und in diese Richtung ermitteln. In zwanzig Minuten möchte ich das Team hier am Tisch sehen.«

»Jeder von euch erhält dieses Datenblatt. Ich weiß, was ich von euch verlange, Leute. Aber ich denke, dass jeder von uns weiß, was es im Erfolgsfall für die Lösung des Falles bedeuten könnte. Möglicherweise hängt ein Leben davon ab, ob wir den Patienten finden. Ihr seht, dass die Stadt in Quadrate aufgeteilt wurde und die Apotheken markiert wurden. Jeder weiß, welches Quadrat er beackert. Und noch was. Lasst euch nicht abwimmeln wegen Daten- und Patientenschutz oder Ähnlichem. Wir bekommen ganz schnell eine Bescheinigung der Staatsanwaltschaft. Ich lasse die pauschal ausstellen und liefere euch die nach. Los jetzt – lasst uns ausschwärmen. Leonie und Kai bleiben allerdings an den Listen dran. Beides ist wichtig.«

Gordon konnte in jedem einzelnen Gesicht der Mannschaft erkennen, dass sie alle den Ernst der Lage und den möglichen Erfolg der außergewöhnlichen Aktion einschätzen konnten. Die einsetzende Ruhe, als sich der Raum geleert hatte, war bedrückend. Leonie winkte Gordon an ihren Schreibtisch.

»Wie du sehen kannst, ist es im Computer eine Kleinigkeit, die Daten umzusortieren. In dieser Tabelle hier kannst du die Fälle mit Freispruch sehen, wobei alle anderen Fakten berücksichtigt wurden. Kallweit hatte den Vorsitz und Kreuzer vertrat die Verteidigung. Jetzt nehme ich noch die Fälle raus, bei der es um leichtere Delikte ohne Personenschaden ging. Bleiben noch sechs Verfahren. Ich durchleuchte diese sechs Fälle einmal genauer und gebe dir Bescheid, wenn es was Bedeutsames gibt. Vermutlich muss ich Hilfe haben, damit ich die Angehörigen ermitteln kann. Kann Kai ...?«

Leonie hatte ihre Bitte noch gar nicht ausgesprochen, als Gordon nickte und in seinem Büro verschwand. Sein Telefon verlangte nach ihm.

21

»Hallo, Dino, gut, dass du es bist und nicht wieder die Alleswisser von ganz oben. Gibt es etwas Neues?«

»Gut möglich, Gordon. Wir haben uns mal in der Szene umgehört und sind mehr durch Zufall auf einen Mann gestoßen, der für uns interessant sein könnte. Es handelt sich dabei um einen ehemaligen Pfarrer, der sich für ein paar Wochen hier in seiner Heimat herumtreibt, um den Nachlass seiner Familie zu verwalten. Die Mutter verstarb vor wenigen Tagen. Normalerweise treibt sich der Mann, Siegbert Meisner heißt der übrigens, auf Borneo rum. Der hat sich schon vor über 25 Jahren quasi von der Kirche abgewandt und kümmert sich seitdem um den Seelenfrieden der Ibans auf der Insel. Man nennt sie auch Sea Dayak und sie bilden eine indigene Einheit im nördlichen, malayischen Teil, den man Sarawak nennt.«

»Und wie kann uns dieser Meisner in unserem Fall helfen? Der lebt schließlich am anderen Ende der Welt.«

»Sei nicht so negativ, Gordon. Er erzählte mir, dass er dort unten häufig mit uralten Riten zu tun hat, die sogar bis in den Kannibalismus reichen. Die haben Stämme, die noch heute nach längst vergessen geglaubten Ritualen leben. Wir sollten uns den Mann mal anhören.«

Dino gönnte dem Freund eine angemessene Pause, bis er nochmals nachfragte.

»Was ist nun? Der Mann steht uns nicht ewig lange als Sachverständiger zur Verfügung und wartet auf eine Antwort – ich übrigens auch.«

»Gut. Dann laden wir den Mann zu uns ein. Ich denke, dass er an der nächsten Besprechung teilnehmen könnte. Kann der eventuell schon morgen? Ich habe übermorgen beschissene Termine in der Chefetage und bei meiner Seelenklempnerin. Die will mal checken, wie es mir geht. Frag ihn, ob er um zehn hier sein kann. Dann kommt das Team zusammen.«

Erstaunen zeigte sich auf den Gesichtern des Teams, als Siegbert Meisner pünktlich den Raum betrat und die Hände zum Gruß zusammenlegte. Mit einem freundlichen *dialu-alukan* und einer knappen Verbeugung begrüßte er die Anwesenden und folgte der ausgestreckten Hand Gordons, der ihm einen freien Stuhl zuwies. Sein Lächeln schien auf seinem tiefbraunen Gesicht eingebrannt und wirkte echt. Obwohl man ihn auf Mitte fünfzig schätzen konnte, war sein bereits angegrautes langes Haar im Nacken zu einem Zopf zusammengebunden. Bekleidet war er mit einer schlichten Jeans, einem Leinenhemd und Sandalen. Was irritierend auf das Team wirkte, war die Farbe seiner Augen. Während das linke Auge tiefbraun war, erschien es den Anwesenden, als würde in dem rechten ein bläulicher Schimmer vorhanden sein. Er schien die Verwunderung bereits zu kennen, ignorierte sie jedoch großzügig. Gordon fasste sich als Erster und richtete das Wort an den Gast.

»Im Namen des Teams möchte ich mich bei Ihnen dafür bedanken, dass Sie sich die Zeit nehmen, um uns über alte Rituale aufzuklären. Doch lassen Sie uns an den Anfang ein herzliches Beileid für den Verlust Ihrer Mutter stellen. Wir hoffen, dass sie in Frieden einschlafen durfte.«

Es war das kurze Schließen der beeindruckenden Augen, was ein Dankeschön ausdrücken sollte. Er wartete, immer noch lächelnd, auf die Fragen der Anwesenden.

»Ich weiß nicht, ob Sie von dem Kollegen Wohlert bereits darüber informiert wurden, warum uns Ihre Informationen so wichtig erscheinen. Doch werden Sie uns sicherlich über alte Rituale der indigenen Gruppen alter Völker erzählen können, damit wir eine Vorstellung davon bekommen, was uns erwarten könnte. Uns geht es um eine Sekte, die sich möglicherweise gefunden hat, um irgendeiner heidnischen Gottheit Blutopfer zu bringen. Allerdings gibt es hier eine Merkwürdigkeit, dass mit großer Wahrscheinlichkeit das Blut der Opfer von den Teilnehmern getrunken wird.«

»Ich bin mir nicht sicher, ob ich dabei der richtige Ansprechpartner bin, da wir über zwei verschiedene Dinge sprechen. Die damals gefürchteten Ureinwohner, also die Dayak, jagten bis in die 30er-Jahre die Eindringlinge der holländischen Kolonialmacht. Junge Krieger bewiesen ihren Mut, indem sie nur mit Messer, Pfeil und Bogen bewaffnet den Gegnern den Kopf abtrennten. Diese Trophäen stellte man gerne in sogenannten Kopf-Häusern aus.«

»Gibt es das heute nicht mehr? Da kursieren ja die wildesten Gerüchte.«

Leonies Neugierde war geweckt, zumal sie, das wussten Eingeweihte, schon immer mal nach Indonesien wollte.

»Jein, würde ich mal sagen. Noch 2001 kam es zu einem Zwischenfall. In der Stadt Sampi in Zentral-Kalimantan fand man hinter einem Hospital zahllose abgeschlagene Köpfe. Junge Dayak haben wie im Blutrausch Jagd gemacht auf muslimische Zuwanderer. Sie trugen die Köpfe anschließend durch die Straßen. Sie sehen, die älteren Völker erinnern sich an solche Kämpfe, wenn es um ihre Existenz geht. Bedanken kann man sich bei den Präsidenten Sukarno und Suharto, die das Land quasi an die Holzfirmen verhökerten.«

»Gab es denn in dem Land auch so was wie Vampirismus«, wollte Kai wissen.

»Das kann ich nicht so einfach bejahen. Sicherlich tranken die Krieger häufig das Blut ihrer Gegner, aber nur deshalb, weil sie glaubten, damit gleichzeitig deren Stärke aufzunehmen. Im Glauben der westlichen Kulturen stand immer die Meinung, dass der Getötete anschließend ein Untoter würde und nur das Blut anderer ihn am Leben erhält. Ein sehr gefährlicher Irrglaube, wie wir an Ihrem Beispiel sehen können.«

»Wie sehen Sie denn die Möglichkeit, dass es in Deutschland Vampire geben könnte?«

Nun beteiligte sich auch Dino Wohlert an der Diskussion und erreichte damit, dass sich alle Augen auf die Lippen des Theologen richteten.

»Vampirismus ist in Deutschland als reine Subkultur zu bezeichnen. Man schätzt, dass es bis zu tausend Menschen gibt, die sogar warmes Blut trinken. Wir dürfen uns das jedoch nicht so vorstellen, dass sie am Hals von anderen Menschen hängen und sie leersaugen. Hier geht es um warmes Spenderblut von Menschen und Tieren. Dass sich

Gruppierungen gebildet haben könnten, die sich pervertiert haben und aus reiner Mordlust oder aus rituellen Gründen so was tun, will ich nicht so weit wegschieben. Der Geist des Menschen entwickelt sich oftmals in Richtungen, die der Normaldenkende nicht mehr nachvollziehen kann. Es ist gut möglich, dass sich kranke, verwirrte Geister zusammenfanden, um unter dem Deckmantel einer halbchristlichen Vereinigung Dinge tun, die nur der Satan selbst gutheißen kann. Das ist übrigens einer der Gründe, warum ich mich aus der Ihnen bekannten zivilisierten Welt in den Regenwald zurückgezogen habe.«

Meisners Lächeln blieb, obwohl aus seiner Meinung zum Vampirismus in der Runde eine rege Diskussion entstanden war. Er schaltete sich noch mal ein, da er glaubte, dass die Gespräche in eine falsche Richtung laufen könnten.

»Lassen Sie mich anmerken, dass Sie es mit einer Form von Blutfetischismus zu tun haben könnten. Das gehört in den Bereich der Psychopathologie und wäre ein rein klinischer Vampirismus. Es wird behauptet, dass es sich dabei um eine seltene Paraphilie handelt und die Blut-Trinker sexuell erregt werden könnten. Eine unschöne Vorstellung, wenn das mitten in Deutschland exzessiv praktiziert würde.«

Gordon wandte sich an den Geistlichen und reichte ihm die Hand.

»Ich habe gehört, dass Sie nur wenig Zeit haben und noch ins Konsulat müssen, bevor Sie wieder abreisen. Ich darf mich im Namen des Teams herzlich dafür bedanken, dass Sie uns etwas Klarheit verschaffen konnten. Wir alle wünschen Ihnen, dass Sie weiter Ihr Glück in dem Land finden, das derzeit so viele Umweltsünden ertragen muss.«

Kaum war Meisner gegangen, entbrannte wieder die Diskussion. Obwohl der Vampirismus an sich von Meisner als harmlos dargestellt wurde, breitete sich in der Mannschaft die Furcht aus, dass sich einige Verirrte mit entsprechenden Mitteln und Macht über die Vernunft gestellt hatten. Wieder einmal könnte der Mensch sich über Gott platziert haben. Schließlich klopfte Gordon energisch auf den Tisch und wartete, bis sich auch der Letzte beruhigt hatte und ihn ansah.

»Ich müsste lügen, wenn ich sagen würde, dass mich der Vortrag beruhigt hat. Ganz im Gegenteil. Wir alle hier wissen, wozu ein kranker Kopf fähig ist. Lasst uns denen die Zähne ziehen, die glauben, dass fremdes Blut ihre Macht und Kraft vergrößert. Diese Bestien versuchen, geheim zu operieren. Doch das, liebe Kollegen, kann niemals von langer Dauer sein. Irgendetwas wird sie verraten – zumeist ist es der Größenwahn, in dem sie leben. Gehen wir an unsere Arbeit.«

22

»Kannst du mal kommen, Kai? Ich bin mir nicht sicher, ob es wichtig für die Ermittlungen ist. Aber es beunruhigt mich doch etwas.«

Kai löste sich von seinen Listen und kam näher, nicht ohne zuvor in Leonies Bonbonglas gegriffen zu haben. Zwei Gummibärchen verloren in Sekundenschnelle ihr Leben.

»Was stört denn die innere Ruhe meiner Lieblingskollegin? Die kompetente Meinung eines geschulten Kriminalisten wird dir sofort Klarheit verschaffen und dafür sorgen, dass eine innere Ausgewogenheit zurückkehrt.«

Leonie verdrehte die Augen, sparte sich jedoch eine spontane Klarstellung.

»Ich habe deine letzten Eingaben noch nicht mit einfließen lassen und mir schon Gedanken darüber gemacht, wie wir die Filter danach einsetzen. In Phase vier will ich die Urteile finden, die zu einem Freispruch führten. Die bereits entlassenen Gewalttäter haben wir größtenteils. Da wir verabredet haben, auch Racheakte von Angehörigen in Betracht zu ziehen, wollte ich im Feinfilter herausfinden, wo die Gründe lagen. Schließlich muss sich die betroffene Familie nicht unbedingt mit den Gründen des Gerichtes zufriedengeben. Genau hier fiel mir das ins Auge.«

Kai trat näher an den Bildschirm und las die Zeilen, auf die Leonies Finger wies. Mehrfach wiederholte er das, um dann seine Kollegin aufzufordern, nach unten zu scrollen. Nun konnte er erkennen, wer als Ermittler in der Mordanklage vermerkt worden war.

»Darüber hat Gordon nie wieder ein Wort verloren. Das war vor deiner Zeit hier in der Mordkommission. Ich erinnere mich recht gut daran. Genau diese Vernehmung konnte ich hinter der Scheibe verfolgen. Ja, genau – es ging damals um den mutmaßlichen Vergewaltiger und Mörder Rudolf Fokus. Dieser Drecksack verließ den Gerichtssaal, ohne für seine Taten belangt werden zu können. Du hättest dir den Aufschrei in der Bevölkerung vorstellen müssen. Die Presse füllte die Titelseiten mit dieser miesen Fresse und dem ihrer Meinung nach konstruierten Fehlurteil.«

Leonie vergrößerte einen Bereich und sah Kai fragend an.

»Ja, ich weiß, worauf du hinauswillst, Leonie. Gordon hat sich absolut nichts zu Schulden kommen lassen. Es hieß damals, er hätte diesen Fokus während seines Verhörs geschlagen. Blödsinn. Er hat ihn einmal ganz kurz in den Nacken gefasst und angeschrien. Du kannst dir aber nicht vorstellen, was los war.«

»Was war denn los – erzähl«, forderte Leonie ihren Kollegen auf.

»Das Schwein hat diese miese Tat fast detailgenau geschildert. Das konnte eigentlich nur der Mörder wissen. Der hat das Mädchen, Sibylle Heimann hieß sie, so glaube ich, nicht nur vergewaltigt, sondern sie anschließend zerstückelt. Die Einzelteile hat er in Plastikbeutel gepackt und in Aschentonnen in der ganzen Stadt verteilt. Für uns alle war die Sache klar wie Kloßbrühe. Bis es dann zur Verhandlung kam.«

An dieser Stelle stockte Kai und der aufsteigende Zorn war ihm anzumerken. Leonie reagierte vorsichtig.

»Und dann? Lass mich nicht blöd sterben. Der hätte doch verurteilt werden müssen.«

»Eben nicht. Sein Anwalt, dieser Volker Kreuzer, hat das Video in die Hand bekommen und genau diese Stelle in den Vordergrund gestellt, an der Gordon den Mistkerl angriff. Was heißt angriff? Er hat ihn nur in den Nacken gefasst und ein paar passende Worte gesagt. Gordon war stinksauer, weil das Schwein noch prahlte mit seiner Mordlust. Ich hätte Fokus liebend gerne das Genick gebrochen.«

»Und das reichte aus, um den Freispruch zu erwirken?«, wollte Leonie wissen.

»Eigentlich schon. Aber was zusätzlich das Urteil beeinflusste, war die Tatsache, dass Gordon dem Dreckskerl andeutete, dass er mit einer milderen Strafe davonkommen könnte, wenn er ein Geständnis ablegen würde. Es war natürlich seinen Emotionen geschuldet, dass er gleichzeitig erwähnte, dass er ihm ansonsten das Geständnis herausprügeln würde. Das hat uns allen den Hals gebrochen und dem Schwein denselben gerettet. Freispruch, basta.«

»Paragraf 136 a Strafgesetzbuch? Richtig?«

»Genau, Leonie. Das war ein gefundenes Fressen für diesen windigen Kreuzer. Du kannst dir nicht vorstellen, wie Gordon darunter gelitten hat. Er brauchte sehr lange, bevor er das überwunden hat, wenn er es überhaupt tat. Er redet nur nicht mehr darüber. Aber es hat ihm nicht unbedingt geholfen, da er sich damals genau in der Phase befand, als er von der Alkoholsucht wegkommen wollte. Ist dir nicht aufgefallen, wie wenig ihn der Mord an Kreuzer berührte? Ich glaube, dass er ihm sogar die Pest an den Hals wünschte.«

Leonie nickte verstehend, bevor sie auf den Punkt kam.

»Jetzt nehmen wir nur einmal an, dass Sibylle Heimann Freunde und Verwandte hat. Ich will mich da jetzt nicht festbeißen, aber einfach mal angenommen, du wärst einer von denen. Könntest du diese Ungerechtigkeit einfach so wegstecken? Käme bei dir nicht der Gedanke auf, den Mord an dem Mädel zu rächen?«

»Klar, würde ich daran denken. Aber ich würde damit nicht so lange warten. Sieh dir das Datum an. Wer in Gottes Namen frisst das so lange in sich hinein?«

»Da muss ich dir recht geben. Das ist schon ungewöhnlich. Aber es ist ja auch nicht jeder so spontan wie du oder ich. Manchmal braucht es einen Zündfunken, um zu einem solchen Entschluss zu gelangen. Mir kreist da dieser Hinweis von Dr. Lieken im Kopf herum, dass der Täter vom Krebs befallen sein könnte. Na, klingelt da etwas bei dir, Kai?«

Wie Kinder, die bei einem Streich von den Eltern erwischt wurden, erröteten beide, als Gordon die Büroräume betrat.

»Soll ich wieder rausgehen? Habe ich gerade gestört? Ihr habt doch wohl nichts Ehrenrühriges getan, oder?«

Leonie fasste sich wieder einmal als Erste und winkte Gordon herbei.

»Jetzt, wo du da bist, können wir das Problem ja auch direkt mit dir erörtern.«

»Wie komme ich zu dieser Ehre. Hattet ihr vor, das unter euch zu klären? Jetzt mal raus mit der Wahrheit.«

Kai fand die Sprache zurück und fasste das, was Leonie herausgefunden hatte, zusammen. Ohne eine Miene zu verziehen, hörte Gordon zu. Kai vermutete schon die Entstehung eines Wutanfalls, als Gordon nach einem Stuhl griff und sich die Lehne zwischen die Beine klemmte.

»Ich wusste schon, dass mich diese Sache irgendwann einholen würde. Selbst wenn es nichts mit unserem Fall zu tun hat, muss ich mich wieder dem Missgeschick von damals stellen.«

»Ich hörte von Kai, dass es ein absolut verständlicher Fehler war, den ich völlig nachvollziehen kann«, beeilte sich Leonie, richtigzustellen. »Das kann jedem von uns passieren. Das Malheur soll auch jetzt nicht nachverurteilt werden, aber zumindest als mögliches Motiv herangezogen werden.«

»Das hast du nett formuliert, Leonie. Doch das darf einfach nicht passieren. Das ist ein Anfängerfehler, der unverzeihlich war und einen Mörder auf freien Fuß setzte. Verstehst du mich? Wer garantiert uns, dass dieses Schwein nicht in der Zwischenzeit weiter gemordet hat und wir die Opfer nur noch nicht dem Kerl zuordnen konnten? Nein, das war nicht richtig und unverzeihlich. Aber wir sollten die Möglichkeit, dass es in unserem aktuellen Fall das Motiv liefert, nicht außer Acht lassen. Ihr zwei stellt eine Liste aller Freunde und Verwandten von Sibylle Heimann zusammen. Ich will wissen, wo sich jeder einzelne zur Tatzeit befand und ...«, wieder entstand eine Pause, »... ob es jemanden gibt, der an Krebs erkrankte.«

Leonie machte keinen Hehl daraus, dass sie erleichtert über Gordons Reaktion war. Sie wusste, was es für ihn bedeuten könnte, wieder mit dieser Schmach konfrontiert zu werden. Gordons Hand lag beruhigend auf ihrer Schulter.

»Gute Arbeit, wirklich gut kombiniert.«

Kai konnte seine Einschätzung nicht länger zurückhalten und ließ heraus, woran auch Gordon und Leonie bereits gedacht hatten.

»Du bist dir sicher darüber im Klaren, dass du dann ebenfalls auf dieser Todesliste stehen könntest? Du brauchst Personenschutz.«

Im Weggehen waren seine Worte zu verstehen: »Dann passt mal schön auf mich auf. Wenn einer von euch glaubt, dass er es Denise stecken muss, bringe ich denjenigen um. Haben wir uns verstanden?«

Die Bürotür schloss sich hinter einem Mann, der wieder einmal in ein Kapitel des Lebens gerissen wurde, deren Seiten er gerne zugeschlagen hätte.

23

Selten konnte man das Team dabei beobachten, mit mehr
Eifer an einer Sache zu arbeiten. Es ging womöglich gegen
einen von ihnen. Das war nicht hinnehmbar und musste mit
allen Mitteln verhindert werden. Man schwärmte aus, um
jeden Einzelnen zu befragen, der dem damaligen Opfer
Sibylle Heimann auf welche Art auch immer nahestand. Sie
war mit ihren siebzehn Jahren natürlich unverheiratet
gewesen, hatte keinen festen Freund gehabt.

Leonie sammelte jede noch so kleine Information und trug
sie in das Datenblatt ein, das genau für diese Ermittlung
angelegt worden war. Die Ergebnisse ließen zumindest den
Verdacht aufkommen, dass man sich möglicherweise im Fall
Heimann verrannt haben könnte. Sibylles Mutter war am
Tod der Tochter fast zerbrochen und rettete sich in eine
Beziehung mit einem Amerikaner, dem sie zwei Jahre später
in die Staaten folgte. Sie wohnte immer noch in Connecticut
und fiel aus dem Kreis der Verdächtigen raus. Ihr damaliger
Mann kam schon Wochen später bei einem Motorradunfall
ums Leben. Nachbarn der Familie Heimann sprachen davon,
dass die Familie sehr unter dem Verlust der überall beliebten
Tochter Sibylle litt und förmlich nach dem Fehlurteil aus-
einanderfiel. Es soll zwar noch einen Sohn gegeben haben,

der aber zur Tatzeit bereits über dreißig war und nach der Entlassung aus einer Bundeswehreinheit nach Indochina ausgewandert war. Eigentlich war es kein leiblicher Bruder von Sibylle, sondern ein Sohn des verunglückten Walter Heimann aus erster Ehe. Allmählich zeichnete sich ab, dass die Möglichkeit, dort den ominösen Rächer finden zu können, wenig erfolgreich sein würde. Nachbarn waren zwar erzürnt, kamen jedoch nach Beurteilung der erfahrenen Kripoleute für einen Rachefeldzug kaum infrage. Das anfängliche Feuer, mit dem man sich in die Ermittlungen stürzte, fiel zusehends mehr in sich zusammen. Leonie starrte enttäuscht auf die Tabelle, in der sämtliche Namen und Adressen vermerkt worden waren. Mit den erwarteten Infos über den Bruder Roland würde man diese Spur schließlich als kalt bezeichnen können. Resignation machte sich bei ihr breit. Das Telefon holte sie aus ihrer einsetzenden Lethargie. Mit müder Stimme meldete sie sich und schielte nach ihrer Kaffeetasse, in der noch ein Rest auf sie wartete.

»Hast du was zu schreiben, Leonie? Ich habe eine Adresse, die dich interessieren könnte.«

Schon an dem typisch bayrischen Dialekt erkannte Leonie ihren Kollegen aus Wohlerts Team, der zum erweiterten Kreis der Soko gehörte.

»Was hast du für mich, Franzl? Warst du nicht an Roland Heimann dran? Jetzt sag bloß, du hast den in Vietnam gefunden? Das wäre ja geil.«

Deutlich konnte Leonie durch die Leitung hören, dass sich Franzl Habermann eine Ladung Schnupftabak einzog, was sie dazu veranlasste, den Hörer vom Ohr zu nehmen.

»Scheiße, Franzl. Konntest du nicht noch eine Minute damit warten? Ich finde das mit deiner Schnupferei einfach ekelig. Du lebst schon mindestens sieben Jahre hier und kommst einfach nicht von deinen bayuwarischen Gewohnheiten runter. Bist du jetzt fertig und kannst mir was erzählen?«

Das Lachen des Kollegen ignorierte Leonie und wartete geduldig auf die versprochene Adresse.

»So, da bin ich wieder, holde Maid. War wirklich nicht einfach, das rauszubekommen. Ich musste über eine gute Freundin beim Konsulat gehen. Die wiederum ist jemandem beim vietnamesischen Einwanderungsbüro um den Bart gestrichen, damit der seine Fühler ausstreckte. Fakt ist jedenfalls, dass ein gewisser Roland Heimann ein Langzeitvisum besitzt und als Fremdenführer für deutsche Touristen auf der Insel Phu Quoc tätig ist – besser gesagt, tätig war.«

»Was soll das bedeuten, wenn die sagen, dass er es war. Ist er tot?«

»So würde ich das nicht sagen, meine Liebe. Aber nach deren Auskunft zumindest so gut wie. Man glaubt zu wissen, dass er schwer erkrankt war und schon vor Monaten für eine Therapie nach Deutschland geflogen ist. Woran er leidet, konnten die aber nicht in Erfahrung bringen. Jetzt müssen wir versuchen, seinen Weg in Deutschland nachzuzeichnen. Er soll einen Flug am 23. Januar genommen haben. Genaues muss ich noch bei der Fluggesellschaft abfragen. Nach einer Adresse habe ich bereits geforscht. Nichts. Der hat sich in Luft aufgelöst. Aber ein Bild haben wir. Ich habe dir das auf den Rechner geschickt. Wenn ich was Neues habe, melde ich mich.«

»Ich liebe dich, Franzl. Danke dafür. Den finden wir«, ereiferte sich Leonie und legte auf, bevor Franzl eine Bemerkung loswerden konnte. Das sich öffnende Bild zeigte ihr einen Mann, der hager und braungebrannt in die Kamera lachte. Ein sympathisches Lachen, musste Leonie zugeben. Es war absolut nicht das Antlitz eines brutalen Mörders. Eigentlich hatte sie das auch gar nicht erwartet. Selbst die Augen blickten offen in die Linse, versteckten jedoch in einem Winkel einen Hauch von Traurigkeit und besaßen einen leicht gelblichen Ton. Ob es an der Entwicklung des Fotos lag oder auf eine Erkrankung zurückzuführen war, darüber wollte und konnte sie kein Urteil fällen. Das Wissen um die Krebserkrankung des mutmaßlichen Täters ließen jedoch derartige Spekulationen zu.

Leonie gab den Namen Roland Heimann in die Suchmaske ein, obwohl sie sich sicher war, dass das der Kollege Habermann ebenfalls getan hatte. Das System bestätigte ihr die Annahme, dass dieser Mann bisher nicht polizeilich auffällig geworden war. Nicht einmal ein Strafmandat war feststellbar. Sie hatten es mit einem Musterbürger zu tun.

»Während des Dienstes ist der Besuch von Datingportalen eigentlich verboten. Aber ich schweige wie ein Grab.«

Kai, der hinter Leonie auftauchte und neugierig über ihre Schulter schielte, trat einen Schritt zurück, um außer Reichweite zu sein, falls die Kollegin ungehalten reagieren würde.

»Du bist ein Arschloch, Kai. Aber das sagte ich ja schon. Ich bin bekennender Single und brauche euch Kerle nicht. Es gibt Alternativen. Doch Spaß beiseite. Das ist der Halbbruder von Sibylle Heimann, ein gewisser Roland Heimann. Eigentlich haben wir den in Vietnam vermutet. Doch nun informiert mich der Kollege Habermann, dass er sich mittlerweile in deutschen Landen befindet. Wo, weiß bisher kein Mensch.«

»Das hört sich zumindest interessant an. Normalerweise meldet man sich doch an, wenn man hier eine feste Bleibe hat.«

»... was ja nur bedeuten kann, lieber Kai, dass er diese nicht hat und irgendwo unterkommen konnte«, ergänzte Leonie. »Möglicherweise wohnt er bei jemandem, den er von früher kennt, oder er lebt im Hotel. Aber das dürfte ja herauszufinden sein. Ich durchforste mal seine Vergangenheit. Vielleicht finden wir dort Bezugspersonen wie Freundinnen oder Kegelbrüder. Franzl hilft uns da ebenfalls. Wenn ich mir den Mann betrachte, müsste ich zu dem Schluss kommen, dass der völlig harmlos ist. Doch darauf können wir uns in unserem Fall nicht verlassen. Ich bleib dran an ihm.«

»Tu das. Ich bin heute Abend übrigens im Club Essence. Dort soll sich Reinhold Kleinig, der Chef von Ellen van Kalken, rumtreiben. Man erzählte mir, dass er sich dort häufig mit einigen Herren der besseren Gesellschaft trifft. Würde mich wirklich interessieren, was die so treiben und wer dazu gehört. Hast du übrigens Lust, mich zu begleiten? Spesen gehen aufs Haus.«

»Ist das nicht dieser Schickimicki-Club in dem früheren Kino? Da treibt sich doch nur die Hautevolee rum. Wir beide fallen doch dort sofort auf. Da pass ich nun wirklich nicht rein, Kai.«

»Darüber mach dir mal keine Gedanken. Zieh einfach irgendeinen schicken Fummel an, nur nichts Stinknormales.

Mit mir an deiner Seite werden wir den Laden rocken. Die Showgirls sind nur samstags da, sodass es nicht ganz so lebendig sein wird. Und gut finde ich, dass dir keiner beim Tanzen auf den Arsch schielt, denn die haben gar keine feste Tanzfläche.«

»Eigentlich keine schlechte Idee, den Stinker von Kleinig mal aus der Nähe zu sehen. Soll ja ein richtiges Arschloch sein, habe ich gehört. Ich bringe die kleine Kamera mit für Nachtaufnahmen. Man kann ja nie wissen, wohin uns die wilde Jagd am Abend noch führen wird. Ich bin dabei, Kai. Du musst mich nur früh genug zu Hause abholen.«

24

»Tolle Location«, konnte sich Leonie nicht verkneifen, nachdem sie einen kleinen Tisch im House-Room besetzt hatten, in dem ansprechende und tanzbare House-Musik gespielt wurde. Noch war der Besucherstrom überschaubar, sodass Kai schon früh auf die sechs Männer aufmerksam machen konnte, die sich in einer Ecke des Raumes auf eine pinkfarbene Sitzecke verzogen hatten. Dort herrschte bereits ausgelassene Stimmung und die ersten Sekt- und Cocktailgläser wurden gegen neue ausgetauscht.

»Der dritte von links ist Kleinig. Den kannst du gut erkennen, da er der Einzige ist mit einer schwarzen Jeans. Kannst du unauffällig ein Foto schießen?«

»Das muss ich gar nicht unauffällig machen, Kai. Ist dir noch nicht aufgefallen, wie viele Leute hier fotografieren? Die Gäste scheinen wild darauf zu sein, ins rechte Licht gerückt zu werden. Gott, sind das großkotzige Affen. Wie kann man sich hier auf Dauer nur wohlfühlen? Das ist kein Abhängen und Quatschen, wie ich es aus meiner Stammkneipe kenne, sondern ein ekelerregendes Schaulaufen der Eitelkeiten. Lange bleibe ich hier aber nicht.«

Kais Augen waren nur auf den Männertisch gerichtet, an dem jetzt die Anwesenden kurzzeitig die Köpfe zusammensteckten und scheinbar ein Foto betrachteten. Nur Kleinig hielt sich zurück, wobei Kai die Vermutung hegte, dass er dieses Foto sehr genau kannte. Das bestätigte sich, als man ihm das mit einem zustimmenden Nicken überreichte. Mit dem Anstoßen der Gläser schien man eine Entscheidung begießen zu wollen. Mit wildem Gejohle setzten die Männer die Gläser ab und riefen nach der Bedienung. Auch Leonie war dieses Zeremoniell aufgefallen. Es löste auch bei ihr ein ungutes Gefühl aus, das sie sich aber nicht genau erklären konnte. Von Anfang an empfand sie eine starke Abneigung gegen diese Schar von Männern, die sie bisher nur aus amerikanischen Krimis kannte. Sie wurden dem Zuschauer als Yuppies verkauft – junge, erfolgreiche Männer, denen Geld und berufliche Erfolge in den Kopf gestiegen waren.

»Kennst du sonst noch jemanden aus der Runde?«, wollte Leonie wissen. »Die benehmen sich, als gehöre ihnen die Stadt.«

»Nein, aber das lässt sich schnell ändern. Hast du die Fotos gemacht? Die Story zu den Gesichtern werden wir bestimmt schnell finden. Wir stellen die auf unsere Seite und warten ab, was die Kollegen aus den anderen Abteilungen uns erzählen können. Wir wühlen so oft im Müll, da werden wir bestimmt schnell auf solche Figuren stoßen. Ich würde sagen, dass wir unsere Zelte hier abbrechen. Ich habe genug gesehen und würde sagen, dass wir uns lieber noch einen schnellen Burger gönnen und dann ab ins Bettchen. Meine Frau wird sich wundern, wenn ich so früh zurück bin. Sie wollte sich in der Zeit einen Schmachtfetzen von der DVD reinziehen. Dirty Dancing und anschließend das Phantom der Oper. Nicht meins. Ich mag es flotter.«

Leonie wirkte nicht unzufrieden mit Kais Entscheidung und warf einen letzten Blick zum Tisch der Männer, die jetzt plötzlich einige junge Frauen in freizügigen Klamotten um sich geschart hatten. Sie verachtete solche Frauen, die sich wie Schmeißfliegen an jeden Mann klammerten, der den Geruch von Wohlstand verströmte. Sie zupfte Kai am Ärmel und erhob sich. Ihre Coke ließ sie halb geleert auf dem Tisch zurück.

Lange mussten Kai und Leonie nicht warten, bis die ersten Namen zu den Männer-Fotos aus dem Essence-Club auftauchten. Schon nach einem halben Tag war die Liste der sechs Männer vollständig. Abgesehen von Reinhold Kleinig, dessen Position schon bekannt war, handelte es sich durchweg um Jungunternehmer und Söhne wohlhabender Bürger der Stadt. Ärzte, Rechtsanwälte und Autohändler zeigten durch ihre Sprösslinge, dass Geld die Welt beherrschen konnte. Keiner von ihnen musste sich Gedanken darüber machen, wovon sie die Versicherungsprämie für den Porsche bezahlen mussten. Leicht verdientes Geld und schlechtes Benehmen hatten sich wieder einmal auf Anhieb gepaart.

»Jetzt wissen wir immerhin, mit wem wir es zu tun haben. Was uns fehlt, ist die Kenntnis darüber, womit sich diese Laffen in ihrer Freizeit, die sie wahrscheinlich zuhauf haben werden, beschäftigen. Ich nehme mal an, dass keiner von denen ehrenamtlich in einem Hospiz arbeitet. Wann treffen die sich und wo? Das ist hier die Kernfrage.«

Leonie wirkte nach dem gestrigen Abend reichlich frustriert, da ihr die Vorbehalte, die sie gegenüber dieser Menschengruppe schon immer mitbrachte, zu hundert Prozent bestätigt wurden. Gerne würde sie dem Wirken dieser Typen einen Riegel vorschieben.

»Ich gebe zu, dass ich eine gehörige Portion Voreingenommenheit gegenüber diesen Männern besitze und mir insgeheim wünsche, dass wir die Richtigen auf dem Schirm haben, aber wir haben bisher nur Namen. Das hilft uns wenig.«

Gordons Miene war nicht zu entnehmen, wie er es sah. Für ihn zählten nur Fakten, obwohl er Leonie verstehen konnte. Während sie bei der Polizei versuchten, die Kriminalität im Land einzudämmen, verdienten sich einige dieser Lackaffen Unsummen mit undurchsichtigen Immobilien-Geschäften und sogar Drogenhandel. Doch im Moment ging es um weitaus schlimmere Verbrechen.

»Wir können uns nur an diese Typen dranhängen, sie beschatten und ihre heimlichen Treffpunkte ausmachen. Ich spreche mit Kriminalrat Kläver, ob wir Verstärkung zur Observierung erhalten können. Ich will nicht warten, bis wir die nächste Frau auf dem Müll finden. Versucht in der Zwischenzeit, etwas über jeden Einzelnen von der Clique herauszufinden. Aber seid dabei vorsichtig. Kriegen die das spitz und riechen Lunte, werden sie uns keine zweite Chance geben. Außerdem haben wir die einflussreichen Eltern am Hals, die von ganz oben gegen uns arbeiten lassen.«

»Soll ich an Kleinig weiter dranbleiben?«, wollte Kai wissen, als Gordon sich abwenden wollte.

»Aber sicher, Kai. Er ist in meinen Augen der Schlüssel zu allem. Wenn ich mir sein Verhalten betrachte und dabei die Verbindung zu Ellen van Kalken bewerte, haben wir einen der Organisatoren am Haken. Überführen wir ihn, kassieren wir den ganzen Haufen dieser Rotzbengel. Und du, Leonie, kümmerst dich weiter um Heimann. Finde raus, ob es alte Verbindungen aus seiner Zeit gibt, in der er noch hier lebte. Freunde aus der Soldatenzeit oder Jugendfreunde. Er muss sich irgendwo verkrochen haben.«

Gordon kam wieder auf Leonie zu und blickte ihr mit ungewohnt ernstem Gesicht in die Augen.

»Wenn er extra zur Behandlung seiner Krankheit nach Hause kam, muss er sich an einen Arzt oder eine Klinik hier im Umkreis gewandt haben. Wir sollten in den Facharztpraxen und Krankenhäusern nachfragen, solange wir keine Ergebnisse von den Apotheken bekommen haben.«

»Was hältst du davon, wenn ich mir mal das Grab von Sibylle Heimann ansehe? Wenn ich der Bruder wäre, würde es mich dorthin ziehen.«

Befriedigt stellte Leonie fest, dass sich Gordons Miene aufhellte.

»Bravo. Dass wir darauf noch nicht gekommen sind. Sieh es dir an, lass es notfalls beobachten. Ich möchte wissen, ob dort frische Blumen liegen. Wenn ja, finde heraus, wer sie wann dort ablegte, von wem sie gepflanzt und verkauft wurden. Ist das Grab gepflegt? Dann stelle ich mir die Frage, wer tut oder bezahlt das. Außer dem Bruder kommt dafür doch kaum noch einer in Frage. Vielleicht hat er die Pflege von Anfang an bezahlt, sollte die Mutter das nicht aus Amerika beauftragt haben. Ach, was mir gerade noch einfällt.«

Gordon wandte sich jetzt an alle.

»Wo treibt sich eigentlich Rudolf Fokus rum? Gehen wir einmal von der Möglichkeit aus, dass wir mit Heimann wirklich auf der richtigen Spur sind, wäre Fokus doch wohl ganz oben auf dieser Liste. Arbeitet sich der Täter von unten nach oben durch, dürfte er schon bald bei Fokus angekommen sein. Eventuell ist es seine Absicht, dass dieses Schwein von dem Rachefeldzug durch die Presse erfährt und sich sicher sein kann, dass alles ihm gilt. Nicht, dass mir das leidtun würde, aber da könnten möglicherweise noch Personen vor ihm dran sein. Das müssen wir verhindern. Findet den Mistkerl, sonst heißt es vielleicht später, wir hätten nicht alles getan, um dieses Stück Scheiße zu beschützen.«

Niemand sprach, als Gordon den Raum verließ. Doch alle wussten genau, wie ernst es ihm mit dieser Bemerkung war.

25

»Verdammter Mist. Die Nachfrage bringt uns keinen Schritt weiter, Kai. Laut Einwohnermeldeamt ist Roland Heimann bei seiner Schwester angemeldet gewesen, als er nach Asien aussiedelte. Später, als die Wohnung von ihr aufgelöst wurde, gab er eine Adresse in Essen-Altenessen an. Dort lebt allerdings ein gewisser Manfred Schacht. Mit dem diente er nach meinen Recherchen mal in einer Einheit. Es ist zu vermuten, dass er ihm lediglich die Adresse zur Verfügung stellte, damit Heimann sein Visum beantragen und den deutschen Pass verlängern konnte. Werde mir die Wohnung mal ansehen. Hättest du nachher Zeit? Aus Sicherheitsgründen sollten wir dort zu zweit auftauchen. Es wäre ja immerhin möglich, dass sich Heimann bei dem alten Kumpel aufhält.«

»Das passt, wenn wir bis achtzehn Uhr da wieder raus sind«, meinte Kai und wischte sich den Zucker von den Lippen, nachdem er den Berliner Ballen vorsichtig mit der Bissstelle nach oben auf den Teller gelegt hatte. Die Marmelade drohte herauszutropfen. »Ich will an diesem Abend Reinhold Kleinig auf den Fersen bleiben. Eigentlich ist heute einer der Tage, an denen er sich rumtreibt. Möchte gerne wissen, wann und wo er sich mit den anderen Männern trifft. Ist das Ok für dich?«

»Kein Problem. Ich könnte dich dabei begleiten. Habe sowieso nichts für den Abend geplant. Sagt deine Frau eigentlich nichts zu deinen derzeitigen Arbeitszeiten? Schließlich fordert eine Beziehung doch gewisse gemeinsame Zeiten ein.«

Kai winkte ab und leckte genüsslich die herunterlaufende Marmelade ab.

»Heidi hat heute ihren Bastelkreis mit Freundinnen. Der findet bei uns statt. Bin sogar froh darüber, dass ich dem Mädelsabend entgehen kann. Das Geschnatter nervt gewaltig und treibt mich regelmäßig in die Garage. Das ist immer die beste Gelegenheit, was am Auto zu schrauben.«

Leonie zog fröstelnd die Schultern zusammen und schlug den Mantelkragen gegen den mäßig wehenden Wind hoch, der immer wieder den feinen Sprühregen vor sich hertrieb. Kais Trenchcoat war bereits bis in die letzte Faser durchnässt, was seinem Besitzer jedoch nichts auszumachen schien. Kai wischte sich immer mal wieder mit der flachen Hand über die Glatze und betrachtete ausgiebig die lange Häuserreihe, hinter der er etliche stallähnliche Anbauten wusste. Sie erlebten gerade die allzu typische Bauweise von Zechenhäusern, wie sie einst für Bergleute angelegt worden waren, die das schwarze Gold aus der Erde buddeln sollten. Eine von Kohlenstaub dunkel gefärbte Häuserwand, die sich über die ganze Straßenlänge dahinzog. Sie suchten die Nummer einhundertsechsundzwanzig, die sich auf der anderen Straßenseite befand. Ein Fenster an der Seite, wo sich die Durchfahrt befand, war schwach beleuchtet und nährte die Hoffnung, dass sich jemand im Haus befand. Das gelegentliche Flackern wies auf einen eingeschalteten Fernseher hin. Kai lockerte gewohnheitsgemäß die Waffe im Holster und machte sich entschlossen auf den Weg, um den Klingelknopf zu drücken. Im letzten Moment hielt ihn Leonies Hand zurück. Sie drängte den Kollegen zur Seite. Ihr Flüstern war kaum zu vernehmen.

»Das übernehme ich, mein Freund. Du begleitest mich nur. Hast du vergessen, wer den Besuch angekündigt hat? Halt die Augen offen und achte auf mögliche Gäste.«

»Okay, okay, ich wollte ja nur nett sein. Mach schon hinne und schell den Mann von seiner Couch. Wie du weißt, habe ich heute noch was vor.«

Als Reaktion auf Leonies Klingeln war lediglich aus dem Inneren des Hauses ein nicht gesellschaftsfähiger Fluch zu vernehmen. Das Schlurfen von möglichen Pantoffeln zeigte, dass sich jemand der Tür näherte. Einen Moment verschlug es den beiden Besuchern die Sprache, als sich hinter dem Türschlitz ein bemerkenswertes Gesicht zeigte. Eine Mischung aus Alkoholdunst, altem Schweiß, verbrauchter Luft und beträchtlichem Knoblauchduft schlug ihnen unerbittlich entgegen. Leonie konnte nicht verhindern, dass sich ihre Magenwände dagegen wehren wollten. Reaktionsschnell schaffte sie es, den Kopf abzuwenden und einen Happen der frischen Abendluft zu erhaschen. Kai verhinderte, dass sie einen Schritt zurückmachen konnte. Stur hielt er Leonie vor sich, die sogar zu einer knappen Begrüßung fähig war. Ihren Dienstausweis hielt sie dem Mann vor das Gesicht.

»Mein Name ist Kommissarin Felten, hinter mir mein Kollege Kommissar Wiesner. Wir hätten einige Fragen an

Sie, die einen ehemaligen Bekannten von Ihnen betreffen. Dürfen wir einen Moment reinkommen? Es dauert nicht lange – versprochen.«

Wenn Leonie und Kai von der Hoffnung getragen wurden, dass sie eine zeitnahe Antwort erhalten könnten, wurden sie zum ersten Mal enttäuscht. Im letzten Moment konnte Leonie ihre Fußspitze zwischen Tür und Rahmen bekommen, bevor sie wieder wortlos zugedrückt wurde.

»Einen kurzen Moment Ihrer wertvollen Zeit sollten Sie uns schon gönnen, Herr Schacht. Wenn wir uns jetzt nicht unterhalten, würden wir das spätestens morgen tun, nachdem wir sie vorgeladen haben. Die Entscheidung liegt bei Ihnen. Hier und jetzt oder morgen, nachdem wir Sie von einem Polizeiwagen abholen ließen. Na, was ist? Dürfen wir reinkommen?«

Statt einer Antwort verschwand lediglich das Gesicht und es blieb eine offen stehende Tür zurück, die Leonie mit nur einem Finger weiter aufstieß. Nun erhielten die beiden Ermittler die komplette Breitseite eines ekelerregenden Bratdunstes serviert, als hätte der Mann kurz zuvor Pansen erhitzt. Ein kurzer Blick in die chaotische Küche gab keine endgültige Aufklärung, da dort viele Töpfe, Pfannen und schmutziges Geschirr ein Stillleben bildeten. Kai betrachtete die Tapeten, mit denen wahrscheinlich noch während der Naziherrschaft die Wände im Flur verschönt worden waren. Jetzt begannen sie sich an den Stößen abzulösen. Sie folgten der dürren Gestalt in einen Raum, den man mit sehr viel gutem Willen als Wohnzimmer bezeichnen würde. Als erstes, schwaches Licht auf ihren Gastgeber fiel, bemerkte Leonie mit Schrecken, dass Manfred Schacht sie lediglich mit Unterwäsche bekleidet empfangen hatte. Kai erkannte sofort, dass es sich um eine olivgrüne Unterhose handelte, wie man sie damals als Wehrpflichtiger im Winter trug. An den dünnen Waden wurde die Schlabberhose von groben Wollsocken gehalten, während der Eingriff und der hintere Teil der Hose bereits in Kniehöhe begann. Dass Schacht statt eines passenden Unterhemdes ein T-Shirt trug, auf dem groß *Status quo* aufgedruckt war, entlockte Leonie ein mildes Lächeln, obwohl sich bei ihr die Nackenhaare aufstellten. Schachts ungepflegter Zehn-Tage-Bart trug nicht unbedingt dazu bei, das hagere Gesicht zu verschönern. Unter den aufgeschwemmten Lidern und schmalen Augenschlitzen irrten die Pupillen in erschreckender Geschwindigkeit hin und her. Beide zuckten zusammen, als Schacht unverhofft losschrie.

»Sitz, du Drecksköter!«

Erst jetzt entdeckten die Besucher den schwarzbraunen Dobermann, der sich in der Ecke erhoben hatte und drohend den Kopf vorstreckte. Sofort streckte er sich auf der Decke aus, nicht ohne ein gefährliches Knurren zu hinterlassen. Leonie spürte, dass ihr Puls sich für einige Augenblicke in bedenklichen Bereichen bewegte, bevor er sich wieder beruhigte. Vergeblich warteten sie auf die Aufforderung, sich zu setzen. Allerdings war sich zumindest Leonie darüber im Klaren, dass sie dieser Geste sicher nicht gefolgt wäre. Zu groß war bei ihr die Furcht, ungebetene Gäste mit nach Hause nehmen zu müssen.

»Wat wollt ihr?«

Endlich ergab sich die Möglichkeit, sich aus der Schockstarre zu befreien und dem Zweck des Besuches nachzugehen.

144

»Wir gehen davon aus, dass wir es bei Ihnen mit Manfred Schacht zu tun haben. Können Sie uns das bestätigen?«

Wenn Leonie glaubte, darauf eine Antwort zu erhalten, unterlag sie an diesem Abend schon dem zweiten Irrtum. Die stoische Miene Schachts veränderte sich nicht. Allmählich keimte in Kai Wut auf.

»Antworten Sie der Kollegin bitte, da wir sonst das Gespräch im Präsidium weiterführen werden.«

Zumindest erhielten die beiden nun ein zustimmendes Nicken. Leonie wagte einen zweiten Anlauf.

»Nach unseren Unterlagen ist unter dieser Adresse auch ein gewisser Roland Heimann gemeldet. Können Sie das bestätigen? Wo finden wir den Mann?«

Als Schacht endlich den Mund öffnete, suchte man vergeblich nach zwei kompletten Zahnreihen. Stattdessen zeigten sich drei einzelne vergilbte Stummel, die den kompletten Dienst der Essenszerkleinerung übernehmen mussten. Wieder rumorte es in Leonies Magen.

»Den Roland habe ich schon Jahre nicht mehr gesehen. Das Arschloch ist nach Indien oder irgendwo da unten abgehauen. Der brauchte hier nur eine feste Bleibe, damit er den Pass verlängern konnte. Wat hat der blöde Sack angestellt, datt ihn die Bullen suchen? Der soll mir bloß nicht inne Finger kommen. Der schuldet mich noch Knete.«

»Haben Sie möglicherweise eine Ahnung, wo der sich befinden könnte, wenn er in Deutschland ist? Bekannte, Freunde oder entfernte Verwandte?«

»Der Penner hat keine Freunde. Der hat sich, als datt mit seine Schwester passierte, mit alle angelegt. Mit dem wollte keiner mehr wat zu tun haben. Roland war immer nur auf

145

Stunk aus und ist schließlich nach Asien abgedampft. Sollen die sich mit ihm rumärgern. War´s dat? Ich hab noch wat zu erledigen, wenn et recht iss. Sie wissen, wo die Tür ist.«

Kai hätte diesen unfreundlichen Mitmenschen am liebsten geschüttelt. Stattdessen reichte er ihm seine Karte mit den Worten: »Falls sich Roland Heimann bei Ihnen meldet, möchten wir Sie darum bitten, uns eine Nachricht zukommen zu lassen. Danke, wir finden raus.«

Kaum hatten sie sich dem Ausgang zugewandt, vernahmen sie das leise Knurren des Hundes, der sich erhoben hatte. Leonie lehnte sich von außen gegen die geschlossene Haustür und sog erleichtert die frische Luft in ihre Lungen.

»Jetzt kann ich die kompletten Klamotten in die Reinigung geben. Den Geruch kriegen wir sonst nie wieder raus. Wie kann ein Mensch nur so leben? Der arme Hund – wie der das bloß aushält?«

Kai wedelte ebenfalls mit den Aufschlägen seines Trenchcoats, um den Geruch in die Umwelt zu entlassen. Allmählich gewann sein Gesicht die natürliche Farbe zurück.

»Es könnte der Geruch sein, der mich gerade darauf bringt. Aber ich muss Gordon noch den Bericht von Sibylle Heimanns Grab liefern. Das Grab ist über Jahre nicht gepflegt worden. Allerdings liegt ein frischer Blumenstrauß drauf. Ist doch komisch, oder? Aber lass uns jetzt Kleinig beobachten. Bei dem müssen wir uns wenigstens keine Gedanken darüber machen, dass er sich in solcher Umgebung rumtreibt.«

Manfred Schacht legte sich die Wolldecke schützend über Kopf und Schultern, bevor er sich über den Hof auf den Weg zum Schuppen machte. Diese Gebäude gehörten zum Haus und dienten zum Unterstellen von Gartengeräten. Sein grässliches Fluchen verhallte mit den heftigen Windböen, die den jetzt stärker werdenden Regen gegen die Hauswände trieben. Heftig klopfte er gegen den Holzverschlag, der kurz darauf geöffnet wurde. Wie ein Schatten verschwand er in dem dunklen Durchgang.

»Die Bullen suchen dich, Roland. Wat hat dat zu bedeuten? Hasse irgendwelchen Scheiß gebaut? Ich will damit absolut nix zu tun haben. Hasse verstanden? Bis jetzt hatte ich Ruhe vor denen. Dat machse mich nich kaputt. Freundschaft hin, Freundschaft her. Da hört dat bei mich auf.«

»Mach dir darüber keine Sorgen, Manni. Das ist bald vorbei. Ich habe noch zwei Sachen zu klären, dann bist du mich für immer los. Halt einfach noch ein paar Tage die Schnauze und es ist vorbei. Werde mich dann endgültig verpissen. Versprochen.«

Als es draußen an der Tür kratzte, drehte sich Manfred Schacht um und öffnete die Tür einen Spalt. Seinem heftigen Tritt folgte das Jaulen eines gequälten Hundes.

»Mach dich vom Acker, du Sauköter, sonst ...!«

26

Reinhold Kleinig fluchte leise vor sich hin, als er an das breite Fenster seines Appartements trat und einen Blick nach draußen wagte. Mittlerweile bogen sich die Zweige der vor dem Haus stehenden Pappeln und versuchten mit aller Kraft, sich gegen starken Wind und Regen zu stemmen. Gerne hätte er das Treffen heute abgesagt, zumal es weit im Süden von Essen kurz vor Velbert in einem neuen Restaurant angesetzt worden war. Auf der Straße gab es kaum Verkehr, was auch nicht verwunderlich schien, da im Fernsehen Teil eins der Paten-Trilogie lief. Eine Filmreihe, die Kleinig als das Beste bezeichnete, was die Filmindustrie zu diesem Genre jemals hervorgebracht hatte.

Um an dem Treffen teilnehmen zu können, musste er heute den Besuch im Sportstudio abkürzen, obwohl er seit Tagen einen innigen Kontakt zu Tara Henschel suchte, die neu in das Studio eingetreten war und eine supergeile Figur besaß. Liebend gerne hätte er sie mitgenommen. Doch gerade heute war kein Außenstehender beim Treffen zugelassen. Eine Satzungsänderung musste besprochen werden, um den Beitritt zu ihrer Gruppe weiter zu erschweren. Die Teilnehmerzahl sollte unbedingt begrenzt werden, um nicht Gefahr zu laufen, dass ihre Aktivitäten nach außen bekannt wurden. Das konnte gefährlich für alle Beteiligten werden. An dieser Stelle stießen selbst Macht und Einfluss ihrer Eltern an Grenzen. Immer noch verärgert riss Kleinert sein Sakko vom Kleiderhaken und machte sich auf den Weg in die Tiefgarage. Das sonore Brummen des Motors schallte durch die breite Halle des Tiefgeschosses, bevor der Wagen die Auffahrt hinaufschoss und zwischen Regenböen verschwand. Kleinert bemerkte nicht den schwarzen BMW, der ihm in gebührendem Abstand folgte.

Das Restaurant lag zurückgezogen in einer idyllischen Landschaft, die ein Außenstehender, der das Ruhrgebiet nicht kannte, hier niemals vermutet hätte. Als der Bolide auf dem Parkplatz ankam, befanden sich schon etliche Protzautos dort und zeigten ihm, dass er als einer der Letzten zum Treffen erschien. Die wenigen Gäste, die sich im Restaurant aufhielten und sich mit gedämpfter Stimme unterhielten, sahen nur recht kurz auf, als der einzelne Gast eintrat, hoben allerdings empört die Köpfe, als der von einer Gruppe junger Männer laut johlend begrüßt wurde. Der Wirt reagierte, indem er aus der Küche direkt zum Tisch ging.

»Meine Herren, bitte nehmen Sie Rücksicht auf die restlichen Gäste, die in Ruhe speisen möchten. Ich wäre Ihnen sehr dankbar, wenn Sie ...«

Rene Klaber, einer der Größten unter den Männern am Tisch, was jedoch nicht nur die Körpergröße betraf, sondern auch die Großmäuligkeit, erhob sich und sah auf den wesentlich kleineren Restaurantbesitzer herab.

»Sie haben natürlich vollkommen recht, wenn Sie Gäste, die ihre Lebensfreude spontan zum Ausdruck bringen möchten, in die Schranken weisen. Das hier ist schließlich Ihr Restaurant, das Sie gepachtet haben. Sie besitzen das uneingeschränkte Hausrecht. Doch bitte ich Sie darum, zu bedenken, dass Sie diese Immobilie nur gemietet haben. Und jetzt die große Preisfrage, Herr Djuruvicz: Was glauben Sie, von wem Sie diese Räume gemietet haben?«

Bevor der Wirt die Antwort geben konnte, kam sie schon von Rene Klaber selbst.

»Mein Name ist übrigens Klaber, guter Mann. Und damit wir schnell die Auflösung erhalten, darf ich es kurz machen. Ihr Pachtvertrag wurde von meinem Vater unterschrieben. Wenn Sie also weiter in die Zukunft planen möchten, würde ich Ihnen empfehlen, ein wenig mehr Entgegenkommen zu zeigen. Meinen Freunden hier hatte ich einen netten Abend bei gutem Essen versprochen. Tun Sie bitte Ihr Bestes, damit ich nicht als Lügner dastehen werde. Haben wir zwei uns verstanden?«

Rene Klaber schob den Inhaber mit leichtem Druck zur Seite und richtete das Wort an die restlichen Gäste, unter die sich nun auch Leonie und Kai gemischt hatten. Niemand hatte bisher Notiz von ihnen genommen, was ihnen entgegenkam.

»Ich möchte mich in aller Form bei Ihnen allen entschuldigen, wenn wir uns danebenbenommen haben. Bitte trinken Sie ein Glas Wein auf meine Rechnung.«

Als gäbe es den verdutzt dreinblickenden Wirt für ihn nicht mehr, setzte sich Klaber und hieb seinem Nachbarn die flache Hand auf die Schulter.

Seine Ansprache erntete lautes Gejohle und ließ den Inhaber, der mit hochrotem Gesicht noch immer dastand,

zurück. Kai und Leonie hätten sich liebend gerne einge-
mischt, als sie den Wirt mit gesenktem Haupt dann doch in
der Küche verschwinden sahen. Aber das hätte unnötig Aufsehen erzeugt, das die beiden jetzt absolut nicht gebrauchen
konnten. Kai schielte auf das Display seines Telefons und
erkannte Gordons Nummer.

»Was gibt es, Gordon? Wir sitzen gerade in einem Restaurant und beschatten Kleinig mit seinen Kumpels.«

»Mir fiel nur gerade etwas ein, was wir bedenken sollten.
Wie Klaus Lieken festgestellt hatte, fand man in der Lunge
und im Magen der Mädchen Chlorwasser, was darauf hin-
weist, dass sie sich kurz vor ihrem Tod zumindest in der
Nähe eines Pools oder öffentlichen Schwimmbades
befunden haben dürften. Versucht herauszufinden, ob in
einem der Häuser dieser Typen so was existiert. Möglich,
dass diese Rituale, wenn wir das so nennen wollen, dort
stattfinden. Dann hätten wir einen festen Punkt, an dem wir
ansetzen könnten. Allein an der Zusammensetzung des Wassers, so sagt zumindest unser großer Rechtsmediziner,
könnte man sogar den Tatort festlegen. Wir sollten jede
dieser Schweinebacken und ihr Zuhause unter die Lupe
nehmen.«

»Das können wir gerne machen. Aber jetzt sind wir erst
mal hier und haben schon bestellt«, meinte Kai.

»Dann wünsche ich euch guten Appetit. Ich hoffe nur,
dass ich keine Langusten und Austern auf der Rechnung
finde. Da flippen Kriminalrat Kläver und die Rechnungs-
stelle bestimmt aus.«

»Mach dir keine Sorgen, Gordon«, mischte sich Leonie,
die mitgehört hatte, ins Gespräch. »Der Hirschbraten liegt

zwar nicht in der Preisklasse eines Burgers, kann jedoch von der Stadtkasse gerade noch getragen werden. Wir verzichten aus reiner Rücksichtnahme auf das Dessert. Und die Flasche Wasser teilen wir uns. Grüße bitte meinen Freund Jonas, wenn du Feierabend machst.«

Des Öfteren steckten die jungen Männer die Köpfe zusammen, was Kai und Leonie zu der Erkenntnis brachte, dass sie zwar ein schmackhaftes Gericht genießen durften, doch nichts Neues über die Gruppe erhielten. Gegen dreiundzwanzig Uhr verabschiedeten sich die Jungs und preschten mit ihren Sportwagen in verschiedene Richtungen davon.

»Das war ja wohl ein Schuss in den Ofen«, konstatierte Leonie, als sie unter dem Vordach des Restauranteingangs standen, um sich auf den Spurt zum Auto vorzubereiten. Noch immer ergoss sich der Landregen über die umliegenden Wiesen und hatte selbst die Zufahrt zum Restaurant aufgeweicht. Mit hochgeschlagenem Kragen spurteten die beiden zum Fahrzeug und atmeten erleichtert auf, als sie endlich Platz genommen hatten.

»Gordon hat recht. Das bringt nichts, wenn wir darauf hoffen, die Kerle auf frischer Tat erwischen zu können. Wir sollten sie einzeln durchleuchten und erst dann gezielt überwachen, wenn wir einen passenden und möglichen Treffpunkt für ihre Rituale ausgemacht haben.«

Leonie streifte die letzten Regentropfen von ihrem Schoß und wartete darauf, dass Kai endlich losfuhr. Der jedoch ließ die Seitenscheibe herunter und deutete auf einen Winkel des ansonsten verlassenen Parkplatzes.

»Ist das nicht die Karre vom Kleinig, die da drüben immer noch steht? Wieso lässt der Bursche sein Auto hier stehen und fährt mit jemand anderem mit? Das kann doch nur bedeuten, dass sie etwas besichtigen wollen und er anschließend wieder hier abgesetzt werden soll. Dass die Karre plötzlich nicht mehr anspringt, kann ich mir schlecht vorstellen. Dann hätten die schon längst eine Werkstatt angerufen, um den Wagen hier wegschleppen zu lassen. Verdammt – ich hätte gerne gesehen, mit wem er abgehauen ist, und vor allem wohin. Ich habe aber keine Lust, hier auf den Saukerl zu warten. Das kann Stunden dauern.«

»Lass uns zurückfahren, Kai. Es sollte einfach nicht sein. Aber ganz umsonst war das Ganze nicht. Der Hirschbraten war ein Gedicht.«

Vorsichtig steuerte Kai den Wagen um die verschlammten Pfützen, um Leonie später vor ihrer Haustür abzusetzen.

27

Wer Gordon mit Schirm bewaffnet erleben wollte, musste geduldig sein, denn er hasste es, einen solchen als Schutz vor Regen aufzuspannen. Auch diesmal trat er prustend unter das Vordach, um sich das Wasser aus Haar und Bart zu schütteln. Trotz Sprint vom Auto zum Hauseingang schaffte es der Regen, den Jeansanzug fast komplett zu durchnässen. Nachdem er sich die Schuhe auf der Matte abgestreift hatte, öffnete er die Tür und sog voller Vorfreude den Duft von mediterranen Kräutern ein. Denise hatte ihn darauf vorbereitet, dass es heute Abend eines seiner Leibgerichte gab, wobei er sich diese Liebhaberei mit Jonas teilte, der sich regelmäßig damit vollstopfte. Wenn Spaghetti Bolognese auf den Tisch kam, gab es bei dem Jungen kein Halten mehr. Bevor Gordon ins Bad eilte, um die klatschnassen Sachen auszuziehen, blieb er einen Moment in der Diele stehen, da ihn ein Gesang, der aus der Küche zu kommen schien, aufhielt. Es war unverkennbar die Stimme von Denise. Schon seit Ewigkeiten hatte er dieses Lied nicht mehr aus ihrem Mund gehört. Ein Schmunzeln zeigte sich auf seinem Gesicht, als er darüber nachdachte, was dieser Song für sie beide bedeutete. In den Achtzigern hatte Elton John sie beide mit *Nikita* verzaubern können. Wie oft hatten sie damals eng umschlungen auf der Couch gesessen, um sich fortzuträumen. Manchmal waren sie spontan aufgestanden, um im Wohnzimmer zu tanzen. Er wagte einen Blick in die Küche, um dort Denise zu sehen, die genau im Rhythmus der Musik den Holzlöffel durch den großen Topf mit der Hackfleischsoße führte. Sie schrak nur einen kurzen Moment zusammen, als sich Gordons klamme Hände um ihren Bauch legten. Seine Lippen berührten zart ihren Hals, was sie sichtlich genoss. Vorsichtig drehte er sie zu sich, um im Takt des Songs mit ihr zu tanzen.

»Du bist ja ganz nass, Schatz. Jetzt muss ich meine Sachen auch wechseln.«

Denise unterlegte ihren gespielten Einwand mit einem fordernden Kuss und zog Gordon näher heran.

»Dauert das noch lange mit dem Essen?«

Die Frage des Jungen zerstörte einen Moment der Zweisamkeit, wie es ihn schon lange nicht mehr gegeben hatte. Beide sahen sich tief in die Augen, um gleichzeitig loszuprusten. Gordon war mit zwei langen Schritten bei Jonas und nahm ihn in den Arm. Ihn wunderte es nicht mehr, dass diesem Jungen scheinbar jedes Gefühl für Romantik fremd war. Für ihn war die Szene, in der er seine Eltern vorfand, ohne jede Bedeutung. Jonas hatte einfach nur Hunger.

Während Denise die Hackfleischsoße in eine Schüssel und den geraspelten Parmesankäse in den kleinen Behälter umfüllte, sortierte Jonas wie gewohnt sein Besteck. Alles musste in einem 90-Grad-Winkel um seinen Teller herum angeordnet sein. Geduldig ließ Gordon es zu, dass auch seines dem Bild entsprach, das Jonas von einem gut

155

sortierten Esstisch vorschwebte. Wer in seinen Kleiderschrank blicken durfte, würde die gleiche Sorgfalt vorfinden, da der Junge keine Falte, kein falsch eingeräumtes Kleidungsstück duldete. Ein Traum für jede Mutter, aber ein Alptraum für mögliche Geschwister. Abwartend saßen Denise und Gordon vor ihren Tellern, da es beim Servieren von Spaghetti Bolognese ein festes Ritual gab. Nur Jonas war es erlaubt, Zutaten auf die Teller zu verteilen. Niemand anderes beherrschte es derart perfekt, die Pasta in dieser Formation auf den Pastatellern anzurichten. Gordon würde jede Wette eingehen, dass die Mengen bei jedem gleich sein würden – auf das Gramm genau. Selbst bei der Anzahl an Parmesankrümel war er sich nicht absolut sicher, ob sie durchgezählt worden waren. Erst als Jonas zufrieden nickte, griffen alle drei nach ihrem Besteck und wünschten sich guten Appetit. Gordon handelte sich einen stummen, aber strafenden Blick ein, als er trotz größter Vorsicht einen Tomatensoßenspritzer auf der Tischdecke hinterließ. Denise bemühte sich, nicht loszulachen, als Gordon entschuldigend die Hände hob. Wie man es gewohnt war, schaufelte Jonas bereits den zweiten Nachschlag in sich hinein, als Gordon die Gelegenheit nutzte, Smalltalk zu beginnen.

»Irre ich mich, oder hattet ihr zwei heute einen schönen Tag? Ich finde es toll, dass wir den gemeinsam bei einem Spitzenessen abschließen können. Übrigens, bevor ich es vergesse, Jonas: Ich soll dir die besten Grüße von einer guten Freundin bestellen. Was glaubst du, wen ich damit meinen könnte?«

Ohne von der Pasta hochzusehen, kam lediglich das eine Wort über die Lippen des Jungen: »Leonie.«

Warum erzähle ich diesem kleinen Einstein überhaupt davon? Der weiß das doch schon lange, bevor ich es ausgesprochen habe.

»Klaro, mein Junge. Die ist heute Abend mit Kai unterwegs und gönnt sich ein gutes Essen. Dienstlich«, fügte er schnell hinzu, als er den fragenden Blick von Denise spürte. »Die beiden beschatten jemanden in einem Restaurant. Seht ihr, das macht mich gar nicht neidisch, da die mit Sicherheit nicht so gut versorgt werden, wie ich mit diesem First-Class-Essen.«

»Schön, dass wir gerade darüber sprechen. Ich soll dir ebenfalls Grüße bestellen.«

Gordon konnte sich seine Reaktion nicht logisch erklären. Aber im gleichen Augenblick durchfuhr ihn ein warnendes Signal, das wieder einmal aus der Magengegend kam und all seine Sinne schärfte.

»Wer ... von wem sollst du mich grüßen? War jemand hier?«

»Nein, nein. Der Mann hat angerufen und nach dir gefragt. Er erzählte von einem Fall, bei dem ihr beide beteiligt wart. Über den wollte er mit dir reden. Er wollte später nochmal ...«

Denise erschrak, als sie die harte Hand Gordons auf ihrer spürte, der sie trotz ihrer Bemühungen nicht freigab.

»Hat er seinen Namen genannt, Denise?«

»Nein, hat er nicht«, antwortete Denise empört und riss ihre Hand aus der Umklammerung. »Er meinte, dass du weißt, worum es geht und wer er ist. Habe ich was falsch gemacht? Stimmt mit dem Mann was nicht? Verdammt, sieh mich nicht so wütend an, Gordon. Ich will jetzt wissen, was los ist. Ist das wieder so ein Irrer wie dieser Pablo? Gott noch mal, hört das denn nie auf?«

»Beruhige dich, Denise. Es ist alles ok. Ich denke, dass es ein Kollege aus dem LKA war, mit dem ich zusammenarbeiten soll. Die tun immer so geheimnisvoll am Telefon. Hat er eine Telefonnummer hinterlassen, damit ich zurückrufen kann? Bitte, lass mich nicht nach allem fragen. Hat er?«

»Nein, hat er nicht!«, schrie Denise plötzlich, sodass selbst Jonas erstaunt hochsah. »Er hat einfach nur angerufen, verdammt. Und er würde sich später bei dir melden. Warum ist das so wichtig? Es war doch nur ein Telefonat.«

Im letzten Augenblick konnte Gordon durch einen schnellen Zugriff verhindern, dass der Stuhl, von dem Denise aufsprang, nach hinten fiel. Ihre Augen hatten sich zu Schlitzen verengt, als sie die Teller einsammelte. Seinen hielt Jonas fest umklammert, da er noch nicht fertig war mit Essen. Mit Sorge bemerkte Gordon, dass mindestens ein Teller zerbrach, als Denise das Geschirr in das Spülbecken warf. Ohne ein weiteres Wort riss sie sich die Schürze vom Körper und stürzte aus der Küche. Jonas aß in aller Ruhe weiter und vermittelte das Gefühl, als würde ihn das Ganze überhaupt nicht stören. Gordon strich ihm über das Haar und folgte Denise. Im Schlafzimmer fand er sie endlich weinend auf dem Bett liegen. Ihre Schultern zuckten. Als sich Gordon näherte, drehte sie den Kopf weg. Nur schwach waren ihre Worte zu verstehen, als er sich neben sie setzte.

»Du bist nicht ehrlich, Gordon. Es ist eine verdammte Lüge, die du mir gerade serviert hast. Ich kenne dich gut genug, um beurteilen zu können, wann du die Wahrheit sagst oder nicht. Das war keiner vom LKA.«

»Du hast recht, Schatz. Es war kein Kollege. Das nehme ich zumindest an. Ich muss sogar zugeben, dass ich es nicht mit Bestimmtheit weiß. Ich werde versuchen, den Anruf zurückverfolgen zu lassen. Aber ich denke, dass es eine unterdrückte Nummer war. Für euch zwei besteht keinerlei Gefahr. Du siehst doch: Er hat nach mir gefragt.«

»Was willst du mir damit sagen?« Denise richtete sich auf und starrte Gordon an. »Sollte es mir egal sein, wenn es nur dich betrifft? Glaubst du wirklich, dass es mir egal ist, ob dir was passiert? Wofür hältst du mich? Wir brauchen dich. Ich will meinen Mann und Jonas seinen Vater auf keinen Fall verlieren. Was dir passiert, passiert uns. Verstehst du das?«

Als Gordon sie in den Arm nehmen wollte, warf sich Denise herum und verkrallte ihre Finger weinend in der Bettwäsche. Hilflos saß Gordon auf der Bettkante und überlegte, wie er die Situation retten konnte. Mehr zufällig fiel sein Blick auf die Tür, in der Jonas mit ausdruckslosem Gesicht stand und mit beiden Händen auf seine Mutter wies.

»Mama weint. Kommt Pablo?«

Gordon überfiel das Gefühl, als hätte ihm jemand die Luft abgeschnürt. Selbst Denise drehte den Kopf und sah entsetzt auf den Jungen, der zum ersten Mal Emotionen mit Worten ausgedrückt hatte. Sie sprang hoch und riss Jonas in die Arme. Immer wieder fuhren ihre Hände über sein Gesicht, als hätte sie Angst davor, etwas zu zerbrechen. Gordon nahm dieses Bild in sich auf und fühlte sich trotz der sich von außen abzeichnenden Gefahr glücklich.

28

»Das kann nur er gewesen sein, Gordon«, stellte Leonie am nächsten Tag fest und holte sich das Konterfei von Roland Heimann auf den Schirm. »Er will dich quälen. Er bereitet dich auf seinen Besuch vor. Ich wiederhole mich ungern, Gordon, aber du solltest Personenschutz beantragen. Tust du es nicht, werde ich persönlich zu Kläver gehen. Du kannst nicht so tun, als würdest du über fünf Leben verfügen. Du hast eine Familie, der gegenüber du eine Verantwortung trägst.«

»Bist du jetzt endlich fertig, Leonie? Darf ich auch mal was dazu sagen?«

Leonie zuckte mit den Schultern und verdrehte die Augen. Kai, der eigentlich seinen Senf ebenfalls dazugeben wollte, verkniff sich den Kommentar und begnügte sich mit Zuhören.

»Ich weiß selbst, was auf mich zukommen könnte. Ich weiß auch zu schätzen, dass ihr euch Gedanken um mein Wohlergehen macht. Doch ich befürchte, dass wir es mit jemandem zu tun haben, der sich auf keinen Fall von seinem Plan abhalten lassen wird. Ich selbst habe schon veranlasst, dass Denise und Jonas überwacht werden. Doch ich gehe fest davon aus, dass dem Rächer nicht daran gelegen ist, meiner Familie Schaden zuzufügen. Er will mich. Und das soll er haben.«

Gordon konnte das Entsetzen in den Gesichtern seiner Kollegen erkennen.

»Ich kann den Kerl nur erwischen, wenn ich ihm gegenüberstehe. Er muss sich zu erkennen geben. Das ist kein kaltblütiger Killer, dem es nur ums Töten geht. Er hat ein Motiv, das ihn dazu zwingt, die in seinen Augen Schuldigen zur Rede zu stellen. Er könnte ein Gewehr nehmen und mich aus einer Menge heraus erschießen. Das will er aber nicht. Er braucht seine Rache. Und die kann er nur genießen, wenn er sein Opfer mit seiner Anklage konfrontiert. Da liegt meine Chance. Er wird zu mir kommen.«

Eine fallende Nadel hätte wie ein Gewitter gewirkt, als Kai und Leonie das Gesagte sacken ließen. In diese Stille hinein fiel das Öffnen der Bürotür und Dino Wohlert blickte von einem zum anderen.

»Ist was mit der Oma? Was ist los mit euch. Ich hatte ja keinen Applaus bei meinem Erscheinen erwartet, aber doch ein fröhliches Hallo Dino, schön, dich zu sehen. Egal. Ich habe was für euch.«

Gordon war dankbar dafür, dass der Kollege von dem Problem ablenkte, mit dem sie sich zuvor beschäftigt hatten.

»Lass hören, Dino.«

»Ich glaube, wir haben den verfluchten Tempel der Sünde gefunden. Wir haben die Burschen und ihre elitären Elternhäuser durchforstet. Eine kleine Überraschung gab es dabei. Kennt einer den Schönheitschirurgen Professor Dr. Kenan Bitaa?«

Kollektives Kopfschütteln lieferte die Antwort.

»Habe ich mir schon gedacht. Dass keiner von euch bei ihm unterm Messer lag, ist unverkennbar. Doch Spaß beiseite. Der Arzt behandelt die bessere Gesellschaft hier im Umkreis und korrigiert für viel Geld, was die Natur versäumt hat. Dieser Kerl verdient Unsummen, sodass er sich neben seinem Haus in Bredeney noch ein weiteres weiter im Süden, in der Nähe von Langenberg erlauben kann. Das ist ein kleines Wochenendhaus, wie ich es mir nach vierhundert Dienstjahren als Polizeipräsident nicht leisten könnte.«

Als auch jetzt keine Reaktion kam, fuhr Dino fort.

»Sein Sohn Amar hat den Schlüssel. Na – klingelt jetzt was bei euch? Wir erfuhren, dass dort häufig Partys gefeiert werden. Ich meine damit nicht kollektives Besaufen und Grillen wie bei unsereins. Nein, Drogen, Mädchen und hopsassa, mit allem Drum und Dran. Aber das würde mich ja noch nicht allzu sehr wundern. Man spricht in der Nachbarschaft unter vorgehaltener Hand davon, dass dort auch stille Feiern abgehen. Als wir Näheres dazu hören wollten, machten alle Beteiligten – ich meine damit die Nachbarn – sofort zu. Keiner will sich mit den Leuten anlegen. Na, noch Fragen?«

Erst jetzt fielen Leonie, Kai und Gordon aus der Schockstarre. Leonie stürzte in die Küche und schrie zurück in den Raum: »Trinkst du deinen Kaffee mit oder ohne Zucker, Dino. Oder hättest du lieber Sekt? Das ist einfach nur geil.«

Kai und Gordon hatten ihre Emotionen etwas besser im Griff und führten den Kollegen zum Tisch. Gordon legte seine Hand auf Dinos Schulter.

»Großartig, Dino. Das könnte die Lösung sein. Jetzt müssen wir noch überlegen, wie wir diesen Haufen Irrer hochgehen lassen können. Das muss absolut perfekt recherchiert werden, sonst rennen wir vor einen heißen Ofen. Dieses Horrorhaus muss Tag und Nacht observiert werden, ohne dass auch nur ein Nachbar was davon erfährt. Wir können nur den Zugriff wagen, wenn wir tausendprozentig sicher sein können, dass darin Blut fließt.«

»Da bin ich ganz bei dir, Gordon. Wir sollten das mit Kläver besprechen, um Rückendeckung zu haben. Der stellt uns sicher noch einige Jungs zur Überwachung ab. Ich habe meine Fühler in der Szene ausgestreckt. Natürlich ohne Namen zu nennen. Ihr müsst wissen, dass selbst die Junkies diese Irren, die sich als Sanguine bezeichnen, verachten und ausgrenzen. Dabei geht es nicht um die große Gruppe von kostümierten Nachtgestalten, die mit ihren blutsaugenden Vorbildern aus den Filmen kokettieren. Die Gothic-Szene befürchtet, dass sie durch einige Wahnsinnige ins falsche Licht gerückt werden könnten. Das ruft dann zumeist die Polizei auf den Plan. Das will keiner und wir lassen sie auch in Ruhe.«

»Ich erledige das mit Kläver. Du fertigst mir bitte einen Plan an, nach dem wir vorgehen. Ich will eine 24-Stunden-Überwachung dieser Schwachköpfe. Es darf kein weiteres Opfer mehr geben. Bist du sicher, dass die dort auch einen Pool ...?«

»Ganz sicher, Gordon. Lassen wir die Bestien baden gehen.«

Dino nahm dankbar den Kaffeepott entgegen, den ihm Leonie reichte.

»Habe ich, als ich reinkam, bei irgendwas gestört? Es sah so aus, als hättet ihr euch sogar gestritten. Worum ging es?

Lasst einen älteren Kollegen nicht dumm sterben. Vielleicht kann ich bei einem Problem helfen.«

»Wir unterhielten uns ...«, setzte Leonie an, fuhr jedoch zusammen, als Gordon sie unterbrach.

»Halt deine Klappe. Dabei kann Dino nicht helfen. Bei ihm hält keine Beziehung länger als zwei Wochen. Der mutiert zu einem Monster, wenn eine Frau von Heiraten spricht. Ich werde mir doch von so einem keine Ratschläge einholen. Lasst uns besser den Plan besprechen.«

29

Der modern anmutende Bau, der komplett in Weiß gestrichen hinter einer breiten Reihe Eichen geschützt auf einem kleinen Plateau lag, war schon allein von seinen Ausmaßen her imposant. Es hatte den Anschein, dass sich der Komplex in drei Bereiche aufteilte, die möglicherweise unterirdisch miteinander verbunden waren. Durch den Feldstecher, den Kommissar Baldow auf den Prachtbau gerichtet hatte, waren deutlich zwei Doppelgaragentore zu erkennen. Platz für einen Fuhrpark schien ausreichend vorhanden. Durch die Fenster eines Anbaus war unschwer das Lichtspiel einer Wasseroberfläche erkennbar, das den beiden Beobachtern das Vorhandensein eines Pools bestätigte. Nichts bewegte sich in dem Haus, obwohl verschiedentlich beleuchtete Fenster Besucher vermuten ließen. Baldow senkte den Feldstecher, als ihn der Kollege Schwaiger, der neben ihm auf dem Beifahrersitz die Umgebung beobachte, in die Seite stieß. Er wies auf die Privatstraße, die als Einzige zum Haus führte und von vier Scheinwerfern ausgeleuchtet wurde. Schnell näherten sich die beiden Fahrzeuge, wobei es sich eindeutig um Kleinigs Porsche und einen Mazda RX8 handelte. Vor dem Haus kamen die Wagen nach einem brutalen Bremsmanöver zum Stehen. Drei Personen verließen die

Sportwagen und schienen sich ausgiebig zu unterhalten. Dabei handelte es sich eindeutig um zwei Männer und eine Frau, die sich bei dem Porschefahrer einhakte. Sie verschwanden im Haus, woraufhin dort weitere Lichtquellen eingeschaltet wurden.

»Hi Gordon. Hier ist Baldow. Du hast gesagt, dass wir dir sofort Bescheid geben sollen, wenn sich bei der Bude was tut. Gerade sind zwei von den Protzkisten vorgefahren. In einem saß Kleinig, der eine junge Frau mitgebracht hat. Den zweiten Fahrer eines Mazda RX8 konnte ich nicht identifizieren. Aber Moment ...!« Baldow stockte einen Moment. »... da kommen noch mehr Fahrzeuge auf das Haus zu. Ich denke, hier tut sich was. Der Kollege Schwaiger hat fünf weitere Sportflitzer gezählt. Ich denke, dass wir eingreifen sollten. Schickst du ein Kommando oder sollen wir beide schon reingehen?«

»Auf keinen Fall, Konrad. Ich mach sofort das SEK mobil. Wir dürfen die Frau keinesfalls einer Gefahr aussetzen. Kommt ihr eventuell näher ran, um zu erkennen, was sich da tut? Du hast mir doch erzählt, dass man zumindest den Poolbereich einsehen kann. Ich muss ständig wissen, was die Saukerle dort tun. Den Durchsuchungsbeschluss habe ich schon in der Hand und schwing mich in den Wagen. Zwanzig Minuten bis zu einer halben Stunde, bis ich bei euch bin. Zugriff nur im äußersten Notfall. Halte mich auf dem Laufenden, ich fahre sofort mit den Kollegen los!«

Schon seit Tagen wusste Tara Henschel, dass sie von dem gutaussehenden Porschefahrer beobachtet, fast angeschmachtet wurde. Natürlich war sie es gewohnt, von

Männern wegen ihres tadellosen Bodys und dem guten Aussehen begafft zu werden. Doch in den meisten Fällen waren es die Typen, die nicht in ihr Beuteschema passten. Bei Reinhold Kleinig, wie sie an der Servicetheke erfahren konnte, sah das schon anders aus. Er besaß nicht nur das nötige Kleingeld, sondern auch einen gewissen Stil, was ihn für Tara besonders attraktiv erscheinen ließ. Auch heute hatte sie sich den Trainingsplan so gelegt, dass sie gleichzeitig eintrafen. Tara wusste, dass Kleinig nach dem Hanteltraining seinen Eiweißshake an der Servicetheke zu sich nahm, bevor er duschen ging. Mit dem Handtuch um den verschwitzten Hals rutschte sie auf den Hocker, der sich rein zufällig in der Nähe von Kleinigs Stammplatz befand und griff nach der Getränkekarte. Bewusst lange suchte sie nach dem passenden Becher.

»Vanille mit Rhabarber würde ich vorschlagen«, kam der Vorschlag aus dem Hintergrund, aus dem sich Reinhold Kleinig näherte, ohne dass sie es bemerkt hatte. »Der Shake besteht zum großen Teil aus Eiweiß und frischen Früchten. Absolut zu empfehlen, wenn ich das sagen darf. So erhältst du dir deinen tollen Body. Darf ich mich vorstellen? Reinhold – Reinhold Kleinig. Gesehen haben wir uns ja schon hin und wieder, aber noch nicht gesprochen. Darf ich?«

Bevor Tara die Frage beantworten konnte, hatte Kleinig schon den zweiten Hocker besetzt und winkte Susanne, die heutige Servicekraft, heran. Sein Blick richtete sich wieder auf Tara, die wortlos dem Geschehen folgte und lediglich nickte, als Kleinig sie fragte: »Darf ich dich zu einem Shake einladen? Sagen wir einmal, so als Willkommensgruß. Rhabarber? Ist das ok?«

167

Seine erhobenen Finger signalisierten Susanne die Bestellung von zwei Eiweiß-Rhabarber-Shakes, so wie ihn Reinhold nach jedem Training zu sich nahm.

»Überfällst du neue Mitglieder immer in der Art? Nicht dass ich das nicht aufmerksam finde, so ist es doch nicht unbedingt Standard, finde ich. Mein Name ist übrigens ...«

»... Tara. Ich weiß. Du heißt Tara Henschel und dir gehört der weiße Mini, der direkt neben mir parkt.« Reinhold beugte sich vor, als wollte er ihr ein Geheimnis verraten. »Das habe ich schon vor Tagen recherchiert.«

»Wow. Deine Offenheit ist ja beeindruckend, gefällt mir aber. Was tust du so? Ich meine, wenn du nicht gerade was für deine Fitness tust.«

»Nachdem ich mein Pharmaziestudium abgeschlossen und das Praktikum hinter mich gebracht habe, leite ich heute ein großes Labor in einem bekannten Großunternehmen. Interessanter Job, aber irgendwann möchte ich ein eigenes Labor besitzen und mich der Forschung widmen.«

»Imponierend. Meinen Respekt hast du«, bemerkte Tara, was ehrlich klang. Sie wurden unterbrochen, als Susanne die Gläser auf der Theke abstellte und sich diskret zurückzog. Nachdem etliche Löffel den Weg in die Mägen gefunden hatten, wagte Reinhold den nächsten Vorstoß.

»Bist du für heute schon ausgebucht? Ich meine – eine Frau mit deinem Aussehen. Da gibt es bestimmt jemanden.«

»Warum fragst du, Reinhold? Hättest du Vorschläge, was man mit dem Tag anfangen könnte? Ich bin für heute noch ohne Programm.«

»Das trifft sich gut. Bin zu einer Party bei Freunden eingeladen und wollte eigentlich nicht hingehen, da ich keine

Begleitung habe. Und alleine habe ich keinen Bock. Also kann ich dich dazu einladen? Alles ganz locker. Keine Vorgaben fürs Outfit, nur sollte man gut drauf sein.«

»Das passt. Ich bin gerne auf Partys, bei denen ich niemanden kenne und die nicht so steif sind. Das ist immer aufregend. Wann wäre das denn?«

»Eigentlich fangen die erst um zweiundzwanzig Uhr richtig an, aber ich bin immer gerne etwas früher da. Dann springe ich vorher in den Pool und chille bei guter Musik. Wenn du das schaffst, würde ich dich schon um neunzehn Uhr abholen. Gib mir deine Adresse und dein Okay, dann läuft die Sache.«

Taras Gesicht war abzulesen, dass ihr das Programm für den Abend zusagte.

»Muss ich irgendwas mitbringen? Ich meine außer dem Badezeug. Zeit genug habe ich. Ich muss erst morgen am Nachmittag zurück sein. Meine Mutter feiert ihren Fünfzigsten mit der ganzen Blase. Die ist total fertig. Sie glaubt, dass sie jetzt zum alten Eisen gehört.«

»Das ist cool, Tara. Keine Sorge. Du wirst pünktlich da sein. Bestell ihr schöne Grüße von einem unbekannten Verehrer ihrer Tochter. Ich muss los. Noch zwei wichtige Telefonate, dann gehören der Tag und die Nacht uns. Übrigens das Badezeug kannst du dir sparen. Wir sind da allein und ich gehöre nicht zu den üblichen Spießern. Schreib mir noch deine Adresse auf.«

Kleinig schob Tara einen Anmeldebogen für das Studio zu und wartete ab, bis sie alles notiert hatte. Begleitet von einem fast unanständigen Augenaufschlag drückte sie zum Schluss einen Lippenabdruck darauf und reichte ihm den

Zettel. Reinhold Kleinig beeilte sich, das Studio zu verlassen, um weitere Aufmerksamkeit zu vermeiden. Zurück blieb eine junge Frau, die ihr Glück kaum fassen konnte. Endlich öffnete sich das Tor in die bessere Gesellschaft.

30

In freudiger Erwartung folgte Tara den beiden Männern und blieb fasziniert in der gewaltigen Diele stehen. Sie hatte genau in diesem Moment die erste Stufe in die bewundernswerte Welt des Geldadels betreten, ging ihr durch den Kopf, während sie ihr kleines Handtaschen-Imitat von Ralph Lauren enger an sich drückte. Das würde ihr keine ihrer Arbeitskolleginnen am Montag glauben, dass sie es in diesen Bereich geschafft hatte. Die warme Hand von Roland Kleinig legte sich um ihre Hüften und führte Tara an die kleine Bar, die am Eingang eines gewaltigen Wohnraums lag. Möbel und Accessoires, wie man sie nur aus Hollywoodfilmen kennt. Tara verstand die Frage nach einem Drink kaum, als sie sprachlos nickte. Sie trank immer noch staunend, was man ihr vorsetzte. Direkt neben sich vernahm sie die mehr geflüsterten Worte: »Marvin verschwindet gleich nebenan im Anbau. Er muss noch was für die Party vorbereiten. Wir zwei könnten einige Bahnen durch den Pool ziehen. Wenn die anderen kommen, ist hier der Teufel los. Oder fällt dir was Besseres ein?«

Die weichen Lippen auf Taras Schulter erleichterten den Entschluss, sich vom Hocker in Richtung der funkelnden Lichter zu bewegen, die ihr signalisierten, wo das Wasser auf sie und Reinhold wartete. Während sie den zarten Stoff ihres Kleides abstreifte, glitten Reinholds Hände über Taras helle Haut, die erste Erregung in Form von Gänsehaut zeigte. Die leichte Benommenheit schob sie dem Glücksgefühl zu, das sich in ihr ausbreitete. Nur noch mit einem Stringtanga bekleidet, ließ sie sich mit einem Jauchzen in das verlockende Wasser fallen. Als sie auftauchte und das Wasser aus ihren Locken schüttelte, erkannte sie Reinhold, der am Beckenrand stand. Beide Hände hatte er in der überheblich wirkenden Position eines James Bond tief in den Taschen versteckt und blickte mit einem geheimnisvollen Lächeln auf sie herab.

»Kommst du? Das Wasser ist herrlich.«

»Noch einen Moment, mein Täubchen. Hier ist dein Drink.«

Mit zwei Schritten war er an dem Tisch, auf dem Tara ihr Getränk abgestellt hatte und stellte das Glas an den Beckenrand. Mit einem flüchtigen Kuss verabschiedete er sich und begann, während er einen Nebenraum aufsuchte, sich des Oberhemdes zu entledigen. Tara nahm einen kräftigen Schluck und ließ sich zurück in das verführerische Wasser gleiten. Immer stärker breitete sich die Benommenheit in ihrem Körper aus. Als sie sich kaum noch über Wasser halten konnte, spürte sie eine kräftige Hand in ihrem Haarschopf, die sie unerbittlich aus dem Wasser zerrte. Bevor sie die Besinnung verlor, tauchte das Gesicht des besagten Marvin auf, der angeblich Vorbereitungen zu treffen hatte.

»Hörst du mich, Tara?«

Die Männerstimme drang wie durch einen Nebel zu ihr durch, untermalt von einer Musik, die ihr absolut fremd vorkam. Töne wie aus einer anderen Welt verzauberten sie, ohne dass sie es sich erklären konnte. Sie beruhigten, obwohl etwas in ihr Signale einer großen Gefahr aussandte. Hände glitten über ihren Körper, die eine wohlriechende Emulsion verteilten. Wieder war sie da – diese Gänsehaut, dieses wohlige Gefühl, das sich bis in die Lenden zog. Ihr Körper begann leicht zu zittern und bog sich in Erwartung weiterer Berührungen. Abrupt endete diese Musik, die Hände verschwanden und wurden ersetzt durch ein kaltes und metallisches Etwas. Tara riss die Augen auf und versuchte zu erkennen, was nun zwischen ihren nackten Brüsten lag. Mit Erschrecken registrierte sie, dass man ihr ein schweres Kruzifix auf den Körper gelegt hatte und dass sich mindestens acht Männerköpfe über sie beugten. Acht fiebrige Augenpaare starrten genau auf dieses Kreuz. Die Lippen der Männer formten Worte, die Tara keiner ihr bekannten Sprache zuordnen mochte. Das Einzige, was sie mit Bestimmtheit erkannte, war, dass die Angst ihren Geist besetzt hielt und sich verstärkte.

Was tun diese Männer? Ich will hier weg. Warum hilft mir niemand? Warum kann ich nicht sprechen? Bitte, lieber Gott – hilf mir!

Immer näher kamen diese Gesichter, betrachteten ihren Körper, der ungeschützt ihren Blicken ausgesetzt war. Immer bedrohlicher wirkten die Worte aus den gierigen Mündern und trieben Tara fast in den Wahnsinn. Erste Hände legten sich auf ihren mit kaltem Schweiß bedeckten Körper. Ein betäubender Geruch von Duftkerzen durchzog den Raum, der nur schwach von Kerzen erleuchtet wurde. Die Größe des Raums konnte Tara nicht einschätzen, da mittlerweile die vielen Gesichter über ihr waren. Die Männer hatten sich einen violetten Lippenstift aufgelegt, was die Szene noch unheimlicher wirken ließ. Die Musik schwoll wieder an, sodass Tara kaum verstehen konnte, was die gierigen Kerle murmelten. Der überlaut ausgesprochene Befehl aus dem Hintergrund ließ alle Köpfe herumschnellen. Sekunden später ergoss sich helles, gleißendes Licht über alle Anwesenden.

»Keine Bewegung. Hier spricht die Polizei. Treten Sie zurück und zeigen Sie Ihre Hände.«

Gordon trat beiseite, um den Männern des SEK den Weg freizumachen. Sekunden später war der Tisch, auf dem Tara nackt geopfert werden sollte, von schwarzvermummten Gestalten umstellt, die den in dunkelblauen Kutten gehüllten Männern Handschellen anlegten. Erst jetzt wurde den Kuttenträgern bewusst, was mit ihnen geschah. Das Schreien der Bestien in Menschengestalt war unerträglich. Jeder versuchte auf eine eigene Art, seine Unschuld zu versichern. Verschiedentlich wurden schon erste Drohungen gegen die Beamten ausgestoßen. Einige beriefen sich auf die einflussreichen Eltern, die der Polizei ordentlich einheizen würden. Schließlich hätte man der Frau kein Leid zugefügt, womit man sogar recht hatte. Unbeeindruckt von dem Gezeter wurden alle Beteiligten in einen Mannschaftswagen verfrachtet, nachdem man sie über ihre Rechte belehrt hatte. Leonie stand an die Wand gelehnt und wartete darauf, dass sie an den Opfertisch treten konnte. Dankbar beobachtete sie einen Rettungssanitäter, der einer jungen Frau eine wärmende und gleichzeitig schützende Decke überlegte. Direkt neben sich nahm Leonie ihren Kollegen Kai wahr, der einen der Männer den Kollegen des SEK zugeführt hatte und nun das Ausmaß des Ganzen erkannte.

»Was sind das nur für Menschen? Ist denen jegliches Gefühl für Barmherzigkeit abhandengekommen? Die Eltern dieser Bestien gehören ebenfalls vor Gericht. Diese verfluchten Geldsäcke haben ihre Kinder zu Mutanten gemacht, die nur noch dem Geldfluss folgen. Hier hat die Gier nach Macht seltsame Blüten getrieben. Mir wird schlecht, wenn ich mir diesen Raum betrachte.«

»Du hast ja so recht, Kai«, ergänzte Leonie den Gefühlsausbruch des Kollegen. »Am liebsten würde ich diesen Tempel der Eitelkeiten niederbrennen. Das darf es in der heutigen Zeit nicht geben. Ich befürchte nur, dass einige dieser Schweine feixend aus dem Gerichtssaal gehen werden, da wir ihnen nichts, aber auch gar nichts beweisen können. Du wirst sehen, der Frau wird unterstellt, dass sie freiwillig hier war. Und nun mal ehrlich, was ist passiert? Eine Frau liegt nackt auf dem Tisch und Männer begaffen sie. Na und, wird der Richter sagen? Ist doch nicht strafbar. Eine Peepshow für Besserverdienende. Aus die Maus.«

Gordon legte Leonie die Hand auf den Arm.

»Jetzt mal langsam mit den Pferden, liebe Kollegin. Da haben wir immer noch die Speichelproben und die dazugehörige DNA vom letzten Opfer. Bei dem ging das nicht so unblutig aus wie hier gerade. Gleichen wir die mit den hier anwesenden Männern ab und finden Übereinstimmung, dann retten die Säcke auch der beste Anwalt und selbst der Satan persönlich nicht mehr. Dann nageln wir sie an die Wand und schicken sie für Jahre hinter Gitter.«

175

Kai wandte sich ab, nicht ohne seine Zweifel zu äußern.

»Das mit dem Satan hast du gut gesagt. Und genau der wird diesen Schweinen einmal mehr beistehen. Ich stelle mir nur vor, dass einer oder zwei nicht bei der letzten Gruppe dabei waren, dann geht der angehende Mörder leer bei der Strafverteilung aus und darf bei nächster Gelegenheit weitermachen. Ich kann mir nicht vorstellen, dass der von seiner Mordsucht geheilt wurde, nur weil wir ihm mal Handschellen anlegen durften. Ich sagte bereits: Mir ist kotzübel.«

Kai wusste zu diesem Zeitpunkt nicht, dass er in diesem Punkt recht behalten sollte. Die Zeitungen und Nachrichten waren voll mit Horrornachrichten. Eine willkommene Gelegenheit, vermögende Menschen als Bestien darstellen zu können. In den Anwaltskanzleien wurden gleichzeitig Schlachtpläne entworfen, wie man diese haltlosen Anschuldigungen gegen die Söhne dieser Familien entkräften könnte. Fünf von ihnen wurden schon Stunden später gegen Kautionszahlungen auf freien Fuß gesetzt.

31

Tief hatte er sich in die Mauernische gedrückt, sodass er im Schatten des Mauervorsprungs nicht erkennbar war. Eine flackernde Straßenlaterne spendete vor dem Haus, in dem Rudolf Fokus wohnte, nur sparsam Licht. Im Hauseingang hatte die einzige Lampe, die dort an der Decke angebracht worden war, endgültig den Geist aufgegeben, nachdem Jugendliche Steine dagegen geworfen hatten. Auch die Haustür hatte mit den Jahren unter dem zerstörerischen Einfluss der Bewohner gelitten. Obwohl der Wind nur leicht wehte, war zu verfolgen, wie sich die Tür immer wieder in den Scharnieren bewegte. Das Schloss fehlte und gewährte damit jedem Besucher ungehindert Einlass. Das wusste auch der Gast, der abwartend im Schatten des gegenüberliegenden Hauses auf eine bestimmte Person wartete. Jeden Augenblick musste Rudolf Fokus im Eingang erscheinen, um den Weg zur nahegelegenen Kneipe zu suchen. Eine Gelegenheit, die der Beobachter für sich nutzen wollte.

Mehrfach wurde der Hausflur erleuchtet, ohne dass sich jemand blicken ließ. Doch endlich war es so weit. Der Schatten des Mannes füllte den erhellten Zwischenraum an der Haustür aus. Der Mann im Schatten knirschte vor unterdrückter Wut mit den Zähnen und hatte Mühe, seinen Zorn nicht spontan herauszuschreien und loszulaufen. Mit kalten Augen verfolgte er die verhasste Gestalt, wie sie leicht schwankend den Weg zur Kneipe suchte und schließlich an der nächsten Ecke verschwand. Von nun an hatte der Besucher mindestens zwei Stunden Zeit, um Vorbereitungen treffen zu können. Er löste sich aus der Nische, nicht ohne vorher die Umgebung nach Beobachtern abgesucht zu haben, die sich an ihn hätten erinnern können. Die Haustür ließ ein leises Quietschen hören, als er sie aufdrückte. Er verschmolz mit der Dunkelheit des Flures. Lautlos glitt er die Steinstufen empor, wobei er mehrfach Pausen einlegen musste. Treppensteigen verlangte ihm besondere Anstrengungen ab. Als das Klingelschild mit dem Namen *Fokus* vor ihm auftauchte, spukte er darauf und sein Gesicht verzerrte sich zu einer hasserfüllten Maske. Da Rudolf Fokus die Tür lediglich ins Schloss gezogen hatte, bereitete es dem Eindringling kaum Mühe, sie zu öffnen. Einen Moment verharrte er im dunklen Flur und sog die verbrauchte, alkoholgeschwängerte Luft ein. Der vorhandene Hass gegen den Bewohner mischte sich mit Ekel vor diesem Geruch.

Mittlerweile hatten sich seine Augen an das kärgliche Licht gewöhnt, sodass er die Räumlichkeiten in Augenschein nehmen konnte. Sein Plan nahm endgültig Gestalt an. Sorgfältig bereitete er sich auf die Rückkehr des Monsters vor.

»Ja, morgen kriegst du dein Geld, du Raffzahn. Ich habe bisher immer meinen Deckel bezahlt. Die paar Stunden wirst du wohl ohne mein sauer verdientes Geld überleben können. Rege dich nicht künstlich auf!«

Fokus trat gegen die Tür, die mit lautem Getöse zuknallte und einen zusätzlichen Fluch des Gastwirtes zur Folge hatte.

»Du geldgeiles Arschloch«, murmelte Rudolf Fokus vor sich hin und machte sich auf den Weg nach Hause. Trotz seines angetrunkenen Zustandes wusste sein beeinträchtigter Verstand immer, wohin er den Schritt des Besitzers lenken musste. Schon zu oft sind beide diesen Weg in vollkommener Trunkenheit gegangen. Trotzdem versuchte Fokus immer wieder, die Haustür aufzuziehen, obwohl sie sich nach innen öffnete. Sein Fluch verhallte im dunklen Flur. Umständlich tastete er nach dem Lichtschalter und gab schließlich auf. Selbst in vollkommener Dunkelheit wusste er, wohin er seinen Fuß stellen musste. Zweimal fiel ihm das Schlüsselbund aus der Hand, bevor er endlich den passenden Schlüssel und das Schloss fand. Erst nachdem er einem Furz die Freiheit geschenkt hatte, bewegte er sich Richtung Küche. Er war davon überzeugt, dass noch eine letzte Flasche Bier im Kühlschrank auf ihn wartete. Kaum hatte er die Kühlschranktür geöffnet, prangte ihm ein großes Foto statt einer vollen Bierflasche entgegen. Fast wäre er beim Zurückstolpern über den Küchenstuhl gestolpert.

»Was zum Teufel ...?«, stotterte Fokus und starrte auf das Foto, das eine junge hübsche Frau zeigte, die ihm lebensfroh entgegenlachte.

Erst die Stimme hinter ihm brachte ihn vor Schreck zu Fall. Fokus glaubte, dass sein Herz stehen bleiben wollte, als er die Hand spürte, die ihm einen Arm auf den Rücken riss. Sein Atem stockte.

»Wer bist du denn? Wie ... wie kommst du hier überhaupt rein?«

Keine Spur mehr war von seiner Trunkenheit zu bemerken, als er nach dem Gegner suchte, der ihn kampfunfähig gemacht hatte. Das funzelige Licht der Kühlschrankbeleuchtung erlaubte Fokus einen Blick in das Gesicht eines Mannes, dessen Augen aus schimmerndem Eis zu bestehen schienen. Gemeinsam mit den zusammengepressten Lippen und den harten Falten bildeten sie eine furchterregende Maske. Fokus sah einen Menschen, der zu allem entschlossen schien. Wild zerrte er an den Handfesseln, die sich mittlerweile um seine Handgelenke gelegt hatten. Statt mehr Bewegungsfreiheit, erzeugte das nur zusätzliche Schmerzen.

»Bist du völlig beknackt, du Penner? Willst du mich ausrauben? Da kann ich dir nur sagen, dass es eine Scheißidee ist. Ich konnte nicht mal meinen Deckel bezahlen.« Sein Lachen sollte seinem Gegner beweisen, dass er die Situation wieder im Griff hatte und sich sicher war, dass der Eindringling schnell von seinem Vorhaben ablassen würde. »Erzähl mir bloß nicht, dass du meine letzte Pulle Bier ausgesoffen hast. Dann hau ich dich was in die Fresse. Komm jetzt – mach mich los und verschwinde. Dann vergesse ich das Ganze.«

Unbeeindruckt hatte der Besucher das Gefasel über sich ergehen lassen. Sein Blick war unverändert hart auf den Mann am Boden gerichtet.

»Bist du fertig? Hast du dich ausgekotzt, du dreckiges Stück Scheiße?«

Er riss erneut die Kühlschranktür auf und trat einen Schritt zur Seite, damit Fokus das Foto erkennen konnte.

»Erinnerst du dich? Sagt dir das Gesicht etwas? Aber nein, kann es ja nicht. So hast du es ja nur kurz kennengelernt. Als du dieser jungen Frau gegenüberstandst, war es sicher von Tränen überflutet und voller Todesangst. Hörst du ihre Schreie? Hat sie dich um Gnade angefleht?«

»Was willst du von mir, du Arschloch? Ich kenn das Weib nicht.«

Die Ohrfeige riss das Gesicht von Fokus zur Seite. Sein Schrei der Überraschung ging im zweiten Klatschen unter. Eine Faust traf ihn unbarmherzig auf dem Jochbein.

»Nenne sie niemals wieder Weib, du mieses Schwein. Niemals wieder – hörst du? Dieses Mädchen hatte noch das ganze Leben vor sich, als es dir in die verfluchten Hände fiel. Als Gott sie in seine Arme schloss und ihr die Schmerzen nahm, hat er Erbarmen gezeigt. Er hat verhindert, dass du sie weiter quälen konntest.«

Fokus versuchte, sich vom Boden zu erheben. Der Fuß seines Besuchers stieß ihn brutal wieder zu Boden.

»Hör jetzt endlich auf mit der Scheiße. Was faselst du da von Gott und Erbarmen. Das muss er beweisen, wenn ich dich in die Finger bekomme. Wenn du glaubst, dass ich Angst vor dir habe, nur weil du meine Hände zusammengebunden hast, muss ich dich enttäuschen. Irgendwann komme ich los und dann darfst du beten. Ich werde dir das Herz rausreißen und fressen. Jetzt bin ich richtig sauer. Mach mich sofort los!«

Die letzten Worte schrie Fokus seinem Peiniger entgegen und trat nach ihm. Das hörte erst auf, als sich die Klinge eines spitzen Messers direkt oberhalb seiner Kniescheibe durch den Muskel tief in den Knochen bohrte. Der Schmerzensschrei war kaum verhallt, als das betroffene Bein heftig zu zittern begann. Man konnte den Eindruck gewinnen, als

181

wollten die Augen des gepeinigten Mannes die Höhlen verlassen. Eine Mischung aus Angst und Schmerz zeichneten sich darin ab.

»Oh mein Gott, warum tust du das? Ich bringe dich dafür um. Jetzt rettet dich nichts mehr.«

Unbeeindruckt von den Drohungen zerrte der Besucher Fokus an den Haaren quer durch die Küche und ließ ihn erst los, als sie in der Mitte des Wohnzimmers angekommen waren. Dort ließ er ihn wie einen Sack Kartoffeln fallen. Schwer atmend setzte er sich für einen Moment auf die Kante eines Sessels. Diese Aktion hatte ihn mehr angestrengt, als er sich zugestehen wollte. Fokus beobachtete ihn genau und glaubte, darin eine Chance erkennen zu können. Ein gemeines Grinsen breitete sich auf seinem von Natur aus schon hässlichen Gesicht aus.

»Was versprichst du dir von dem Ganzen? So wie ich das sehe, hast du die Motten im Körper. Mach dir noch ein paar schöne Tage und bürde dir nicht diese Scheiße auf. Gevatter Tod hat dich doch schon am Haken. Außerdem wirst du dir durch deine Racheaktion keinen Platz im Himmel sichern. Wenn du mich tötest, bist du selbst ein Mörder und landest in der tiefsten Hölle. Da werden wir uns dann wiedersehen. Möchtest du das wirklich?«

Der lauernde Blick des am Boden hockenden Fokus versuchte, zu erforschen, ob seine Worte die entsprechende Wirkung hinterließen. Sekunden später wurde er enttäuscht. Die Fußspitze des Mannes traf ihn gegen die Stirn und warf ihn zurück. Spontan trat Blut aus der breiten Wunde und lief dem mutmaßlichen Mädchenmörder in die Augen. Sein erbärmliches Jammern drang bis in den letzten Winkel der

Wohnung, bis es in einem verhaltenen Gewimmer endete. Tränen mischten sich mit dem austretenden Blut.

»Wir sind vorhin in der Küche unterbrochen worden. Du hast mir noch nicht gesagt, ob du dich an das Mädchen erinnerst. Sag es mir. Warum musste sie sterben?«

»Weil sie zum falschen Zeitpunkt am falschen Ort war«, schrie Fokus verzweifelt. »Hätte sie mich nicht nach dem Weg gefragt, könnte sie noch leben. Ich musste sie einfach töten. Das wirst du nicht verstehen können. Das weiß ich. Aber sie war eben da, als es über mich kam.«

Fokus rechnete im gleichen Moment damit, wieder traktiert zu werden. Er duckte sich. Umso erstaunter war er, als sich die Miene seines Besuchers entspannte, fast zufrieden wirkte. Seine Hand suchte etwas in den Taschen seines Sakkos und erschien wieder mit einem Diktiergerät, das er auf die Tischplatte legte.

»Das wollte ich von dir hören. Die Welt soll erfahren, was du getan hast. Du wirst dir denken können, dass ich es nicht ein weiteres Mal zulassen werde, einen Freispruch zu riskieren. Es würde wieder heißen, dass dein Geständnis erzwungen wurde. Gott ist mein Zeuge, dass ich deine Strafe sofort an Ort und Stelle vollziehe. Der Satan wird seine Finger diesmal heraushalten.«

»Du bist wahnsinnig. Das darfst du nicht. Du machst dich zum Mörder und wirst für den Rest deines beschissenen Lebens im Knast verrotten.«

Die Stimme von Rudolf Fokus überschlug sich förmlich, was deutlich seine Panik und tiefsitzende Angst zum Ausdruck brachte. Spätestens jetzt wusste er, wie ernst es sein Besucher meinte.

183

»Sie war doch selbst schuld an ihrem Tod. Warum quatscht mich dieses bekloppte Weib auch gerade in dem Moment an, in dem ich dieses Verlangen hatte. Ich habe sie mir doch nicht ausgesucht. Sie war einfach da. Hörst du? Sie hat ihren Tod provoziert. Und ich bin krank ... sehr krank!«

Es war die gleiche Stelle, an der ihn die Schuhspitze traf. Fokus quiekte wie ein Schwein, als er hochgezerrt wurde und dem Gast direkt in die Augen sehen musste. Es waren diese fast geflüsterten Worte, die ihm Todesangst einflößten.

»Bevor du einen langsamen Tod erleben wirst, sollst du wissen, dass ich der Bruder dieser unschuldigen Frau bin. Es mag sein, dass wir uns in Kürze in der Hölle erneut begegnen werden. Ich verspreche dir, dass ich dir dort weitere Schmerzen zufügen werde. Dem Teufel wird es gefallen – glaube mir. Ich fürchte mich nicht vor dem Tod. Er ist eine Erlösung. Doch es macht mich rasend, dass ausgerechnet ihr entarteten Bestien eine so erbärmliche Angst davor habt. Ihr mordet, weil es euch Freude bereitet, fürchtet jedoch den eigenen Tod wie der Satan das Weihwasser.«

Als Fokus den Mund öffnete, um etwas zu erwidern, ließ die vorschnellende Stirn seines Gegners die Lippen aufplatzen. Über das Heulen sprach der Besucher hinweg.

»Wenn du glaubst, dass ich dir eine Kugel in deinen verrotteten Schädel jage, hast du dich geirrt. Du sollst spüren, was deine Opfer empfanden, als du ihnen die Gliedmaßen abgetrennt hast. Du hast es verdient, einen besonders langsamen und qualvollen Tod zu erleiden. Du hast jetzt die Gelegenheit, deine Sünden zu beichten. Du kannst dir dessen sicher sein: Gott mag dir vergeben – ich werde das niemals können.«

32

Kai hielt einen Moment inne und wechselte einen Blick mit Leonie, bevor er auf den Klingelknopf drückte. Beide hatten sich durchsetzen können, als sie die Meinung vertraten, dass Gordon doch besser nicht mitgehen sollte, wenn sie nach Fokus sehen wollten. Mit knirschenden Zähnen hatte er schließlich zugestimmt und sich den Verhören der noch einsitzenden Sektenmitglieder gewidmet. Er selbst hatte mehrere davon geführt und darauf geachtet, dass es diesmal keine Emotionen waren, die ihm zum Verhängnis werden könnten.

Schon mehrfach war das Klingeln verhallt, ohne dass sich in der Wohnung etwas rührte. Kais Blick ruhte wieder auf dem Gesicht seiner Kollegin, die das Ohr an die Milchglasscheibe legte, die schwaches Licht aus der Diele durchließ. Nach wenigen Sekunden kniff Leonie ein Auge zu und stieß Kai an.

»Ich habe soeben ein Geräusch gehört. Ich glaube sogar, dass es ein Hilferuf war. Wir müssen da rein. Ich würde behaupten, dass Gefahr im Verzug ist. Worauf warten wir? Hol dein Werkzeug raus, Kai.«

Ungläubig betrachtete Kai die Kollegin, die schon früh gelernt hatte, wie man die strengen gesetzlichen Vorgaben der Zutrittsregeln umgehen konnte. Zögernd kramte er die Picker-Garnitur aus der Tasche des Trenchcoats und hatte Sekunden später die Tür geöffnet. Beide hielten die Waffen in den Händen, als sie geduckt in die Diele schlichen.

»Hier ist die Polizei. Wir wissen, dass Sie da sind, und kommen jetzt herein.«

Als sie keine Antwort erhielten, stimmten sie sich stumm ab, wer in welchem Raum nachsah. Schon wenige Augenblicke später entdeckte Kai seine Kollegin, die in der Diele lehnte und die Hand bei geschlossenen Augen vor den Mund hielt.

»Was ist los, Leonie. Hast du ihn ...?«

Bevor Kai die Frage beendet hatte, sah er, warum sich Leonie sprachlos und entsetzt an der Dielenwand herunterrutschen ließ und auf dem Boden hocken blieb. Ihre Brust hob und senkte sich rasend schnell, ohne dass sie auch nur ein Wort sprach.

Niemand, der nicht im Haus wohnte, durfte es betreten. Mehrere Einsatzfahrzeuge hatten die Parkplätze vor dem Gebäude besetzt und Polizisten hielten die Neugierigen hinter den Absperrungen. Schon seit Stunden waren die Mitarbeiter der Spurensicherung damit beschäftigt, alles Verwertbare zu sammeln. Große Mühe hatte sich der Täter nicht gegeben, unerkannt zu bleiben. Von Anfang an war klar, wer für dieses Massaker verantwortlich zu machen war. Dr. Lieken saß mit Gordon, Kai und Leonie in der engen Küche zusammen und trank von ihrem mitgebrachten Coffee to go. Allen stand das Entsetzen über die Brutalität dieser Tat im Gesicht geschrieben.

»Ich habe ja schon eine Menge Opfer auf dem Tisch gehabt, aber noch nie hatte ich das Gefühl, dass so unglaublich viel Hass bei der Hinrichtung – anders kann man das hier nicht nennen – im Spiel gewesen ist. Würden wir alle hier am Tisch nicht die Hintergründe kennen, zumindest vermuten, dürfte man der Meinung verfallen, dass heute der Satan persönlich in der Wohnung geweilt hat. Wobei ich das eigentlich gar nicht so weit wegschieben möchte, wenn ich daran denke, weswegen Fokus damals angeklagt war. Das Mädchen habe ich höchstpersönlich untersucht.«

Leonie sah wieder einigermaßen hergestellt aus und hakte an dieser Stelle ein.

»Ich höre nur immer ansatzweise was von dieser Bluttat. Was hat Fokus denn mit ihr angestellt?«

Gordon unterbrach seinen Freund, bevor der zu einer Antwort ansetzen konnte.

»Lass mich das erklären, Klaus. Fokus hat der kleinen Sibylle im Stadtpark aufgelauert. Seine Behauptung, dass er alleine daheim war, konnte leider nicht widerlegt werden, nachdem er sein Geständnis zurückgezogen hatte. Egal. Er hat die Kleine in einen Transporter gezerrt und sie mit großer Wahrscheinlichkeit in einer Hütte einer Schrebergartensiedlung mehrfach auf schlimmste Art und Weise vergewaltigt. Um jegliche Spuren zu beseitigen, wurde das Kind in Teile zersägt. Wie Dr. Lieken schon damals konstatierte, lebte Sibylle Heimann zumindest anfangs noch, was man an den Blutungen erkennen konnte. Fokus hat die Einzelteile in Beutel verpackt und in der ganzen Stadt verteilt. Erst Wochen später fanden wir in einem Gebüsch in Essen-Borbeck den Kopf. Kein schöner Anblick.«

Leonie hatte ihre Finger ineinander verschlungen und zeigte offen ihr Entsetzen.

»Zwei Dinge verstehe ich heute auf jeden Fall. Dafür, dass du dieses Biest beim Verhör nicht stärker angegangen bist, zolle ich dir größten Respekt. Man hätte ihn an Ort und Stelle erschlagen sollen. Ich wundere mich über mein jetziges Verhalten selbst: Ich freue mich irgendwie darüber, dass dieses Schwein nach der langen Zeit in Freiheit endlich seine gerechte Strafe bekam. Wenn nicht die Morde an Kallweit und Dr. Kreuzer im Raum ständen, könnte ich mich dazu durchringen, dem Bruder einen Orden zu verleihen. Hört sich komisch an, aber so empfinde ich momentan.«

Niemand im Raum äußerte sich dazu, bis Kai doch einen Einwand brachte.

»Vergessen wir dabei nicht, dass die Möglichkeit besteht, eine Fortsetzung des Rachefeldzuges erleben zu müssen. Da steht Gordon möglicherweise auf dem Arbeitsplan. Wir müssen den Mann unschädlich machen, bevor er eine weitere Dummheit begeht.«

»Du hast ja recht, Kai.« An Gordon gewandt fuhr Leonie fort: »Entschuldige bitte, aber das hatte ich nicht mehr auf dem Plan. Ich bin etwas neben der Spur wegen der Bilder vorhin.«

Alle richteten ihren Blick auf die Tür, in der in diesem Augenblick Kriminalrat Kläver auftauchte.

»Habt ihr die Lagebesprechung aus dem Präsidium nach hier verlegt? Wer klärt mich über die Zusammenhänge der Tat auf? Macht mal Platz auf der Bank!«

Alle Augen richteten sich auf Dr. Lieken, von dem man annahm, dass nur er in der Lage war, die vorgefundene

188

Situation verständlich und kompetent darzustellen. Ergeben zuckte er mit den Schultern und legte los.

»Das Bild, das wir alle vorfanden, dürfte zuerst etwas verworren gewirkt haben. Doch hat sich der Täter bei der Durchführung alle Mühe gegeben, um seine Rache genießen zu können. Ich vermute, dass Fokus einen langen und schmerzvollen Todeskampf erleben durfte.

Wir fanden Spuren in der Küche, wo er wohl von seinem Mörder erwartet wurde. Im Kühlschrank hinterließ der Täter ein Foto, worauf Roland Heimann das Motiv für seine geplante Aktion offenbart hat. Das Bild zeigt definitiv seine ermordete Schwester.«

Lieken trank einen Schluck von seinem Kaffee und fuhr fort. Keiner wunderte sich, als Kläver das Gleiche tat, indem er nach Gordons Becher griff.

»Heimann hat sein Opfer bereits in der Küche an den Händen gefesselt und ihn ins Wohnzimmer geschleift. Spuren dafür sind vorhanden. Auch diverse Blutflecken auf dem Boden. Auf dem Teppich muss Heimann ihm schon Wunden beigebracht haben, was weitere Blutflecken beweisen. Doch das eigentliche Spiel begann erst im Schlafzimmer.«

Selbst Dr. Lieken musste schlucken, bevor er den Rest der Tat schilderte.

»Vermutlich hat Heimann, bevor er sich eingehender mit seinem Opfer beschäftigte, ein Geständnis erhalten. Das finden Sie auf dem Sprachspeicher des Diktiergerätes. Wenn ich das richtig sehe, hat er seinem Opfer den Hodensack mit einem stumpfen Messer abgetrennt und in den Mund gestopft. Das Ganze fixierte er mit einem Klebeband. So verhinderte er gleichzeitig, dass die Schreie ihn verrieten. Den Penis ließ er Fokus aus mir unerfindlichen Gründen, zerquetschte ihn lediglich, was ich mir als sehr schmerzhaft vorstelle. In der Folge ging er mit Fokus ebenso vor, wie es wohl das Opfer mit der kleinen Sibylle tat. Er trennte ihm mit einem Fuchsschwanz stückweise die einzelnen Gliedmaßen ab, wobei er mit den Füßen begann und sich dann langsam hocharbeitete. Heimann hatte Riechsalz dabei. Damit holte er sein Opfer immer wieder aus der Ohnmacht. Heimann scheint ein wahrer Genießer zu sein.«

»Bleiben Sie bitte bei der Sache, Dr. Lieken. Das hört sich ja wirklich scheußlich an. Was glauben Sie, wie lange das Ganze her ist?«

»Meinen Sie jetzt die Tat insgesamt oder seit Heimann verschwunden sein könnte? Die Folter zumindest kann über Stunden gelaufen sein. Da die Totenstarre noch nicht komplett eingetreten war, liegt die Vermutung nahe, dass die Kommissare Felten und Wiesner den Täter nur um Minuten verpasst haben müssten. Keine so tolle Vorstellung, denke ich.«

Kläver reagierte sofort und sprach Gordon an, der diese Reaktion schon erwartet hatte und Kläver gar nicht erst zu Wort kommen ließ.

»Ja, Herr Kläver, die Fahndung ist raus. Heimann muss sich noch in der Nähe, zumindest in der Stadt befinden. Jede Dienststelle und jedes Einsatzfahrzeug besitzt sein Foto. Er kann uns nicht entkommen.«

»Ihr Wort in Gottes Gehörgang. Was, wenn der Mann noch nicht ganz fertig ist? Ich muss zugeben, dass ich mir den Tod von Fokus erst am Ende vorgestellt hätte. Vielleicht auch direkt zu Beginn. Aber damit hätte er uns zu schnell auf die richtige Spur geführt. Was hat dieser Kerl vor? Hört er jetzt auf? Hat er seine Rache ausgekostet und stellt sich uns sogar? Legt er sich womöglich zum Sterben irgendwo nieder? Wenn er sich nicht in den nächsten Stunden meldet, mache ich mir ernsthaft Sorgen.«

»Um mich etwa?«, platzte es aus Gordon heraus.

»Und wenn es so wäre, Herr Hauptkommissar? Keiner meiner Leute ist mir egal. Wir müssen uns gegenseitig vor solchen Menschen schützen. Wo führt das hin, wenn sich jeder auf einen Rachefeldzug begeben darf? Nein, der Mann ist schnellstens dingfest zu machen. Er muss für seine Taten zur Rechenschaft gezogen werden, bevor noch Schlimmeres passiert. Basta. Vorschläge?«

»Abwarten, Herr Kriminalrat«, wagte sich Leonie aus ihrer Deckung und erntete dafür einen missbilligenden Blick von Kläver.

»Und worauf möchte die Dame warten? Muss erst ein weiterer Unschuldiger sterben? Nein, wir müssen jetzt unsere Leute umfassend schützen. Sie, liebe Frau Felten, und Sie, Herr Wiesner, sind mir für die Sicherheit Ihres Chefs ab sofort verantwortlich.«

Leonies Grinsen stand im krassen Gegensatz zum Entsetzen in Gordons Gesicht.

»Das ist doch mal eine glasklare Anordnung, Herr Kriminalrat. Ich werde an seinem Bett Tag und Nacht wachen.«

»Überziehen Sie bitte nicht, Frau Felten. Ihr Kredit bei mir ist bald aufgebraucht. Sie wissen genau, wie ich das meine. Haben Sie gemeinsam ein Auge auf Ihren Vorgesetzten. Was Besseres finde ich momentan nicht im Präsidium.«

Kriminalrat Kläver stand auf und verließ die Runde genauso schnell, wie er sie betreten hatte. Leonies Grinsen hatte sich auf ihrem Gesicht festgefressen, als sie sich wieder an Gordon wandte.

»Hast du das gehört, Chef? Das Beste im Präsidium! Das war ein Kompliment a la Kläver – fein, aber deutlich verpackt. Du könntest ruhig etwas mehr Stolz und Dankbarkeit zeigen.«

»Kannst du endlich mal deine große Klappe halten und dich nützlich machen? Ich überlasse euch jetzt den Tatort und erwarte morgen früh einen aussagefähigen Bericht. Guten Tag noch.«

Selbst Lieken blickte seinem Freund nach, als der den Raum und die Wohnung verließ. Eine Bemerkung konnte er sich nicht verkneifen: »Gordon hat Angst. Dabei geht es nicht um ihn. Er hat Angst, dass seine Familie ohne ihn leben muss, wenn ihm was passieren sollte. Achtet gut auf ihn. Das Spiel beginnt jetzt erst. Ich habe ein komisches Gefühl.«

33

Dino Wohlert streckte seine langen Beine weit unter Gordons Schreibtisch und beobachtete seinen Kollegen, der die Nachricht erst einmal verdauen musste.

»Ich befürchte, dass wir dem Saukerl keine Straftat beweisen können. Kleinig war im Haus, hat auch Tara Henschel dort hingebracht, aber an der versuchten Tötung war er definitiv nicht beteiligt. Im Folterkeller konnte er nicht dingfest gemacht werden. Er zog im Pool seine Bahnen. Ich denke, dass dieser Teufel nur den Aufreißer für die Idioten spielt. Er besorgt das Material und die reichen Bubis haben ihren Spaß damit. Wir können nur versuchen, ihm eine Mittäterschaft nachzuweisen, da er hätte wissen müssen, was mit den Mädchen geplant war. Eine direkte Beteiligung an den Mordtaten ist nicht beweisbar. Nicht eine Speichelspur an den Bissstellen weist seine DNA auf.«

Gordon beruhigte sich allmählich wieder und konstatierte: »Das ist nicht einmal Freiheitsberaubung, da die Frauen mit großer Wahrscheinlichkeit freiwillig mitkamen. Asche, gut-aussehender Kerl, Aussicht auf Sex mit einem reichen Freier – das lässt schon einmal eine junge Frau unvorsichtig werden. Du glaubst gar nicht, wie mich das ärgert. Unsere Beweiskette wird immer dünner. Jeder von uns weiß, was diese Tiere getan haben und was sie mit Tara Henschel vorhatten. Und doch wird es schwierig. Die Anwälte werden uns im Gerichtssaal schlecht aussehen lassen.«

Dino wirkte ebenfalls demotiviert, was die niedergeschriebene Aussage des letzten Opfers Henschel nicht unbedingt änderte. Sie sprach lediglich davon, dass sie von Kleinig im Studio angesprochen und zur Party eingeladen wurde. Ihre Begegnung mit Kleinig hörte auf, als ihr im Pool schwindelig wurde. Als sie auf dem Opfertisch wieder wach wurde, war Kleinig für sie nicht mehr identifizierbar.

»Hör mal Gordon. Hast du die Blut- und Urin-Analyse von Tara Henschel? Ich hoffe, dass wir wenigstens noch die Verabreichung von K.-o.-Tropfen nachweisen können. Ich befürchte, dass die Saukerle ihr nur ein leichtes Betäubungsmittel in einem Getränk verabreicht haben, da man sie ja bei Bewusstsein haben wollte. Wir werden kaum große Mengen an Liquid Ecstasy bei ihr finden. Mit viel Glück können wir den Kleinig deshalb drankriegen. Es würde zumindest den Tatbestand der gefährlichen Körperverletzung erfüllen. Aber da er keinerlei Vorstrafen hat, weißt du ja selber, was das letztendlich an Strafmaß bringen wird.«

»Das Mädel hatte schon einiges an Alkohol vorher intus. Das Labor fand nur noch ganz geringe Spuren von Benzodiazepin. Aber es dürfte schwer nachweisbar sein, dass sie das nicht schon woanders zu sich nahm. Dazu müsste man wissen, ob sie bestimmte Medikamente einnehmen muss. Da sehe ich wenig Potential für eine Anklage. Es ist leider auch nicht mehr nachweisbar, dass Kleinig derjenige war, der die beiden anderen Opfer dort hinschleppte. Keine Zeugen, keine Anklage. Das Schwein ist raus aus der Nummer.«

Das Papier, das Gordon zusammengeknüllt hatte, flog im hohen Bogen am angepeilten Papierkorb vorbei, was ihn noch wütender machte.

»Sag mir mal, Dino, was haben wir jetzt wirklich erreicht? Abgesehen davon, dass wir Tara Henschel vor einem schlimmen Schicksal bewahren konnten, können wir dieser Brut doch gar nicht an den Kragen. Die teuren Anwälte holen die doch schnell wieder aus der Untersuchungshaft. Noch ist das Betrachten eines makellosen Frauenkörpers keine Straftat, zumal wir nachweisen müssten, dass es gegen ihren Willen geschah. Eine Aussage gegen acht. Noch Fragen?«

»Reg dich nicht auf, Gordon. Wir kennen die Probleme in der Rechtsprechung. Aber ich befürchte, dass die Schweine damit nicht aufhören werden. Die werden jetzt nur vorsichtiger und für uns kaum noch greifbar. Wir brauchen einen verlässlichen Zeugen. Und der muss aus deren Reihen kommen.«

Beide Männer erschraken, als Kai die Tür aufstieß und sofort losbrabbelte.

»Wir haben Kleinig gefunden. Der ist zwar mit den anderen Kerlen verhaftet worden, obwohl er nicht im selben Raum war. Heute Morgen mussten wir ihn aber wieder, wie bekannt sein dürfte, auf gerichtlichen Beschluss aus der Untersuchungshaft entlassen. Und jetzt kommt's. Er wurde von einem grauen BMW abgeholt und keiner schöpfte Verdacht. Kleinig wurde vor einer Stunde aus der Ruhr gefischt. Es sieht aus, dass er ... nun ja, wir sollen an eine Selbsttötung glauben. Er liegt schon bei Dr. Lieken. Warum sollte der sich was antun, wenn er an der Tat nicht unmittelbar beteiligt war? Das stinkt gewaltig. Die haben einen Mitwisser beseitigt, wenn ihr mich fragt.«

Gordon war schon bei den ersten Worten aufgesprungen und griff nach seiner Jeansweste. Mit einer knappen Kopfbewegung forderte er Dino Wohlert auf, ihm zu folgen. Ziel war die Rechtsmedizin im Klinikum.

»Wow, das ging aber schnell. Dabei meine ich nicht nur das Ableben dieses hübschen Kerls hier, sondern euch zwei. Kommt durch, Kleinig liegt da drüben.«

Gordon und Dino schlossen sich dem Mann an, der sich momentan über Kunden nicht beschweren konnte. Dr. Lieken hob die Decke und stellte sich auf die andere Seite des Tisches.

»Vor ein paar Stunden sah der smarte Herr aber noch wesentlich frischer aus, Klaus«, konnte sich Gordon nicht verkneifen und wartete auf eine Erklärung zum Tod des Aufreißers.

»Man wollte uns weismachen, dass er aus freiem Willen in den Baldeneysee gesprungen ist. Das ist nicht der Fall. Hier stand den Tätern eine gewisse Unerfahrenheit im Wege. Man hat den Mann meiner Meinung nach aus einer panischen Reaktion heraus getötet.«

Lieken hob Kleinigs Kopf ein wenig an und zeigte auf eine Schwellung. Ohne ein weiteres Wort drückte er Gordon eine Lupe in die Hand und wies auf einen kleinen Einstich im Bauchnabel. Schweigend überließ er Gordon die Beurteilung dessen, was er bereits wusste.

»Ich denke«, begann Gordon, »dass man ihm eins übergezogen hat, bevor man ihn ins Wasser stieß. Und dieser rote

Punkt weist auf eine Spritze hin. Was hat man ihm gegeben, Klaus?«

»Wenn du jetzt auf Gift tippst, liegst du falsch. Jemand muss gewusst haben, dass Kleinig unter Diabetes mellitus leidet, und hat ihm eine kräftige Dosis Insulin verpasst. Der war aber noch nicht tot, als er die Wasseroberfläche berührte. Die stark aufgeblähten Lungen und das Wasser im Magen- und Darmtrakt sprechen für Ertrinken. Deiner Annahme, dass man ihm vorher eins übergebraten hat, möchte ich teilweise widersprechen. Ich denke, dass Kleinig aufwachte, als man ihn ertränken wollte und man hat ihm dann einen Schlag verpasst.«

Dino fuhr mit dem Finger über mehrere blaue Flecke im Hals-, Schulterbereich. Lieken fiel das auf.

»Ein weiteres Indiz für meine These. Man hat ihn mit Gewalt unter Wasser gedrückt. Kleinig hatte einen längeren Todeskampf. Das war insgesamt sehr dilettantisch und zeugt von Unerfahrenheit. Jetzt müsst ihr nur noch die Stelle am Ufer finden, wo man ihn ins Wasser verbrachte. Möglicherweise und ich denke, nur dann werdet ihr verwertbare Spuren finden können. Der Mann wurde wohl für die Jungs gefährlich, denke ich. Der wusste einfach zu viel, kannte Namen und Orte.«

Als die beiden Ermittler das Institut verlassen hatten und nachdenklich zurück zum Parkhaus gingen, war ihnen die Enttäuschung deutlich anzumerken. Dino war es, der es aussprach.

»Es gibt Tage, an denen ich den ganzen Scheiß hinwerfen möchte. Du hast das Gefühl, dass du gegen Windmühlenflügel kämpfst. Du reißt dir den Arsch auf, um Licht in einen

Fall zu bringen, und schon dreht wieder jemand am Schalter, damit du im Dunkeln stehst. Bilde ich mir das nur ein, oder ist das besonders häufig, wenn es den reichen Säcken ans Leder geht? Sind es nicht die abgewichsten Anwälte, heuert man sich eben einen Killer an, um Zeugen zum Schweigen zu bringen. Es gibt bessere Jobs, Gordon.«

Der Angesprochene blieb stehen und hielt seinen Partner am Arm zurück.

»Dino, hör mir zu. Du bist doch zur Polizei gegangen, um etwas zu bewirken. Oder? Jeder von uns hatte einen bestimmten Grund, dies zu tun. Ich weiß, dass du eine Menge geschafft hast und so manche Dealer von der Straße geholt, sogar geholfen hast. Du schützt Kinder davor, süchtig zu werden. Bist du mit dem Ergebnis zufrieden?«

Dino fragte sich, worauf Gordon hinauswollte und antwortete mit »Im Prinzip schon.«

»Das beantwortet meine Frage zwar nicht wirklich, Dino. Aber wenn du teilweise zufrieden bist, bist du zumindest auf einem guten Weg.«

»Nein, nein, nein«, schrie Dino fast zu laut, sodass vorbeigehende Passanten zu den beiden herübersahen. Ruhig antwortete ihm Gordon, während er ihn weiter Richtung Parkhaus zerrte.

»Dann belüge dich verdammt noch mal nicht selber. Führe zu Ende, was du irgendwann aus guten Gründen begonnen hast. Irgendwas Gutes haben wir hinterlassen, wenn es uns eines Tages erwischt. Und jetzt lass uns darüber nachdenken, wie wir diesen verfluchten Killernachwuchs von der Straße bekommen.«

34

Niemand beachtete den schmalbrüstigen, braungebrannten Mann, der immer wieder mit den Fingerspitzen durch den weißen, ungepflegten Bart fuhr. Schon seit mindestens einer Stunde hielt er sich an einem Kaffee fest, was der Bedienung irgendwann ein Dorn im Auge war. Obwohl an diesem trüben Tag nicht viele Gäste den Weg in das Café gefunden hatten, störte diese traurig wirkende Gestalt, die wie ein Obdachloser wirkte, doch auf eine unerklärliche Art. Immer wieder warf der Mann einen Blick in die neben sich liegende Zeitung und schüttelte den Kopf. Hin und wieder gönnte er Enisa, was in der Türkei *die Einzigartige* bedeutete, ein mildes Lächeln. Solange der Chef keine Einwände hatte, würde sie den Mann dort nicht weiter ansprechen und ihn dulden.

Roland Heimann rechnete jeden Moment damit, von irgendjemandem auf der Straße oder einem Nebentisch erkannt zu werden. Sein Bart hatte ihn zwar gegenüber dem Foto in der Zeitung stark verändert, doch konnte er sich in keinem Moment wirklich sicher sein. Immer wieder tauchte Sibylles Gesicht vor seinen Augen auf, die ihn bittend ansah. Nie war er sich sicher, was sie ihm wirklich sagen wollte. Eines wusste er allerdings – es würde nicht mehr lange dauern, bis er bei ihr war. Das spürte er tief in seinem Inneren. Die Blutflecken in seinem Taschentuch vermehrten sich zusehends und zeigten überdeutlich, was der Krebs in seiner Lunge bereits angerichtet hatte. Seine Medikamente neigten sich dem Ende zu und er war sich nicht sicher, ob man nicht schon längst von seiner Krankheit wusste. Immerhin suchte man ja gezielt nach ihm.

Bitte, lieber Gott, gib mir die Zeit, dass ich den letzten Schuldigen bestrafen kann. Ich will nicht vor dir und Sibylle auftauchen und eingestehen müssen, dass ich meine Mission nicht erfüllen konnte. Nur noch diese zwei Tage, oh Herr.

Heimann spürte deutlich die Blicke der Bedienung, die wie gebannt auf seine Lippen starrte, die sich während der Bitte an Gott bewegt hatten. Er wurde das Gefühl nicht los, dass diese junge Muslima tief in seine Gedanken eingedrungen war. Ihre Augen zeigten etwas wie Mitgefühl. Er versteifte sich, als sie auf ihn zukam und auf seine Tasse zeigte.

»Darf ich Ihnen noch einen Kaffee bringen? Er geht aufs Haus. Sie scheinen Sorgen zu haben. Das tut mir leid und ich wünsche Ihnen, dass alles für Sie besser wird.«

Die Tränen der Rührung waren da, bevor Heimann sie zurückhalten konnte. Seine Hand zitterte, als er die Untertasse anhob und der freundlichen Bedienung reichte. Er schaffte es nicht, dem stummen Kopfnicken ein Ja folgen zu lassen. Nur seine Augen sprachen ein Danke deutlich aus. Enisa verstand das und verschwand hinter der Kaffeemaschine. Als sie wieder am Tisch erschien, stellte sie einen Teller mit zwei belegten Brötchenhälften neben den Kaffee und blickte zur Theke, um sich zu vergewissern, dass sie aus der Küche nicht beobachtet worden war.

»Essen Sie. Ich denke, dass Sie schon längere Zeit nichts mehr zu sich genommen haben. Der Herr behüte Sie.«

Als befürchtete sie, dass ihr Geschenk verweigert würde, verschwand sie schnell wieder und sortierte etwas in der Vitrine. Heimanns Zittern verstärkte sich, als er versuchte, nach den Köstlichkeiten zu greifen. Kurz bevor er den Mund erreichte, senkte er noch mal den Arm und wischte sich die Tränen aus dem Gesicht. Den Hustenanfall konnte er nicht verhindern. Er konnte vom Tisch aus das Entsetzen in Enisas Gesicht nicht erkennen, der das austretende Blut nicht entgangen war, das der Gast mit dem Taschentuch aufzuhalten versuchte. Verzweifelt griff sie sich mehrere Servietten und eilte zum Tisch.

»Hier, bitte, mein Herr.« Enisa griff nach der freien Hand des Mannes und drückte ihm die Tücher hinein. »Geht es Ihnen schlecht? Soll ich einen Arzt rufen? Das sieht nicht gut aus. Oh, es tut mir so leid. Ich rufe besser einen Rettungswagen.«

Bevor sie nach ihrem Telefon greifen konnte, umfasste sie die Hand des Gastes. Sie konnte nur schwer die fast geflüsterten Worte verstehen.

»Bitte nicht anrufen. Ich kenne das. Es wird schon wieder. Ich möchte Sie nur um eines bitten. Sind Sie so nett und packen mir das Essen in eine Tüte? Ich werde mich hinlegen und das später essen. Sie sind ... Sie sind eine gute Seele und der Herr wird Sie segnen. Tun Sie das für mich?«

Oft hatte Enisa sich später an diese Begegnung erinnert, besonders, als sie sich die Berichte in den Zeitungen Tage danach ansah. Doch in diesem Moment dachte sie keinen Augenblick darüber nach, warum sie der Bitte des armen, kranken Mannes nicht folgen sollte. Still, wie er gekommen war, verschwand Roland Heimann aus dem Café, nicht ohne ein großzügiges Trinkgeld unter den Teller geschoben zu haben.

Längst waren Heimann die Fahrzeuge aufgefallen, die in zeitlich verschiedenen Abständen um das Haus von Hauptkommissar Rabe kreisten. Mittlerweile kannte er sämtliche Nummernschilder und Gesichter der Insassen. Seine Position, nicht einmal achtzig Meter entfernt auf einem kleinen, von Buschwerk umgebenen Hügel, erlaubte es ihm, das Haus zu studieren. Die Feierabendzeiten des Hauptkommissars konnte er nicht festlegen, da sie enorm variierten. Oft saß eine wunderschöne Frau auf der Terrasse, die ihre Entspannung im Lesen von Büchern suchte. Hin und wieder erschien ein etwa fünfzehnjähriger Junge, der jedoch kaum mit ihr kommunizierte. Eine Situation, die Heimann Rätsel aufgab. Er konnte sich sogar dem Gefühl nicht erwehren, dass dieses Kind ab und zu in seine Richtung sah – und das über einen längeren Zeitraum. Dann duckte er sich tiefer zwischen die Zweige.

Nachdenklich biss er in eines der Brötchen, an deren Vorhandensein ihn der knurrende Magen erinnerte. Gerne dachte er an die freundlich dreinblickenden Augen dieses Mädchens. Sie mochte vielleicht zwei bis drei Jahre älter gewesen sein als Sibylle. Doch sie besaß die gleiche Güte in dem Blick. Die Gedanken an sie trieben ihm wieder das Wasser in die Augen.

Hättest du verdammter Scheißkerl damals nicht diesen verhängnisvollen Fehler beim Verhör gemacht, wäre dieses

Schwein nicht so viele Jahre davongekommen. Er hätte in einer Zelle schmoren müssen. Für diesen Fehler, du Drecksbulle, wirst du teuer bezahlen. Sibylle wird meine Hand lenken. Ihre Rache werde ich an dir vollziehen. Erst dann wird unser aller Friede einkehren und ich kann diese Welt verlassen, die mich eh nie wollte.

Kaum hatte Heimann diese Gedanken zu Ende gebracht, setzte wieder der Regen ein, der ihn schon seit Tagen quälte und ihm eine Erkältung beschert hatte. Fast hätte er die Einfahrt des BMW verpasst, mit dem Gordon Rabe von der Arbeit nach Hause kam. Sofort wallte in Heimann der Zorn auf diesen unfähigen Mann auf. Er würde sich wundern, was er für ihn schon vorbereitet hatte. Der Brief war erst der Anfang.

35

Einen Moment blieb Gordon hinter dem Steuer sitzen, um den kräftigen Schauer abzuwarten, der gerade über ihn hinwegzog und die Umgebung grau in grau erscheinen ließ. Dennoch bemerkte er schemenhaft das Gesicht hinter der Fensterscheibe. Jonas beobachtete ihn, ohne auch nur eine Miene zu verziehen. Gordon kannte das. Er verzichtete darauf, ihm zuzuwinken, da er wusste, dass es keine Reaktion bei dem Jungen hervorrufen würde. Jonas befand sich in seiner Welt, in die er nur selten jemanden blicken ließ. Dennoch war Gordon überzeugt davon, dass ihn dieses Kind liebte und die Gefühle wohl spürte, die er ihm entgegenbrachte. Ein Lächeln sollte dem Jungen zumindest zeigen, dass er ihn am Fenster erkannt hatte. Sein Gesicht verschwand so schnell, wie es dort erschienen war. Dafür öffnete sich die Haustür und Jonas trat an die oberste Treppenstufe, auf der ihn die volle Ladung des peitschenden Regens traf. Regungslos nahm er das hin, bis Gordon die Stufen hochsprang, um ihn wieder ins Trockene zu drängen.

»Das hättest du besser nicht getan, mein Freund. Jetzt bist du ebenfalls pitschnass und Mama wird das überhaupt nicht gefallen. Komm schnell mit, wir ziehen uns was Trockenes an. Vielleicht merkt sie nichts.«

»Lass das, Gordon. Das ist heute nicht das erste Mal, dass er nach draußen gegangen ist. Er stellt sich in den Eingang und starrt rüber zum Hügel, so als würde er dort was suchen. Die anderen Sachen hängen schon auf der Leine. Ich mach das schon. Zieh dich um, damit wir endlich essen können.«

Wortlos folgte Jonas seiner Mutter, die das Bad ansteuerte. Nachdenklich blieb Gordon zurück, öffnete erneut die Haustür. Er versuchte, den Hügel abzusuchen, was ihm jedoch wegen des starken Regens nur eingeschränkt gelang. Er gab schließlich achselzuckend auf. Das Erste, was ihm in der Diele auffiel, war der Brief, der neben der Holzschale lag, die sie einst von der Reise nach Kuba mitgebracht hatten. Der Absender fehlte, was bei Gordon sofort die Alarmglocken schrillen ließ. Denise beobachtete ihn von der Badezimmertür aus.

»Der Brief kam heute mit der Post. Ich habe ihn nicht geöffnet, da er an den Hauptkommissar Rabe gerichtet ist. Könnte ja dienstlich sein. Bin gespannt, was man von dir will.«

Ohne auf den Hinweis von Denise einzugehen, setzte sich Gordon trotz durchnässten Jeansanzug an den Küchentisch und öffnete vorsichtig mit dem Messer den Umschlag. Zufällig befanden sich noch Einmalhandschuhe in seiner Hosentasche, die er immer parat hatte, wenn er ins Institut zu Klaus musste. Die Möglichkeit bestand, dass sich Haftgifte in dem Brief befanden, was jedoch nicht der Fall war. Lediglich ein weißer Zettel kam zum Vorschein, auf dem mit krakeliger Schrift einige Zeilen mit dem Kugelschreiber geschrieben worden waren. Es reichte, um seinen Puls hochzutreiben.

Wenn ich Sie mit Herr Hauptkommissar Rabe anspreche, geschieht das nicht aus Hochachtung vor Ihnen, sondern weil ich gelernt habe, höflich mit meinen Mitmenschen umzugehen. Im Inneren hasse ich Sie wie die Pest. Dessen können Sie sich sicher sein.

Sie wissen längst, wer Ihnen diese Zeilen schreibt, dessen bin ich mir sicher. Warum sonst sollten Sie mich durch die Zeitung suchen lassen? Sie werden mich nicht finden – dafür finde ich Sie, denn Sie sollen Ihrer gerechten Strafe nicht entgehen. Das habe ich Sibylle hoch und heilig versprochen. Sicher werden Sie bemerkt haben, dass der Mörder meiner Schwester sein irdisches Urteil fand und sich nun vor Gott verantworten muss. Die Gesetze dieses beschissenen Landes reichten nicht aus, um diese Bestie zu bestrafen. Ich habe das in die eigene Hand genommen, damit die Welt vor diesen Ausgeburten der Hölle geschützt wird. Dafür müssten Sie mir alle dankbar sein. Aber nein, Sie versuchen, meiner habhaft zu werden, um mich ebenfalls zu bestrafen. Das ist die Logik einer Gesellschaft, in der ich nicht mehr lange leben möchte und auch nicht werde.

Sie tragen die eigentliche Schuld daran, dass diese Bestie ungestraft den Gerichtssaal verlassen durfte. Er hat mir das ungeniert ins Gesicht gesagt und dabei gelacht. Hätten Sie, Herr Rabe, Ihren Job richtig gemacht, wäre uns das alles erspart geblieben. Ich habe Sie mir bis zum Schluss aufgehoben und werde das Gesamtwerk an Ihnen vollenden. Nichts wird Sie vor meiner Rache schützen können. Die Zeit der Vergeltung ist gekommen.

Immer wieder las Gordon die Zeilen und versuchte, sich ein Bild von diesem Menschen zu machen, der von Zwängen beseelt einen falschen Weg beschritten hatte. Die angestaute Gier, sich an all denen rächen zu müssen, die in den Fall verwickelt waren, ließ ihn den Blick dafür trüben, wo sich Freund und Feind befanden. Möglicherweise trug auch seine vermutete Erkrankung eine Teilschuld. Dennoch hieß es für Gordon, diese unverhohlene Drohung bitterernst zu nehmen. Er fuhr zusammen, als er die Stimme von Denise direkt hinter sich vernahm. Sie hatte still mitgelesen und versuchte nun durch Auflegen der Hand auf Gordons Schulter einen Halt zu finden. Er bemerkte schnell das Zittern ihres Körpers und zog sie neben sich auf die Küchenbank. Ihre Frage war für ihn kaum zu verstehen, so sehr lähmte sie die Angst.

»Wann hört das endlich auf?«

»Wir wissen, wer dahinter steckt, Schatz. Es kann sich nur um Stunden handeln, bis wir ihn haben. Hast du die Zeitung von gestern nicht gelesen? Sein Bild ist jedem bekannt.«

»Das hast du auch bei Pablo Martinez gesagt und was ist geschehen?«, erwiderte Denise jetzt schon etwas selbstbewusster. »Du wirst niemals wieder in Ruhe schlafen können. Wir alle werden das nicht können, denn diese Tiere machen keinen Unterschied zwischen dir und deiner Familie. Ist das wegen dieser Geschichte mit dem Mädchen, das vergewaltigt und getötet wurde? Du hast mir doch erzählt, dass der Mörder vor Tagen bestraft wurde. Warum will er dich jetzt ebenfalls bestrafen? Hilf mir, das zu verstehen, Gordon.«

»Ich muss gestehen, dass ich mich dabei selbst schwertue. Ja, ich habe damals einen Fehler gemacht, als ich Fokus zu hart angefasst habe. Aber dieser Roland Heimann hat sich in die Vorstellung verrannt, dass vor allem ich damit verhindert habe, dass der Tod seiner Schwester gerächt werden konnte. Ich würde gerne mit ihm darüber reden, glaube mir. Aber er ist wie ein Phantom von der Bildfläche verschwunden. Ich glaube nicht einmal, dass er ein böser Mensch ist. Lediglich sein Geist ist verwirrt. Ich sage dir etwas, was in der Öffentlichkeit nicht bekannt ist. Er ist todkrank. Wir vermuten, dass er es als seine letzte Aufgabe vor dem Tod ansieht, diese sinnfreie Racheorgie zu einem Ende zu führen. Möglicherweise stehe ich als Letzter auf seiner Liste.«

»Aber du kannst doch nicht darauf warten, bis er dich abknallt.«

»Das wird nicht geschehen. Wenn er mich so hätte töten wollen, hätte er es bereits tun können. Vor einer Kugel kann sich niemand auf dieser Welt schützen. Nein, er will es auf seine Weise erledigen. Ich soll genauso leiden, wie es die anderen vor mir mussten. Und darin liegt meine Chance.«

Denise stieß ihn fast von sich, als er die letzten Worte ausgesprochen hatte.

»Bist du jetzt völlig verrückt, Gordon? Wo liegt da eine Chance? Ich würde einen schnellen Tod vorziehen. Ich würde es nicht überstehen, wenn dir etwas passiert. Stell dich ihm doch! Zeig dich und genieße deine Qualen. Du kannst es wohl nicht abwarten, bis man dich endlich in die Hölle geschickt hat. Was ist aus dir geworden? Ich kannte dich als lebensbejahenden, positiv denkenden Menschen. Seit das damals mit dem Kind passierte, bist du nicht mehr der Mann, den ich wegen seiner Frohnatur liebte. Der Beruf hat dich verändert.«

Sie waren wieder einmal an dem Punkt angekommen, der sich wie eine gewaltige Wand zwischen sie schob. Immer wenn er glaubte, dass sie überwunden schien, tauchte sie wieder wie ein Bollwerk vor ihnen auf. Das Schicksal hatte sich gegen ihre Liebe verschworen. Gerade als er nach Worten suchte, um Denise für den Augenblick zu beruhigen, sah er den Schatten, der durch die Diele huschte. Jonas – es war Jonas, der sich in der Diele Richtung Haustür bewegte. Gordon sprang auf und folgte ihm. Bewegungslos hatte Jonas den Kopf durch einen Spalt der Haustür geschoben und schien etwas zu beobachten. Fast lautlos schlich Gordon zu ihm und blickte in die gleiche Richtung wie er. Immer wieder suchte er den Hügel nach einer Bewegung ab, fand aber nichts.

»Ist er dort, Jonas? Spürst du jemanden dort oben? Sage mir bitte, was du siehst, mein Sohn.«

Fast verzweifelt versuchte Gordon, von Jonas auch nur den kleinsten Hinweis zu erhalten. Nichts. Als hätte er die Frage nicht gehört, drehte er sich ab und verschwand wieder in seinem Zimmer. Kurz darauf drangen die Stimmen von Manga-Figuren aus dem Fernseher. Als Gordon die Tür schloss, schritt Denise die letzten Stufen der Treppe empor, um sich in ihrem Zimmer auf das Bett zu werfen. Gordon zögerte, ob er ihr folgen sollte, entschied sich jedoch dagegen. Er warf sich einen Parka um die Schultern und verließ das Haus. Sein Ziel war der Hügel.

36

»Er muss ganz in der Nähe sein, Kai. Schick bitte einen Wagen hier hoch. Ich kann erkennen, dass sich vor wenigen Augenblicken noch jemand zwischen den Büschen rumgetrieben haben muss. Die Spuren sind eindeutig. Er beobachtet das Haus. Verdammt, der kann sich doch nicht unsichtbar machen. Man soll die ganze Umgebung absuchen, sperrt von mir aus die Zufahrtsstraßen, aber findet ihn, bevor er meine Familie bedroht.«

»Das glaube ich nicht, Gordon. Er will nur dich. Er hat die anderen Familien doch auch nicht angegriffen, warum sollte er es bei deiner tun? Du musst dich unter Menschen begeben, damit er keine Chance für eine Entführung erhält. Bring dich in Sicherheit.«

»Einen Scheiß werde ich, Kai. Willst du mich in Schutzhaft nehmen? Soll er doch kommen. Dann bringen wir es zu Ende. So kann es nicht weitergehen. Das muss zwischen uns geklärt werden.«

Gordon unterbrach die Verbindung und blickte sich um, suchte jeden einzelnen Strauch ab. Erst jetzt bemerkte er, als er danach tastete, dass er die Waffe nicht bei sich trug. Sie lag wohlbehalten im Safe im Büro. Das stachelte seine Wut nur noch mehr an. Er trat nach einer großen Distel und drehte sich mehrfach um die eigene Achse. Seine Stimme hallte über die Büsche.

»Was willst du? Hier bin ich. Ich habe nicht einmal eine Waffe. Wenn du mich töten willst, ist die Gelegenheit günstig. Aber zeige dich endlich, damit wir es hinter uns bringen können. Ich habe deine Schwester nicht getötet, Mann. Ich wollte dir nur helfen. Es wird dir nicht besser gehen, wenn ich tot bin. Aber versuche es nur. Komm her. Sei ein Mann.«

Der Regen dämpfte sein Geschrei. Wie von Sinnen drehte er sich weiter im Kreis und hielt die Hände zu Fäuste geballt vor die Brust. Immer wieder glaubte er, Bewegungen und Schatten zwischen Büschen erkennen zu können. Die Dunkelheit zog allmählich über das Land und ließ nur noch die Sicht über wenige Meter zu. Selbst sein Haus konnte er nicht mehr erkennen, sodass er sich entschloss, dorthin zurückzukehren. Den beiden durfte auf keinen Fall etwas geschehen. Er stolperte mehr, als dass er lief, während er den Weg zur Straße suchte. Der Wagen, der von rechts kam, bremste im letzten Moment, bevor Gordon gegen die Haube stieß.

»Langsam, Chef. Du bringst dich ja selbst um.«

Leonies Stimme holte Gordon wieder in die Realität.

»Ich wollte mal nach dem Rechten sehen, nachdem mich Kai anrief und von dem Brief erzählte. Hast du dort oben was gefunden? Ich denke nicht. Darf ich reinkommen und meinem kleinen Freund guten Abend sagen? Ich bleib auch nicht lange. Werde mich den anderen anschließen und die Gegend absuchen. Die Kollegen fahren schon überall Streife. Wir kriegen den Scheißer.«

Gordon hatte schon längst seine Hände entschuldigend gehoben und stützte sich immer noch schwer atmend am Kotflügel des Wagens ab.

»Komm rein, Leonie. Der Kleine wird sich freuen, dich zu sehen. Er liebt dich. Frage mich nicht warum, aber er tut es wirklich.«

»Ich kann ihn gut verstehen Gordon. Ich finde mich ebenfalls außergewöhnlich sympathisch. Bis gleich.«

Gordon kam noch einmal zurück und klärte Leonie auf.

»Wunder dich bitte nicht, wenn Denise dir seltsam vorkommt. Sie hat dieser Brief wieder um Längen zurückgeworfen. Ich dachte schon, dass sie über den Berg ist, aber dieses Schwein hat es geschafft, dass sie wieder in ihr altes Muster zurückgefallen ist. Ich bring ihn schon allein dafür um, wenn ich ihn in die Finger kriege.«

Mit gebeugten Schultern entfernte sich Gordon und ließ eine nachdenkliche Kollegin zurück.

»Du liebst diese Mangafilme, stimmts? Kann ich gut verstehen, denn sie sind so lebendig und oft sogar lehrreich. Störe ich dich gerade?«

Leonie hatte die Tür zu Jonas Zimmer geöffnet, da er auf ihr Klopfen nicht reagierte. Im Schneidersitz hockte er vor dem Fernseher, die Kopfhörer übergestülpt und in eine Kladde schreibend. Auf ihre Bemerkung gab es keine Rückmeldung, obwohl sie laut genug gesprochen hatte. Leonie wurde das Gefühl nicht los, als wäre der Junge nicht überrascht über ihr Auftauchen. Er konnte sie eigentlich nicht erwartet, dennoch ihr Eintreten bemerkt haben. Selbst für sie als multitaskingfähige Frau war es einfach unvorstellbar, dass man Mangas folgte, den verbundenen Lärm im Kopf-hörer ertrug und gleichzeitig die komplizierten Schulauf-gaben erledigte. Ein flüchtiger Blick genügte, um zu erkennen, dass er Aufgaben aus der Algebra löste. Sie setzte sich neben Jonas auf den Boden und verfolgte das Geschehen auf dem Bildschirm, dessen Lautsprecher auf stumm geschaltet waren. Ohne seinen Besuch anzusehen, nahm Jonas einen Stöpsel seiner Kopfhörer aus dem Ohr und reichte ihn Leonie. Sichtlich erstaunt steckte sie den nach kurzem Zögern in ihr Ohr. An den entstehenden Lärm musste sie sich einige Augenblicke gewöhnen. Als Jonas das Schulheft zuschlug und zur Seite legte, wagte Leonie, sich an den Jungen zu wenden.

»Darf ich reden? Ich möchte so gerne wissen, wie du dich fühlst.«

Statt einer Antwort schaltete Jonas einfach den Ton ab und nickte. Sein Blick war auf einen Punkt gerichtet, der an Leonie vorbeiführte. Sie fasste all ihren Mut zusammen und fuhr fort.

»Dein Vater erzählte mir davon, dass es deiner Mutter nicht so gut geht. Er ist glücklich darüber, dass du im Haus bist und dich um sie kümmerst. Ich finde das ebenfalls ganz toll. Sie wird dafür dankbar sein, da sie dich auch mag.«

Leonie überraschte es nicht, dass bei Jonas jegliche Reaktion ausblieb, sein Blick weiterhin den imaginären Punkt an der Wand fixierte.

»Heute war ja ganz schön was los hier im Haus. Man hat einen Brief an deinen Vater geschrieben, der alle hier sehr aufgebracht hat. Dir will ich als fast erwachsenem Jungen nichts vormachen. Es war ein Drohbrief. Jetzt suchen wir den Mann, der ihn geschrieben hat. Und dabei kommst du als wichtiger Zeuge ins Spiel. Du könntest helfen und möglicherweise verhindern, dass dieser Mann deinen Eltern Schaden zufügen kann. Ich hörte davon, dass du ihn beobachtet hast.«

Leonie machte hier eine längere Pause, da sie meinte, dass es in dem Jungen arbeitete. Seine Pupillen flatterten ein wenig. Geduldig wartete sie eine weitere Reaktion ab, die prompt in Jonas-Manier erfolgte.

»Er war auf dem Hügel.«

Leonie fiel ein Stein vom Herzen, als sie einen geschlossenen Satz des Jungen vernehmen durfte. Diese Gelegenheit durfte sie auf keinen Fall ungenutzt verstreichen lassen.

»Wer ist er? Hast du diesen Mann deutlich sehen können? Was hat er getan?«

»Nichts. Saß nur da und guckte.«

»Kannst du ihn beschreiben?«

»Nein. War ein Mann mit Bart.«

»Na, das ist doch schon einmal sehr wichtig. Das hilft uns bei der Suche. Sonst hast du nichts für mich?«

»War dunkel und viel Regen. Kommst du mich morgen wieder besuchen? Ich muss jetzt gucken.«

Leicht irritiert beobachtete Leonie, wie Jonas wieder auf der Fernbedienung den Ton einschaltete und der Handlung auf dem Bildschirm scheinbar interessiert folgte. Mit einem verstehenden Lächeln reichte sie dem Jungen den Ohrstöpsel und erhob sich, nicht ohne ihm über das Haar gestrichen zu haben. Zumindest hatte sie Jonas innerhalb einer erstaunlich ereignisreichen Unterhaltung ein wichtiges Detail entlocken können: Der Täter trug jetzt einen Bart. Gordon war für diesen Hinweis dankbar und gab ihn an alle Einsatzkräfte weiter.

»Soll ich mal nach deiner Frau sehen, Gordon? Manchmal hilft so ein Gespräch von Frau zu Frau. Sie wird jemanden brauchen, mit dem sie sprechen kann.«

»Das ist riesig nett von dir, Leonie. Doch ich kenne Denise. Wenn sie sich in dieser Phase befindet, ist sie für Annäherungsversuche denkbar ungeeignet. Sie braucht eine gewisse Zeit, bevor sie wieder in den Normal-Modus umschaltet. Später, wenn sie wieder in der Realität angekommen ist, kann man mit ihr völlig normal reden. Dann allerdings würde ich gerne auf dein Angebot zurückkommen. Ich glaube, dass sie eine gute Freundin an ihrer Seite vermisst. Du wirst ihr guttun. Da bin ich mir sicher. Trotzdem – Danke.«

37

Trotz aufkeimender Schmerzen im Brustkorb zeigte sich ein Lächeln auf Heimanns Lippen. Er hatte seinen Beobachtungsposten auf dem Hügel früh genug aufgegeben und so das verfrühte Zusammentreffen mit dem verhassten Hauptkommissar vermieden. Das Grinsen verstärkte sich noch, als er beim Abstieg die Wutrede des Mannes vernahm, die ihm signalisierte, dass sein Plan, den Mann nervös zu machen, voll aufging. Er zog die Revers des völlig durchnässten Mantels enger am Hals zusammen, um sich vor dem peitschenden Regen zu schützen. Auf den umliegenden Straßen war der Verkehr angewachsen, was Heimann dem vermehrten Aufkommen an Zivilfahrzeugen der Polizei zuschob. Niemand kümmerte sich um den alten Mann, der sich mit aller Kraft gegen Wind und Regen stemmte, um die Karre mit altem verrosteten Schrott die Straße rauf zu schieben. Das Wasser lief ihm aus den dünnen Haaren und tropfte in seinen ungepflegten Bart. Eine mitleiderregende Figur, wie sie häufig in dieser Gegend anzutreffen war.

Vor Rabes Haus war niemand zu sehen, was zur Belustigung des alten Mannes beitrug, der einen Moment verschnaufte und einen Schluck aus der Thermoskanne nahm. Erst danach bemühte er sich, den Karren wieder vorwärtszubewegen. Den dunkelgrünen BMW in der Einfahrt verdeckte teilweise ein Mini Cooper, was Heimann zeigte, dass noch Besuch im Haus Rabe weilte. Wild gestikulierend verfluchte Heimann einen Autofahrer, der viel zu nahe an seiner Karre vorbeipreschte und ihn mit einem mächtigen Wasserschwall aus einer Pfütze überschüttete. Schließlich verschwand er im Nebel des immer stärker werdenden Regens.

Schon früh stand Gordon unter der Dusche, war dabei bemüht, möglichst geräuschlos zu hantieren. Denise hatte am gestrigen Abend vermieden, Diskussionen mit ihm zu führen. Still hatte sie neben ihm gelegen, wobei er sich sicher war, dass sie nicht schlief. Auch er fand in dieser Nacht nicht in den Schlaf, da ihn die Sorge um seine Familie umtrieb. Es ergab sich auch kein geeigneter Plan, mit dem er dem Irren begegnen oder ihn in eine Falle locken konnte. Diese Hilflosigkeit machte ihn wütend und verhinderte damit klare Gedanken.

Ein Blick zuvor aus dem Fenster ließ seine Laune noch weiter absinken, denn an der Wetterlage hatte sich nichts geändert. Der erste helle Streifen zeigte sich am Horizont, was ihm ins Bewusstsein rief, dass es ungefähr sieben Uhr sein musste. Erstaunt stellte er fest, dass ein trockener Jeansanzug an der Badezimmertür aufgehängt worden war, was auf angenehme Weise deutlich machte, dass Denise noch am Abend vorgesorgt hatte. Ihm musste das völlig entgangen sein, als er oben bei Jonas gesessen hatte, um sich mit ihm eine Dokumentation über die Arktis anzusehen. Er wollte damit ebenfalls eine neuerliche Auseinandersetzung mit Denise vermeiden.

Mit zwei langen Sätzen hatte er den Wagen erreicht und schüttelte sich den Regen aus Haar und Bart. Als er den Scheibenwischer einschaltete, sah er ihn. Der Zettel wischte immer wieder von einer Seite zur anderen, bis Gordon den Motor stoppte und ausstieg. Bevor er die Nachricht unter den Wischergummis hervorzog, vergewisserte er sich durch einen forschenden Blick über die Umgebung, ob er nicht beobachtet wurde. Der niederprasselnde Regen drängte ihn dazu, schnell wieder im Innenraum zu verschwinden. Bewusst langsam faltete er das Blatt auseinander und las die Nachricht Heimanns.

Die Zeit für Sie läuft ab, Rabe. Der Teufel wartet bereits. Sie werden erst mir, dann ihm ins Gesicht sehen. Die Rache ist mein, spricht der Herr.

Wütend knüllte Gordon das klitschnasse Papier zusammen und warf es in den Fußraum. Sekunden später bückte er sich, um es wieder aufzuheben.

Verdammt, warum lasse ich mich derart gehen? Was hat dieser Kerl aus mir gemacht? Ich darf das nicht zulassen und muss wieder zu Verstand kommen.

Als Kai und Leonie gleichzeitig das Büro betraten, spürten sie sofort die Spannung, die darin herrschte. Gordon saß schon hinter seinem Schreibtisch und starrte auf einen verknitterten Zettel, den er immer wieder versuchte glatt zu streichen. Der Teller, auf dem ein Sandwich aus der Tankstelle immer noch unberührt lag, war von Gordon bisher nicht beachtet worden. Beide Ermittler stellten sich hinter Gordon, um zu sehen, was auf dem Zettel stand. Er hinderte sie nicht daran, blieb wortlos sitzen.

»Was willst du jetzt tun?«, versuchte Kai eine Diskussion in Gang zu setzen, erhielt jedoch nur einen warnenden Blick seiner Kollegin, die ihm mit einer Kopfbewegung anzeigte, den Raum jetzt besser zu verlassen. Sie hatten die Tür noch nicht erreicht, als sie die Stimme ihres Chefs einholte. Sie enthielt pure Verzweiflung.

»Ich weiß es nicht. Ich sage es nicht gerne, aber ich weiß es wirklich nicht. Warum tritt er mir nicht gegenüber und stellt sich?«

Leonie trat wieder ein paar Schritte in den Raum und setzte sich vor Gordons Schreibtisch auf einen Stuhl.

»Das nennt man, so glaube ich, psychologische Kriegsführung. Er macht dich weitestgehend kampfunfähig, bevor er dir überhaupt begegnet. Der Kerl weiß, wie sehr du deine Familie schützen möchtest. Ich bin mir immer noch sicher, dass er es ausschließlich auf dich abgesehen hat. Dass er in deine Privatsphäre eindringt, ist ein Teil seines perfiden Plans. Ich fürchte, dass er damit richtigliegt. Du schwächelst, Gordon.«

Für einen Moment zuckte Leonie zusammen, als Gordon den Kopf hob und sie anblitzte.

»Was erzählst du da, Leonie? Lässt du jetzt die Harte raushängen? Du hast keine Familie, um beurteilen zu können, was eine solche Drohung bedeuten könnte. Du musst dir um niemanden Sorgen machen. Gib dir gar nicht erst die Mühe, meinen Standpunkt zu verstehen. Du redest Scheiße.«

Keiner der Streithähne rechnete in diesem Augenblick mit der Reaktion von Kai, der jetzt den gesamten Raum zwischen der Türzarge mit seinem mächtigen Körper ausfüllte.

»Seid ihr zwei jetzt völlig durchgeknallt? Du darfst mich gleich gerne in den Arsch treten, Gordon, aber du tust Leonie unrecht. Es ist richtig, dass sie keine Familie hat und sich somit diesbezüglich auch keine Sorgen machen müsste. Aber du vergisst eines, mein Lieber: Sie hat hier bei uns ihre Familie gefunden und das darfst du niemals unterschätzen. Du hast noch immer nicht gemerkt, dass sie mit dir leidet. Jonas ist für sie wichtig. Genauso ist es mit dir und mit mir. Und wenn sie behauptet, dass du Schwäche zeigst, muss ich ihr recht geben. Ich habe dich noch nie so dünnhäutig erlebt. So ... ich habe fertig!«

Die Luft im Raum vibrierte. Eine fallende Stecknadel hätte einen Mordslärm verursacht. Kai schob trotzig beide Hände in die Hosentaschen und wartete mit hochrotem Kopf die Wirkung seiner Worte ab. Leonies Blick war auf den Boden gerichtet, blieb auch dort, als sie das Scharren von Gordons Stuhl vernahm. Jeden Augenblick erwartete sie das Donnerwetter ihres gemeinsamen Vorgesetzten. Ihre Augen erfassten die braunen Stiefel, über die sich die blauen Enden von Gordons Jeanshose stülpten. Der erste Versuch Gordons, sich verständlich zu machen, verebbte in einem schwachen Räuspern. Dann erreichten Leonie die Worte, die ihr einen Schauer über den Rücken trieben.

»Es ... es war nicht so gemeint, Leo. Ich bin fertig, das weiß ich. Es waren vielleicht diese vielen Toten, diese verfluchten Typen, die ohne Sinn und Verstand töten.« Eine Hand legte sich um Leonies Hals und ließ sie ein Zittern dieses großen Mannes spüren. »Mein Abstieg begann damals mit dem Tod des Mädchens, das durch meine Schuld sterben musste. Meine Waffe hat sie getötet. Ich werde dieses Bild wohl niemals los. Jetzt bedroht jemand mein Kind, das genauso alt ist wie dieses Mädchen. Es wird niemals enden, Leonie. Niemals. Der Tod begleitet mich, bis es mich letztendlich selbst erwischt. So hat es das Schicksal bestimmt. Es tut mir leid, was ich vorhin zu dir gesagt habe.«

Leonie griff rein intuitiv nach der Hand des Mannes, der nach außen immer stark wirkte, sich aber jetzt gegenüber Freunden offenbarte. Sie hielt ihn fest und hoffte, dass ein Teil ihrer Kraft auf ihn übergehen könnte.

»Du musst dich nicht bei mir entschuldigen, Gordon. Ich kann dich gut verstehen. Und ja, Kai hat völlig recht, wenn er behauptet, dass ihr meine Familie seid. Alle hier im Präsidium haben mich nett aufgenommen, obwohl ich in ihren Augen keine richtige Frau sein kann. Ich habe niemals einen Hehl daraus gemacht, dass ich mich nicht für Männer interessiere. Bei euch darf ich sein, was ich wirklich bin, und dafür danke ich euch.« Leonie war mittlerweile aufgestanden und hatte zugelassen, dass sich Gordons Arme um sie legten. »Vielleicht ist das sogar der Hauptgrund, warum ich euch alle so ins Herz geschlossen habe. Doch lasst uns diesen Seelenstriptease für den Augenblick vergessen und zur Realität zurückkehren. Was tun wir gegen diesen Schweinehund?«

Kai hatte sich längst wieder genähert und stieß seine Faust nach Männerart gegen die von Gordon, was dem Rauchen einer Friedenspfeife gleichkam. Auch er nahm Gordon gegenüber Platz.

»Können wir dem Heimann nicht eine Falle stellen? Irgendwann wird er dir entgegentreten müssen. Er wartet sicher nur auf eine passende Gelegenheit, bei der er im Glauben ist, dass du ungeschützt bist. Das sollten wir provozieren und ihn dann ans Kreuz nageln.«

Leonie sprach mehr zu sich selbst, als dass sie es als Diskussionsbeitrag sah.

»Irgendwie irritiert es mich, wie das alles abläuft. Der Mann hat damals seine Schwester durch diesen Bastard Fokus verloren. Dass er jetzt zu einem Rachefeldzug ansetzt, liegt vermutlich darin begründet, dass er sich am Ende seines Lebens glaubt. Jahrelang lebte er mit dieser Leere in sich, wanderte sogar nach Vietnam aus. Für mich ist das ein klares Zeichen dafür, dass er eigentlich nie vorhatte, diese schrecklichen Taten zu begehen. Jetzt, wo seine Flamme droht, zu versiegen, sieht er plötzlich einen Sinn darin, Gerechtigkeit zu üben. Ich glaube nicht daran, dass er von Grund auf schlecht ist. Diese Rache entspringt mehr einer Torschlusspanik. Ich denke, dass er ...«

»Jetzt sage bloß nicht«, driftete Kai dazwischen, »dass wir Mitleid mit ihm haben sollen. Denke mal an Kallweit und Kreuzer. Die haben den Tod nicht verdient. Sein Akku läuft auf Reserve und er ist unberechenbar geworden.«

Gordon ging beschwichtigend dazwischen und hob die Hand.

»Ich weiß, was Leonie damit andeuten will. Heimann hat sich in seinen Rachefantasien mittlerweile komplett verrannt. Doch in ihm lebt nicht die Gedankenwelt der notorischen Mörder. Er würde wohl niemals jemanden töten können, von dem er glaubt, dass er am Tod seiner Schwester unschuldig ist. Ich müsste es zumindest versuchen, ihn zu überzeugen.«

»Aber dazu musst du mit ihm zusammenkommen, Gordon. Und genau das ist der wunde Punkt an der Geschichte. Wir können das Risiko nicht eingehen, dass er bei seiner Meinung bleibt. Und wenn ich mich daran erinnere, wie er die drei anderen getötet hat, dreht sich mir der Magen um. Ich darf und will mir nicht vorstellen, was er für dich vorbereitet haben könnte. Nein, da spiele ich nicht mit. In die Falle locken, festsetzen und in die Birne schießen.«

»Kai ...«, ging Leonie dazwischen, »das habe ich gerade nicht gehört. Der Mann hat trotzdem verdient, dass man ihm einen Prozess macht. Wenn er nicht schon vorher ...«, ergänzte Leonie.

Noch lange wurden Pläne geschmiedet und wieder verworfen. Der Anruf veränderte alles.

38

»Darf ich durchstellen, Herr Hauptkommissar? Der Anrufer will ausschließlich mit Ihnen reden. Er spricht sehr undeutlich. Ich meine aber, den Namen Heimeier oder Heimann verstanden zu haben. Kommt auf Leitung zwei.«

»Ja, stellen Sie durch.«

Bevor Gordon die entsprechende Taste drückte, wechselte er einen Blick mit Leonie und Kai, die die Ansage aus der Leitstelle ebenfalls gehört hatten. Die Spannung war unerträglich.

»Hauptkommissar Rabe am Apparat. Mit wem spreche ich?«

Zuallererst musste Gordon den Hörer ein wenig vom Ohr nehmen, da das laute Husten durch die Leitung dröhnte. Die Stimme kam, begleitet von schneller Atmung, nur schwach an. Gordon stellte lauter, damit Kai und Leonie mithören konnten.

»Sie wissen, wer am Telefon ist. Man wird es Ihnen gesagt haben. Doch es ist auch völlig egal, ob Sie mich orten oder nicht. Es ist nicht mehr wichtig. Ich wollte Ihnen die Nachricht persönlich zukommen lassen.«

Gespannt lauschten die drei auf eine Erklärung, die erst nach einem weiteren Hustenanfall kam.

»Gerne hätte ich noch erlebt, dass Sie für Ihr elendes Versagen zur Rechenschaft gezogen werden. Aber das Schicksal hat die Karten neu gemischt und mir den letzten Joker weggenommen. Mir bleiben vermutlich nur noch wenige Stunden, die ich meiner Schwester vorbehalte. Diese wertvolle Zeit damit zu verbringen, um Rache an Ihnen zu verüben, halte ich unter den gegebenen Umständen für unsinnig. Das sind Sie mir nicht wert.«

Eine gewisse Erleichterung war jedem im Raum anzumerken. Gordon hatte das Telefon abgelegt und auf Lautsprecher geschaltet.

»Sie werden es mir sicher nicht glauben und annehmen, dass ich es nicht ernst meine. Aber es tut mir alles sehr leid, Herr Heimann. Ich meine damit nicht nur dieses verabscheuungswürdige Verbrechen an Ihrer Schwester. Es war auch für mich ein Schock, dass meine Entgleisung während des damaligen Verhörs zum Freispruch von Fokus führte. Und zu guter Letzt bedaure ich, dass Sie die Krankheit viel zu früh von uns nimmt. Gerne hätte ich Sie persönlich kennengelernt. Und das nicht nur, um mich bei Ihnen zu entschuldigen. Ich mache keinen Hehl daraus, dass ich Ihre grausamen Morde, denn nichts anderes waren sie, verurteile. Die Motivation zur Selbstjustiz kann ich sogar in gewissen Grenzen verstehen, doch werde ich sie niemals gutheißen. Haben Sie gehört? Niemals. Da hört jede Toleranz auf.«

Wenn Gordon glaubte, jetzt eine Rechtfertigung des Anrufers zu erhalten, sah er sich getäuscht. Die Leitung war plötzlich tot. Enttäuscht, aber auch erleichtert tastete Gordon die Verbindung endgültig aus. Drei Menschen saßen um einen Schreibtisch herum, die ihren Gedanken nachhingen und versuchten, das Gehörte zu analysieren.

»Was war das?«, stellte Leonie die Frage in den Raum. »Oder sollte ich besser fragen: War es das? Hat dieser Mörder in den letzten Momenten seines Lebens zur Menschlichkeit zurückgefunden? Das muss ich erst einmal verdauen.« Sie stand auf und drehte sich beim Hinausgehen noch einmal um. »Wollt ihr auch einen Kaffee? Ich brauch jetzt was Starkes.«

Die Männer nickten und jeder widmete sich wieder seinen Gedanken. Gordons Stirn war in Falten gezogen. Da fand ein Kampf in seinem Inneren statt, dessen Ergebnis völlig offen war. In die Stille hinein, die nur von Leonies Klappern in der Küche gestört wurde, gab Gordon seine Sichtweise preis.

»Kai ... das ist mir alles zu einfach. Verstehst du mich? Der Mann reist um die halbe Welt, um einen Racheplan umzusetzen. Sicher, er wird durch seine Krankheit angetrieben worden sein. Doch alles ist minutiös durchgeplant. Jeder Mord zeugt von großem Hass und der Überzeugung, dass der Täter von der Richtigkeit seiner Taten überzeugt ist. Perfekte Planung zeichnet seine Vorgehensweise aus. Und nun soll sich seine Einstellung vollends geändert haben? Ich habe es schon hundertfach betont: Ich glaube nicht an Wunder oder Zufälle.«

Kai hatte sich nach dem Telefonat entspannt gezeigt und bewies das jetzt in seiner Äußerung.

»Verdammt, Gordon, verbeiß dich doch nicht so in deine Skepsis. Der Sensenmann könnte auch mal was Gutes bewirkt haben. Möglicherweise hat er ein Einsehen – ich meine damit den schwarzen Mann. Er holt sich zuerst

Roland Heimann und spart sich dich für später auf. Keine schlechte Strategie. Vielleicht hat der im Moment keinen Kessel frei, wo er dich abkochen kann.«

Leonie jonglierte drei große Kaffeepötte und sah Kai vorwurfsvoll an. Sie hatte die letzten Sätze von ihm mitbekommen.

»Ich bin verwirrt darüber, welche kindliche Vorstellung du von der Hölle entwickelst. Ist das nur wieder witziges Männergelaber oder siehst du das wirklich so pragmatisch? Ich bin zwar noch nicht so lange in dieser Abteilung wie ihr, bin aber mittlerweile davon überzeugt, dass die Hölle kaum Platzprobleme zu beklagen haben dürfte. Der Satan wird in Anbetracht der Häufigkeit von Verbrechen schon entsprechend vorgesorgt haben. Aber jetzt mal im Ernst, Gordon. Glaubst du wirklich daran, dass da eine Finte geplant wurde, um dich in einer trügerischen Sicherheit zu wiegen?«

»Genau davon möchte ich ihn ja abbringen, Leonie«, bemerkte Kai, »Er sieht hinter jeder Ecke eine Falle.«

»Und genau das, mein lieber Kai, hat mich bisher überleben lassen. Nein, ich habe den Glauben an das Gute in uns noch nicht verloren. Aber ich musste lernen, wie man die Fallen erkennt, die uns gestellt werden. Erst wenn Heimann die Augen für immer geschlossen hat, kann ich mir sicher sein, dass der Spuk vorbei ist«, versuchte Gordon, sich zu rechtfertigen.

»So ganz kann ich mich der Logik von Gordon nicht verschließen«, schob Leonie ein, während sie die ersten Schlucke von ihrem Kaffee nahm. »Wow, der ist gut und stark. Passt auf. Nicht dass ihr von einem Herzkasper dahingerafft werdet.«

Nach einer kurzen Pause teilte Kai neue Gedanken zum Fall mit.

»Vorschlag von mir. Heimann sprach doch gerade davon, dass er die letzten Stunden seiner Schwester opfern möchte. Das kann er doch nur, wenn er sich an ihre letzte Ruhestätte begibt. Richtig? Was haltet ihr davon, wenn wir das kontrollieren? Ich sage ja damit nicht, dass wir ihn sofort einkassieren, sobald er zum Grab geht. Aber wir können ihn unmöglich weggehen lassen, damit er sich wie ein waidwundes Tier zwischen Trümmern zum Sterben niederlegt. Zum einen sind wir mitfühlende Menschen und zum anderen ist er noch immer ein Mörder.«

Leonie zog die Schultern hoch und suchte Gordons Blick.

»Da ist was dran, Gordon. Wir können nicht so tun, als wäre nichts geschehen. Ich weite Kais Argumente sogar auf drittens aus. Er kann, wenn wir ihn festsetzen, seinen letzten Plan, dich zu bestrafen, tatsächlich nicht mehr ausführen. Punkt. Dürfen wir zwei den Friedhof überwachen?«

Gordon wirkte irritiert, als er Leonies Frage vernahm.

»Wieso ihr zwei? Ich bin dabei. Ich will dem Mann in die Augen sehen. Wir sollten damit nicht so lange warten. Er sprach von Stunden, die ihm noch bleiben. Also los.«

Sowohl Leonie als auch Kai blieben auf ihren Stühlen sitzen und sahen ihren Chef streng an.

»Was ist mit euch los? Die Kaffeepause ist beendet. Die Pflicht ruft.«

Kai übernahm es, Gordon seine und Leonies Vorstellung der Vorgehensweise zu präsentieren.

»Ich halte es für wenig erfolgversprechend, wenn gerade du mitgehst. Du hast doch selber Zweifel daran angemeldet, dass hier alles mit rechten Dingen zugeht. Was wäre, wenn uns der Kerl dort auflauert und dich mit einem gezielten Schuss wegbläst? Er hat doch nichts mehr zu verlieren. Nicht ohne Grund wird der vom Besuch bei seiner Schwester erzählt haben. Ist doch auch für ihn klar, dass wir ihn nicht einfach so davonkommen lassen. Also solltest du deinen Arsch in Sicherheit bringen und uns das machen lassen. Du kannst ihm später im Verhörzimmer die Hand schütteln.«

»Genau«, lautete der Kurzkommentar von Leonie.

Müde fiel Gordon wieder zurück in seinen Stuhl und stierte an die Decke. Gespannt warteten Kai und Leonie auf seine Entscheidung.

»Ihr bleibt über Funk ständig mit mir verbunden. Ich will genau wissen, was sich dort tut. Haben wir uns verstanden?«

Mit einem *Yes, Sir* bestätigte Leonie die Anordnung und zog ihren Kollegen vom Stuhl hoch. Die Tür schlug zu und ließ Gordon in einer bedrückenden Stille zurück. Er wusste, dass Kai recht hatte mit seiner möglichen Darstellung der Ereignisse. Er entschied sich dafür, zur Sicherheit nach Hause zu fahren, um einen eventuellen Übergriff auf Jonas und Denise zu unterbinden. Dino unterrichtete er über das gesamte Vorhaben und bat ihn, solange die Koordination im Präsidium für ihn zu übernehmen.

39

Leonie hatte eine Beobachtungsposition gefunden, von der aus sie das Grab von Sibylle Heimann gut einsehen konnten, aber gleichzeitig auch vor den Regengüssen geschützt standen. Die feuchte Kälte zog allmählich durch ihre Kleidung, sodass beide damit begannen, sich durch Übungen aufzuwärmen. Immer wieder hetzten vereinzelte Besucher durch die Grabreihen, stellten einen frischen Blumenstrauß in die Vasen und verschwanden eilig. Der Wind trieb loses Blattwerk über die Wege und fegte sogar über Trauergäste einer Beerdigung hinweg, die sich mit Schirmen versuchten, vor der Nässe zu schützen. Immer wieder schob der Prediger seine schützende Hand über den Zettel, von dem er die tröstenden Worte ablas. Kaum war die Urne abgesenkt, stob der größte Teil der Familienangehörigen und Freunde auseinander, versuchten, sich vor dem Sauwetter in Sicherheit zu bringen.

»Jetzt einen heißen Kaffee«, schwärmte Leonie und erntete dafür einen bösen Blick von Kai.

»Das fällt unter Folterverschärfung, gnädige Frau und kann mit der Bezahlung eines Abendessens geahndet werden. Also bitte mehr Zurückhaltung. So langsam könnte der Scheißer aber kommen. Ich denke, der hat nur noch ein paar Stunden. Zwei davon sind bereits vorbei. Es dürfte eng für ihn werden.«

»Manchmal verfluche ich deinen beißenden Humor. Ein wenig mehr Pietät täte dir sicherlich gut, lieber Kollege. Der Mann geht vielleicht seinen letzten Weg und du machst deine Witze darüber.«

»Tut er das?«, ließ Kai verlauten und provozierte damit einen erstaunten Blick der Kollegin.

»Wie meinst du das? Glaubst du, dass er uns ...?«

»Wäre das so abwegig, Leonie? Sehen wir das doch mal so. Mit seinem Anruf schafft er es, Teile des Ermittlungsteams auf dem Friedhof zu binden. Andere Kollegen lassen die Zügel los, die sie zuvor straff bei der Suche nach Heimann gespannt hatten. Gordon ist erleichtert und wird bestimmt ...«

Leonie durchfuhr dieser schreckliche Gedanke wie ein Blitz und suchte nach dem Telefon. Hastig drückte sie die Schnellwahltaste und wartete. Als sich auf Gordons Handy niemand meldete, versuchte sie es auf dem Diensttelefon am Schreibtisch. Die Stimme von Dino, zu dem die Leitung durchgeschaltet worden war, meldete sich.

»Wo ist Gordon? Warum meldet er sich auf seinem Diensttelefon nicht? Sag doch was, Dino!«

»Ruhig, Brauner, ruhig. Gordon ist zu seiner Familie gefahren. Er meinte, dass er sicherheitshalber dort Posten beziehen sollte, bis ihr den Heimann in Ketten gelegt habt. Was ist nun mit dem? Habt ihr das Scheusal nicht erwischt?«

»Verdammt, verdammt«, schimpfte Leonie los, »der Mistkerl hat uns alle verarscht. Während wir auf dem Friedhof rumhängen, holt er sich Gordon. Schick sofort Einsatzwagen zu ihm nach Hause. Hoffentlich ist es noch nicht zu spät. Wir machen uns auf den Weg. Versucht, Gordons Handy zu orten – er meldet sich nicht.«

Der BMW kam leicht ins Schlingern, als Gordon ihn in der blätterbedeckten Einfahrt etwas zu scharf abbremste. Im Haus brannte kein Licht, was nur bedeuten konnte, dass Denise sich noch einmal zum Schlafen hingelegt hatte oder zum Einkaufen gefahren war. Jonas befand sich in der sicheren Obhut der Schule. Schützend hielt Gordon den Arm über den Kopf, um den peitschenden Regen wenigstens zum Teil abzuhalten. Darin lag begründet, dass er den Mann, der jetzt zwischen Garagenauffahrt und Haus auftauchte, zu spät bemerkte. Erst als sich der Lauf einer Waffe in seine Seite bohrte, wusste Gordon mit Bestimmtheit, dass er einen fatalen Anfängerfehler begangen hatte. Er hob instinktiv die Hände, um dem Angreifer zu signalisierten, dass er sich nicht wehren würde. Er musste sich nicht umdrehen, um zu wissen, wer hinter ihm stand.

»Was wollen Sie noch, Heimann? Hatten Sie mir nicht erzählt, dass Sie zu Ihrer Schwester wollten?«

»Zumindest Ihr Kurzzeitgedächtnis funktioniert, Herr Rabe. Allerdings fehlt Ihnen jegliches Gespür dafür, zwischen Wahrheit und Lüge zu unterscheiden. Ich bin enttäuscht von Ihnen. Andersherum möchte ich ein Eigenlob loswerden, denn mein Plan hat funktioniert. Hoffentlich wird den Leuten am Friedhof nicht kalt, während sie dort auf mich warten.« Seine Hand tauchte neben Gordon auf. »Ihre Waffe bitte, Herr Hauptkommissar. Wir möchten doch schließlich nicht, dass jemand durch eine übereilte Aktion verletzt wird. Her damit, aber langsam und vorsichtig. Sie wissen ja, dass ich nicht mehr der Gesündeste bin und Probleme mit der Koordinierung meiner Gliedmaßen habe.«

Mit den Fingerspitzen übergab Gordon seine Waffe in der Hoffnung, dass sich später eine Gelegenheit ergeben würde, den Gegner zu überraschen. Schließlich besaß er geschulte Reflexe, wobei Heimann mit dem Handicap seiner Krankheit leben musste.

»Was versprechen Sie sich von dem Ganzen? Man wird schnell nach mir suchen, wenn ich mich nicht regelmäßig melde. Man wird uns finden. Lassen Sie es gut sein. Sie haben mit Ihren Verbrechen genug Schaden angerichtet. Das macht Ihre Schwester auch nicht mehr lebendig und der einzig Schuldige hat die gerechte Strafe erhalten.«

»Wo Sie gerade davon sprechen, Rabe. Bitte Ihr Telefon.« Gordon spürte, wie sich der Druck der Waffe in seine Seite verstärkte. Innerlich fluchend fischte er das Gerät aus der Seitentasche und musste mit Schrecken beobachten, wie Heimann es auf den Boden warf und mit dem Absatz zertrat.

»Wir möchten doch schließlich nicht, dass man uns stört. Setzen Sie sich bitte wieder ans Steuer. Ich sage Ihnen, wohin die Reise geht. Bewegung, ich muss zugeben, dass wir nicht unendlich Zeit haben. Wir begeben uns an einen Ort, mit dem mich viel verbindet. Dort habe ich einige Jahre meines Lebens verbracht. Dort soll auch alles enden. Fahren wir also los. Hier draußen ist es mir zu ungemütlich.«

40

Das Ortseingangsschild von Duisburg hatten sie längst passiert, als Heimann seinen Gefangenen in ein verlassenes Gewerbegebiet lotste, das von teilweise zugewachsenen Wegen, verwahrlosten Wiesen und riesigen Hallen besetzt war. Schon des Öfteren hatte Gordon von Lost Places gehört. Nun stand er vor einem solchen und fragte sich, was Heimann mit diesem Besuch bezweckte. Sie hielten unter einem breit auswuchernden Baum. Der Wind peitschte den Regen durch das dünne Haar Heimanns, das immer wieder in Strähnen über sein Gesicht fiel. Ihm schien das nichts auszumachen. Mit einem kräftigen Stoß der Waffe trieb er Gordon zwischen zwei verfallene Hallen und griff plötzlich unvermittelt an Gordons Jacke.

»Gehen Sie eng an die Wand gepresst weiter. Da oben sind Kameras. Man muss ja nicht unbedingt Besuch provozieren. Nach zehn Metern pressen Sie gegen das Tor. Es ist offen. Sie müssen nur kräftig dagegen drücken.«

Gordon beschlich mittlerweile ein ungutes Gefühl, auch weil Heimann eine beängstigende Sicherheit und Selbstbewusstsein ausstrahlte. Der Mann folgte einem festen Plan, der möglicherweise den Tod seines Opfers zur Folge haben sollte. Als sie beide in das Halbdunkel der riesigen Halle eintraten, befiel Gordon so etwas wie Ehrfurcht. Staubige Luft dieses verlassen Zementwerkes hatte nicht nur sämtliche Fenster der Halle mit einer Schicht wie Puderzucker belegt. Jeder Schritt, den sie in die Halle hineinmachten, hinterließ Fußabdrücke. Sie mussten gewaltigen Behältnissen und Maschinen ausweichen, die Zeugnis dafür ablegten, dass hier einmal viele Menschen tätig waren und diesen Staub in ihre Lungen gesaugt hatten. Metalltreppen führten sie in die oberen Etagen, von deren Absätzen aus sie einen beeindruckenden Blick über diesen Produktionsort erhielten.

Immer weiter führte Heimann seinen Gefangenen tiefer in das Labyrinth von Treppen, Laboren, Umkleideräumen und Silos. Mittlerweile hätte Gordon den Rückweg nur schwer gefunden. Ein Fenster, durch dessen Glasbausteine nur noch gedämpft das restliche Tageslicht auf den staubbedeckten Boden drang, zeichnete ein soeben noch erkennbares Quadrat.

»Stopp!«

Der Befehl kam unvermittelt, bevor Gordon eine weitere Treppe emporsteigen wollte.

»Hier sind wir am Ziel, Rabe. Gefällt es Ihnen? Ist doch toll, dieses alte Gebäude. Es ist Geschichte zu spüren, finde ich. Sie werden sich fragen, warum ich Sie gerade hierher gebracht habe. Stimmt's? Das können Sie nicht wissen. Doch ich möchte Sie nicht dumm sterben lassen. Erinnern Sie sich an das Jahr, in dem Sibylle das Leben genommen wurde? Im gleichen Jahr wurde dieses Werk hier geschlossen. Es verlor ebenfalls sein Leben, wurde einfach ausgelöscht. Ich weiß, es ist Zufall. Aber nicht für mich. Das hatte eine tiefe Bedeutung. Ich verlor den Job und das Wichtigste in meinem Leben gleichzeitig.«

»Und daran sollen Kallweit, Kreuzer und ich die Mitschuld tragen?«, wandte Gordon an dieser Stelle ein.

»Das ist typisch für euch Kleingeister. Eins und eins sind nicht immer zwei. Dass durch Ihr Versagen, Herr Rabe, das Schwein in Freiheit kam, ist Fakt und darf nicht ungesühnt bleiben. Aber das ist nicht alles!« Heimann wanderte mit der Waffe herumfuchtelnd durch den Staub der Halle. »Diese Gesetze, die sich nur gegen besonders arme Schweine richten, die Kleinkriminellen, wie ihr sie nennt, erlauben es den Gewaltverbrechern und den Reichen im Lande, dass sie in den meisten Fällen straffrei oder mit Bewährung davonkommen. Ein Anwalt, den sich der Schwache nicht leisten kann, holt diese Schweine aus den Klauen der Justiz. Sie erzeugen quasi solche Subjekte, erlauben ihnen, sich fortzupflanzen.«

»Und Sie, Heimann, glauben, das ändern zu müssen, indem Sie mordend durch die Lande ziehen? Ihnen geht es doch gar nicht um Gerechtigkeit für Ihre Schwester. Sie leben mittlerweile in dem Wahn, dass nur Selbstjustiz Ihr Problem beseitigen kann. Ich möchte Sie mal etwas fragen.«

Lauernd stand Heimann einige Meter vor Gordon und hatte den Kopf schräg gelegt, wartete auf die Frage. Seine Augen zeigten Wut und Erregung.

»Hätten Sie diese Mission auch angetreten, wenn Sie nicht unheilbar erkrankt wären? Könnte der Auslöser für Ihren irren Feldzug eventuell nicht nur der Tod Ihrer bedauernswerten Schwester oder der Freispruch gewesen sein? Viele Jahre konnten Sie mit dem Gedanken an Ungerechtigkeit leben, die Ihrer Schwester zugegebenermaßen zuteil-wurde. Aber was war der wirkliche Auslöser? Sie hatten plötzlich etwas zu verlieren, was Menschen wie Fokus behalten durften. Das hat Sie angetrieben. Vorher haben Sie nicht einen Gedanken daran verschwendet, dass das Leben einmal enden würde. Ihnen kam schlagartig zu Bewusstsein, dass Ihres endete und das Ihrer schlimmsten Feinde nicht. Die durften weiterleben, während Sie der Krebs auffressen würde. Eifersucht trieb Sie an. Und in der Endphase des Daseins wollten Sie Gott spielen. Sie sind nur ein Scharlatan.«

Die Teile, die nicht vom weißen Rauschebart überwuchert worden waren, färbten sich rot. Heimanns Lippen bewegten sich, ohne dass auch nur ein Wort zu vernehmen war. Die Pistole, die immer noch in seiner Hand lag, zeigte direkt auf Gordons Kopf.

»Ja, schießen Sie. Bringen wir es zu Ende. Das ist es doch, was Sie wollen. Laden Sie bei mir Ihre Wut auf all diejenigen ab, die weiterleben dürfen. Sie hassen doch nur Ihr Schicksal und das Ihrer Schwester. Jetzt haben Sie die Gelegenheit, es mir zu zeigen. Mein Tod wird Ihnen Frieden und Genugtuung bringen. Es ist doch scheißegal, dass Sie damit eine Frau zur Witwe und einen 14-jährigen Jungen zur Halbwaise machen. Sie haben eine Befriedigung gefunden, Ihrem Hass auf die Menschen ein Ventil verschafft. Was ist los? Warum schießen Sie nicht endlich? Fehlt dazu doch der Mut?«

Gordon konnte es sich nicht erklären, warum er diesen zu allem entschlossenen Mann zusätzlich bis aufs Blut reizte. Womöglich war es die Hoffnung, dass wütende Menschen eher Fehler machten und er eine Gelegenheit bekam, sich zu befreien. Niemand würde ihn hier suchen. Es gab keine Chance von außen. Noch zwei Schritte und Heimann würde sich in einer Entfernung befinden, in der eine Rettungsaktion möglich würde. Gordon war sprungbereit.

»Ich weiß, was Sie mit Ihrem Gerede bezwecken, Rabe. Doch ich werde Ihnen nicht die Gnade eines schnellen Todes erweisen. Sie sollen leiden, so wie Sibylle es musste. Sehen Sie die Ketten, die dort am Boden liegen? Greifen Sie danach.«

Schon vor einer Weile waren ihm die Ketten aufgefallen, da sie erstaunlich staubfrei im Wind von der Decke schwangen und deren Enden vor ihm auf dem Boden lagen. In seinem Inneren zog sich alles zusammen. Er ahnte, was dieser Mann mit ihm vorhatte. Er beobachtete, wie sich ein breites Grinsen auf Heimanns Gesicht ausbreitete und er die Waffe hob, während er einen weiteren Schritt zurücktrat.

»Sie werden sich jetzt hinsetzen und in aller Ruhe die Ketten um Ihre Fußfesseln legen. Ein Schloss liegt auch da, mit dem Sie das Ganze sichern dürfen.« Mit einer herrischen Bewegung der Waffe versuchte er, den Befehl zu untermauern.

»Und wenn ich es nicht tue? Erschießen Sie mich dann?«

»Sagen wir das mal so. Wenn Sie Schwierigkeiten machen, werde ich Ihnen jeweils eine Kugel in die Kniescheiben jagen. Anschließend werde ich Ihnen persönlich die Ketten befestigen. Glauben Sie mir, das tut richtig weh. Also? Wie gehen wir vor?«

Gordon konnte an dem Funkeln in Heimanns Augen erkennen, wie ernst es dem Mann war, und begann, den

Befehl auszuführen. Keine seiner Bewegungen entging dem prüfenden Blick des Mörders. Als das Schloss einrastete, wusste Gordon, dass er diese Werkhalle niemals wieder lebendig verlassen würde. Schon fast ergeben und mutlos erwartete er sein Schicksal. Seine Gedanken irrten in das Haus, das er niemals wiedersehen würde.

Oh Jonas – so sollte es nicht kommen. Pass gut auf deine Mutter auf. Sie wird dich brauchen, wenn sie das, was nun geschieht, überhaupt jemals verkraften kann.

Heimann steckte die Waffe in den Hosenbund und griff nach einer Kette, die er bereits lange vorher um das Geländer gewickelt hatte. Ein Rasseln, das von der Decke kam, zeigte Gordon, dass er in wenigen Augenblicken durch den Flaschenzug über diesen gewaltigen Schacht gezogen werden würde. Als die Ketten ihn an den Füßen in die Höhe zerrten, verlor er jeden Halt und stieß mit großer Gewalt mit dem Kopf gegen das Geländer. Der Schmerz überschattete sogar den in seinen Füßen. Die Ketten drückten sich unbarmherzig gegen die Knöchel. Das letzte, was er vor einer gnädigen Ohnmacht wahrnahm, war, dass sich Heimann leicht schwankend über die Treppe nach unten bewegte.

41

Kai und Leonie kamen genau in dem Moment am Haus von Gordon an, als Denise die Schultasche von Jonas hineintrug. Der Junge hatte bereits die Diele erreicht, als die beiden Ermittler neben Denise auftauchten. Erstaunt blieb sie stehen und starrte Kai in die Augen. Darin erkannte sie eine unterdrückte Panik, die ihr Angst machte. Wie in Zeitlupe ließ sie den Tornister aus der Hand gleiten, der schließlich auf den Boden schlug. Augenblicklich überfiel sie ein Zittern, das Leonie sofort erkannte. Sie griff ihr unter die Arme und führte Denise vorsichtig ins Haus. Es war erkennbar, dass sie eine Frage formulieren, die aber ihre Lippen nicht verlassen wollte. Kai war es, der sie schließlich an sie richtete.

»Nein, er ist nicht tot, wenn du das befürchtest, Denise. Ist Gordon im Haus? Wir suchen ihn, da sein Telefon ausgeschaltet ist. Du musst dir keine Sorgen machen. Das geschieht schon mal, wenn wir nicht gestört werden möchten. Ist er drin?«

Das Zittern bei Denise verstärkte sich zusehends. Trotzdem konnte man das schwache Kopfschütteln erkennen. Vor der Haustür entstand ein wirres Durcheinander von eintreffenden Polizeifahrzeugen. Längst hatte sich herumgesprochen, dass man den Leiter des Morddezernates suchte und dabei den Mörder des Richters Kallweit als Entführer in Verdacht hatte. Man blickte in zu allem entschlossene Gesichter. Kai und Leonie wechselten einen Blick, der ihre ganze Ratlosigkeit ausdrückte. Da das Handy nicht zu orten war, sanken die Chancen, den Chef zu finden gegen null. Ohne Denise zu fragen, durchsuchte Leonie das gesamte Haus, um einen Hinweis zu finden. Gordon konnte ihnen möglicherweise einen Hinweis hinterlassen haben, den sie unbedingt finden mussten. Niemand wusste, wie viel Zeit ihnen verblieb, wenn er nicht sogar schon tot war.

Jonas´ Zimmer stand einen Spalt offen, durch den Leonie hineinsah. Der Junge stand am Fenster und blickte hinaus in den Regen. Sie konnte gegen das Verlangen nicht an, dieses Kind in den Arm zu nehmen, das vielleicht schon jetzt ohne Vater war. Eine Vorstellung, die ihr einen Schauer über den Rücken trieb. Jonas ließ es sich gefallen, dass ihm jemand über das Haar strich. Ohne jede Regung nahm er diese Liebkosung hin, wobei Leonie im Spiegel der Scheibe ein Flattern in seinen Augen feststellte. Sie wusste zuerst nicht einzuordnen, was sie mit den drei Worten des Jungen anfangen sollte. Dennoch klingelten bei ihr sämtliche Alarmglocken.

»Was hast du gerade gesagt, Jonas? Du hast doch etwas zu mir gesagt.«

»Papa hat Angst.«

»Woher willst du ... was heißt das?«

»Papa hat Angst.«

Als Jonas die Worte wiederholte, trat im gleichen Moment Kai in den Raum und kniete sich neben den Jungen.

»Und das weißt du genau? Dann müssen wir ihm helfen. Leonie und ich ... wir fahren hin und retten ihn. Einverstanden? Es ist nur schwierig, ihn zu finden. Er hat sein Telefon ausgeschaltet. Doch er wird sich bestimmt wieder melden.«

»Ihr müsst anrufen.«

»Ich weiß, was du mir sagen willst, Jonas. Aber das geht nicht, wenn er ausgeschaltet hat. Ich sagte es ja schon«, versuchte Kai, es dem Jungen schonend beizubringen.

Leonie starrte voller Unverständnis auf ihren Kollegen und wieder auf den Jungen, in den Bewegung kam. Er verließ wortlos sein Zimmer und forderte die beiden durch einen Wink auf, ihm zu folgen. Im Wohnzimmer angekommen griff er nach dem Festnetztelefon und schaltete auf die Anruferliste. Endlich fand er, was er gesucht hatte und zeigte Kai das Display. Es dauerte einige Sekunden, bis der begriff, worauf Jonas sie hinweisen wollte.

»Ist das die Nummer, von der ihr angerufen wurdet?«

Als Jonas nickte, schrie Leonie es laut heraus.

»Jawohl, das ist es. Warum haben wir Idioten nicht selbst daran gedacht? Ich lasse sofort die Nummer orten. Der Killer wird doch wohl nicht sein eigenes Gerät zerstört oder ausgeschaltet haben. Vielleicht haben wir Glück. Bitte, bitte lass es so sein, lieber Gott.«

Die Antwort auf die entsprechende Anfrage kam schon Minuten später. Schnell war durch Dreieckspeilung ein ungefährer Punkt ausgemacht, der sich auf der ausgebreiteten Karte auf Duisburger Stadtgebiet befand. Alle starrten auf Jonas, der mit ernster Miene auf eine Markierung wies, die inmitten eines weitläufigen Areals lag. Dino klärte alle Umstehenden auf.

»Da war früher ein bekanntes Zementwerk. Wieso bringt der Dreckskerl Gordon in diese Gegend?«

In die eintretende Stille hinein wiederholte Jonas die Worte: »Papa hat Angst.«

Kai wirkte unentschlossen und wiegte den Kopf. Nur Leonie begriff, was es für sie alle bedeuten konnte.

»Verdammt Leute, ich weiß, dass es verrückt klingt, aber haben wir momentan was Besseres? Der Junge hatte schon einmal recht, als er uns zeigte, wo sich dieser Pablo Martinez versteckt hielt. Auch da hat ihm keiner glauben wollen. Wir können noch stundenlang darüber diskutieren oder sofort losfahren. Was verlieren wir. Höchstens Zeit, die Gordon aber möglicherweise nicht mehr hat. Wer fährt mit?«

»Was machen wir, wenn wir dort sind?«, wollte Dino wissen. »Das ist ein Riesenareal. Um das zu durchsuchen, brauchst du eine Armee. Wenn Jonas schon so viel weiß, dann könnte es sein, dass er uns auch direkt zu Gordon führt. Also fragen wir Denise, ob wir ihn mitnehmen dürfen?«

Schon im Flur fanden sie Denise, die von einer Polizistin gestützt wurde. Wieder war es nur ein Nicken, als Leonie die Frage stellte. Ohne jede weitere Regung stiegen sowohl Denise als auch Jonas in das Auto, das Kai nun über die A42 jagte, verfolgt von einem Konvoi an Einsatzfahrzeugen der Sonderermittler. Jonas saß mit ausdruckslosem Gesicht neben seiner Mutter und betrachtet interessiert die vorbeirasende Landschaft.

»Hier Hauptwachtmeister Schäl. Befinde mich südlich des Geländes auf dem ehemaligen Firmenparkplatz. Wir haben das Fahrzeug des gesuchten Hauptkommissars gefunden und gesichert. Keine weiteren Spuren vorhanden, auch kein Blut. Wir rücken vor, um die Hallen zu durchsuchen. Allerdings sind die Türen vermutlich gesichert. Ende.«

Die Blicke, die Kai und Leonie austauschten, zeigten leichten Triumph, aber auch Sorge, dass sie möglicherweise zu spät kamen. Sie stoppten direkt neben dem BMW, der bei Denise eine sofortige Emotion auslöste, die keinem von ihnen gefiel. Sie weinte hemmungslos und warf sich in Leonies Arme.

»Lass uns im Wagen bleiben, Denise. Die Männer werden nach Gordon suchen und ihn mit Sicherheit finden.« An Kai gewandt schilderte sie ihr weiteres Vorgehen. »Geht ihn suchen. Ich bleibe hier und kümmer mich um die beiden.«

Kaum hatte sie es ausgesprochen, stürzte Jonas aus dem Wagen und lief erstaunlich schnell auf eine Halle im Hintergrund zu. Keiner der anwesenden Polizisten schaffte es, den Jungen davon abzuhalten. Zu schnell geschah es und es blieb den Männern nichts weiter übrig, als dem Burschen zu folgen. Bei der Halle angekommen, ließ eine offenstehende Tür keinen Zweifel daran, wohin Jonas verschwunden sein könnte. Kai kam gleichzeitig mit mindestens zehn Kollegen an und gab stumm Handzeichen, wie man sich in der immens großen Halle verteilen würde. Er folgte mit Dino den frischen Spuren am Boden.

In den Weiten der Halle waren Schritte zu hören, die klar Jonas zuzuordnen waren, da sie sehr schnell waren. Kai mit Dino an der Seite schlich etliche Treppen empor und sie folgten den Geräuschen, die immer deutlicher wurden. Plötzlich verstummten sie und wurden durch ein seltsames Rasseln ersetzt, das auch unvermittelt aufhörte. Den Männern gefror das Blut fast in den Adern, als sie den verzweifelten Schrei eines Kindes hörten. In der Halle erreichte sie der Schall von allen Seiten und ließ sie schier verzweifeln.

»Nein, Papa!«

Endlich entschied sich Dino für eine Treppe, die er mit Kai im Gefolge hinaufstürmte. Noch immer wiederholten sich die zwei Worte und verklangen schließlich. Fast wäre Kai auf den Kollegen aufgelaufen, als dieser abrupt stoppte und auf eine Szene starrte, die keiner der Männer jemals wieder vergessen würde. Jonas hatte es geschafft, die Kette zu finden, an der er seinen Vater wieder in die Höhe ziehen konnte. Nun versuchte er verzweifelt, den hin- und herschwingenden Körper an dem Geländer zu greifen, wozu aber seine Kraft nicht ausreichte. Ständig glitt Gordon wieder zurück in die Mitte des Schachtes. Die beiden Männer stürzten nach vorne und drängten den verzweifelt kämpfenden Jungen zur Seite. Schon beim ersten Versuch bekam Kai die Jeansweste des Chefs zu fassen und hielt fest, wobei er selbst abzustürzen drohte. Erst mit Hilfe von Dino schafften sie es, Kai zu sichern und Gordon auf dem Boden abzulegen.

Kais Finger tasteten nach dessen Hals und richteten den Oberkörper des scheinbar Geretteten etwas auf. Lange kam keine Rückmeldung von ihm, bis er es laut herausschrie.

»Ich spüre was. Da ist Puls. Ruf die Rettung. Ich glaube, wir holen ihn wieder zurück. Ich mach bis dahin Herzmassage. Mensch, Jonas ... du bist ein Held. Du hast deinen Papa gerettet. Du hast ihm wirklich das Leben gerettet. Komm her und halte seinen Kopf. Er wird sich bestimmt darüber freuen. Ich kümmer mich um sein Herz.«

Jonas sah auf seinen Vater herunter, drehte sich jedoch wieder ab und ließ seine Blicke durch die weite Halle gleiten, so als wollte er die Eindrücke für immer in sich aufnehmen. Nur Minuten später kümmerte sich bereits ein Notarzt um Gordon, der mit Atemmaske und vorsorglich verbundenen Füßen zum Rettungswagen transportiert wurde. Seine Augen suchten nach etwas, was Kai sofort verstand. Er lief neben der Trage her und hielt die Hand des Chefs.

»Wieso ... wie konntet ihr ...?«

»Sei still. Du brauchst nicht sprechen. Du kannst dich bei Jonas bedanken. Frage mich nicht, wieso er wusste, dass du hier bist. Das wird für immer sein Geheimnis bleiben. Er spricht nicht darüber. Ich bin mir nicht einmal sicher, ob er weiß, was er heute vollbracht hat. Der Junge interessiert sich derzeit für die Architektur der Hallen.«

Ein Beamter winkte Kai zu sich und flüsterte ihm etwas zu. Der nickte nur verstehend und eilte wieder zu Gordon.

»Und bevor du danach fragst, Gordon. Der Kollege hat mir gerade berichtet, dass man Heimann gefunden hat. Er liegt nicht weit von hier auf dem Firmenhof. Er ist scheinbar aus einem offenen Fenster gestürzt. Möglicherweise hat er sich auch ... ach, was soll's? Er hat es hinter sich und befindet sich in der Hölle. Wichtiger ist, dass du wieder gesund wirst. Denise will dir noch guten Tag sagen. Da kommt sie gerade. Sei lieb zu ihr. Sie braucht dich jetzt mehr als je zuvor.«

42

Die Party war schon in vollem Gange, als Kriminalrat Kläver an der Tür klingelte. Jonas öffnete ihm und zog sich ohne weiteren Gruß wieder auf die Terrasse zurück, wo Leonie bereits die Playstation angeschlossen und das erste Spiel gestartet hatte.

»Ich sehe, dass Sie schon ohne mich angefangen haben. Tut mir leid, aber ich bin noch vom Staatsanwalt aufgehalten worden.«

Gordon führte den Chef zu einer Gruppe von Beamten, die seine erweiterte Soko in den vergangenen Fällen gebildet hatten. Männer und Frauen, auf die er sich blind verlassen konnte.

»Was wollte er denn von Ihnen so Wichtiges? Ich denke, dass Sie jetzt Hunger mitgebracht haben«, lenkte er von der eigentlichen Frage ab.

»Das wird Sie alle ebenfalls interessieren.«

Kläver hatte die Stimme erhoben, die sogar die Musik übertönte, die aus den Lautsprechern schallte. Alle hatten die Gespräche unterbrochen und sahen erwartungsvoll zum Kriminalrat.

»Meine Damen und Herren, es gibt auch noch gute Nachrichten für uns. Die Staatsanwaltschaft hat mir vor wenigen

Augenblicken mitgeteilt, dass es ausreichend Beweismaterial gibt, um sechs von acht Männern aus der Vampirgruppe den Prozess zu machen. Die DNA hat geholfen und es wurden trotz Antrag keine Kautionen festgelegt, da nach Ansicht der Untersuchungsrichterin Fluchtgefahr besteht.«

In das Jubeln hinein schrie er: »Lasst uns das feiern. Die Gerechtigkeit soll siegen.«

Thrillerreihen und Einzeltitel des Autors

ISBN-13 978-3751901352

Teil 1 der Gordon Rabe-Reihe

Als Taschenbuch und Ebook in Online-Shops und im Buchhandel

Inhalt:

Sie gibt sich einem anderen hin!

Die Nachricht am Telefon pflanzt den Stachel der Eifersucht in die Gedanken der Männer, die an die ewige Liebe und Treue glauben. Eine perfide Vorgehensweise eines brutalen Killers setzt eine Gewaltspirale in Gang, die vielen Frauen im Ruhrgebiet den grausamen Tod bringt.

Lange bleibt das Motiv des Mörders im Nebel, während das Team um Hauptkommissar Gordon Rabe versucht, eine erste Spur zu finden. Noch nie begegnete er einem derart brutal und raffiniert agierenden Mörder. Dessen Spur verliert sich immer wieder, ohne dass die Ermittler weitere Morde verhindern können.

Erst eine schreckliche Entdeckung lockt den Serientäter aus seinem Versteck. Die Stunde der Abrechnung scheint gekommen.

ISBN-13 978-3751950923

Teil 2 der Gordon Rabe-Reihe

Als Taschenbuch und Ebook in Online-Shops und im Buchhandel

Inhalt:

Erwacht das Böse in uns, stirbt zuerst die Seele

Die Erkenntnis darüber, dass sie sich im aktuellen Fall mutmaßlich mit einem mordenden Pärchen auseinandersetzen müssen, schockiert das Team um Gordon Rabe.

Grausame Wunden, die alle Opfer aufweisen, zeigen, dass jemand lustvoll tötet und von Hass besessen sein muss.

Wer bisher glaubte, dass nur Männer zu solchen Taten fähig sind, wird sein Weltbild korrigieren müssen.

Ein Fall, der die Essener Soko vor Rätsel stellt, da die Täter perfekt verstehen, ihre Spuren zu verwischen.

Als wäre das nicht ausreichend, muss sich Gordon um einen alten Fall kümmern, der ihn in tödliche Gefahr bringt.

250

ISBN 978-3749410620

Band 1 aus der Reihe Liebig/Momsen

Als Taschenbuch und E-Book in allen Buchhandlungen und Online-Shops.

Inhalt:

»Du bist stärker als deine Angst! Sie spürt es und wird nachgeben.«

Die geflüsterten Worte sollen Sarah beruhigen, ihre Höhenangst endgültig besiegen. Ein Psychopath nutzt die Urängste der Menschen, um sie in den Tod zu treiben.

Sein perfider Plan geht bei den Schutzbedürftigen einer Selbsthilfegruppe auf, die ihre Phobien bekämpfen möchten.

Wird Peter Liebig, Hauptkommissar im Essener Morddezernat, die Pläne des Wahnsinnigen durchkreuzen können?

Der Täter hinterlässt keine Spuren. Erst als der erfahrene Beamte in die Hölle des Killers hinabsteigt, entdeckt er dessen Geheimnis.

Ein Psychoduell beginnt, das zwei völlig verschiedene Welten aufeinanderprallen lässt.

ISBN 978-3738622706

Band 2 aus der Reihe Liebig/Momsen

Als Taschenbuch und E-Book in allen Buchhandlungen und Online-Shops.

Inhalt:

»Die Qualen der Zelle liegen hinter ihr –
Doch die Hölle der Freiheit erwartet sie bereits«

Sieben Jahre teilte Daniela die Zelle mit Psychopathinnen. Totschlag war ihr Verbrechen, für das sie lange sühnte.

Nun steht sie vor dem Tor der JVA und einer Freiheit gegenüber, die keine ist. Unerbittlich begegnet ihr die Familie mit Ablehnung. Als sie in einen Strudel aus Gewalt gezogen wird, sehnt sie sich zurück in den Regelbetrieb des Strafvollzugs.

Ein perverser Serienmörder und ein brutaler Zuhälter reißen sie in den Vorhof zur Hölle.

Ausgerechnet ein Ermittler steht ihr zur Seite, den die Vergangenheit mit den Taten des perfiden Mörders verbindet.

ISBN 978-3749452163

Band 3 aus der Reihe Liebig/Momsen

Als Taschenbuch und E-Book in allen Buchhandlungen und Online-Shops.

Inhalt:

Das Feuer reinigt und lässt nur Asche zurück -
Doch das abgrundtief Böse hat es auch für sich
entdeckt.

Während die tapferen Einsatzkräfte der Feuerwache ihr Leben aufs Spiel setzen, um Menschen vor dem Tod zu bewahren, lebt ein Psychopath seine kranken Leidenschaften aus, folgt dem Trieb, unvorstellbar grausam töten zu müssen.

Immer mehr verdichtet sich der Verdacht, dass dieser Wahnsinnige nicht nur medizinische Grundkenntnisse besitzen muss. Nein - es könnte ein Feuerteufel sein, der sogar aus dem engeren Umfeld der Feuerwehr kommt. Jeder ist plötzlich verdächtig. Ein Psychokampf beginnt und gefährdet Freundschaften. Das Ermittlerduo Liebig und Momsen steht vor dem bisher rätselhaftesten Fall, der sie selbst in tödliche Gefahr bringt.

ISBN 978-3749497850

Band 4 aus der Reihe Liebig/Momsen

Als Taschenbuch und E-Book in allen Buchhandlungen und Online-Shops.

Inhalt:

Das Ziel ist Rache - das Ergebnis ist Selbstzerstörung

Niemand kann zu diesem Zeitpunkt erahnen, welche Opfer ein Rachefeldzug noch fordert, als man die erste schrecklich zugerichtete Leiche findet. Die Frau wurde hingerichtet von einem Täter, der damit eine blutige Spur durch die Strafverfolgungsbehörden ankündigt. Dass er keine Spuren hinterlässt und sein Motiv Rätsel aufgibt, macht es dem bekannten Ermittlerteam um Peter Liebig und Rita Momsen nicht einfacher. Seine Todesliste arbeitet der Killer unerbittlich ab. Das Grauen findet seine Fortsetzung, obwohl sich Puzzlestücke zusammenfügen. Der Tod jedoch hat die sympathischen Kripobeamten längst eingeplant.

ISBN 978-3734726316

Band 5 aus der Reihe Liebig/Momsen

Als Taschenbuch und E-Book in allen Buchhandlungen und Online-Shops.

Inhalt:

Nichts ist vergessen. Die Zeit der Vergeltung ist gekommen.

Die Frauen besitzen alle das gleiche Äußere. Doch das ist nicht das einzig Gemeinsame. Sie sterben alle einen grausamen Tod. Der Serienmörder foltert seine Opfer bestialisch, ohne auch nur die geringste Spur zu hinterlassen. Er macht den ersten Fehler, als einem Opfer die Flucht aus dem schrecklichen Kerker gelingt. Doch die Ermittler Rita Momsen und Peter Liebig erleben eine tiefe Enttäuschung, als sie auf die Hilfe des Opfers und erste Spuren setzen. Der geheimnisvolle Mörder bleibt nicht nur weiter ein Phantom, sondern wird selbst für sie zur tödlichen Bedrohung.

IBN 978-3746067858

Band 1 aus der Serie Spelzer/Hollmann

Als Taschenbuch und E-Book in allen Buchhandlungen und Online-Shops.

Inhalt:

Der Wald rund um die Ruine der Essener Isenburg - eine Oase der Ruhe und des Friedens. Das ändert sich mit dem Fund einer ersten, grausam zugerichteten Leiche.

Kommissar Sven Spelzer, als erfahrener Leiter der Mordkommission, begegnet einem Serienkiller, der präzise seine unvorstellbaren Taten plant. Der Täter preist seine Morde als Kunstwerke.

Wenn bisher ein System sein Wirken steuerte, so ist es die Gier Außenstehender, die eine unfassbare Lawine der Gewalt auslöst.

Gemeinsam mit der Rechtsmedizinerin Karin Hollmann begibt sich Spelzer auf die Suche nach dem Wahnsinnigen. Sie ahnen nicht, welche Hölle die Bestie schon für sie vorbereitet hat.

Kalendermord - der erste Fall für dieses Ermittlerteam, der sie sofort an ihre Grenzen zwingt.

ISBN 978-3746055879

Band 2 aus der Serie Spelzer/Hollmann

Als Taschenbuch und E-Book in allen Buchhandlungen und Online-Shops.

Inhalt:

»Der ist definitiv ertrunken. Die haben ihn noch lebend ins Wasser geworfen, dabei nicht mal seine Hände gefesselt.«

Die Aussage der Rechtsmedizinerin Karin Hollmann ist klar und deutlich. Sven Spelzer, mit dem sie schon den Serienmörder Pehling zur Strecke brachte, weiß von Anfang an, wen er für diesen Zeugenmord zur Verantwortung ziehen muss.

Die Soko wurde gebildet, um den ›SERBEN‹, wie sie den Gewaltverbrecher nennen, nach Jahren der Erfolglosigkeit, endlich zur Strecke bringen zu können. Brutalster Drogen- und Menschenhandel wird ihm zur Last gelegt. Mögliche Belastungszeugen verschwinden meist spurlos. Doch wer ist der unsichtbare Helfer im Hintergrund?

Gibt es einen Maulwurf in den Reihen der Polizei?

Wieder werden die beiden Ermittler in einen Einsatz hineingezogen, der sie, wie schon im ersten Band dieser Reihe, an die Grenzen treibt. Als sie bereits an den sicheren Zugriff glauben, hat der Teufel längst die Falle gebaut.

ISBN 978-3752834215

Band 3 aus der Serie Spelzer/Hollmann

Als Taschenbuch und E-Book in allen Buchhandlungen und Online-Shops.

Inhalt:

»Da unten ist die Hölle«

Die Taucher der Essener Wasserschutzpolizei müssen weit über ihre psychischen Grenzen hinausgehen, als sie das Depot eines Killers in der Tiefe räumen.

Welcher Wahnsinnige versteckt die Toten im Essener Baldeneysee?

Wieder einmal stehen Rechtsmedizinerin Karin Hollmann und ihr Freund, Oberkommissar Sven Spelzer vor Mädchenleichen, die ihnen viele Rätsel aufgeben.

Wie weit geht ein skrupelloser Gangsterboss, um den gewaltsamen Tod seines Bruders zu rächen? Zwei scheinbar unabhängige Fälle bringen die Ermittler selbst in Lebensgefahr. Ein friedliches Naherholungsgebiet entpuppt sich als Spielwiese für einen irren Mörder.

Band 4 aus der Serie Spelzer/Hollmann

Als Taschenbuch und E-Book in allen Buchhandlungen und Online-Shops.

Inhalt:

»In mir hat der Satan ein Zuhause gefunden. Tust du nicht das, was ich von dir verlange, wirst du genau ihn von seiner fantasievollsten Seite kennenlernen.«

Die Drohungen treiben dem korrupten Polizisten kalte Schauer über den Rücken. Während Doktor Karin Hollmann und Oberkommissar Spelzer einen Satanisten verfolgen, der im Ruhrgebiet seine Opfer sucht und findet, versucht der Serienmörder Pehling, an seinem Zufluchtsort neue Gegner abzuwehren.

Aber nur, wenn sich die so unterschiedlichen Weggefährten zusammenschließen, haben sie eine verschwindend geringe Chance. Sie müssen verhindern, dass ein Satansjünger seine Visionen vom Reich des Antichristen verwirklichen kann.

Der Weg dahin fordert einen blutigen Tribut, denn der Gegner scheint nicht von dieser Welt.

259

ISBN 978-3752892178

Band 5 aus der Reihe Spelzer/Hollmann

Als Taschenbuch und E-Book in allen Buchhandlungen und Online-Shops.

Inhalt:

Der Frieden ist nur Schein - hinter ihm lauert der Tod

Eine ganze Region zittert vor ihr, obwohl sie Schutz versprach. Eine schöne Frau regiert nach dem Tod des Don unnachgiebig eine italienische Region. Nur einer durchschaut ihr Intrigenspiel, kennt ihr Geheimnis, das sie angreifbar macht. Geduldig wartet er auf den Tag der Abrechnung.

Ein grausamer Mafiakrieg, in den die Gerichtsmedizinerin Karin Hollmann, Hauptkommissar Spelzer und ein Serienkiller unaufhaltsam hineingezogen werden. Sie versuchen, Unschuldige zu schützen.

Obwohl die Handlungsabläufe in sich abgeschlossen sind, empfiehlt es sich, die Bücher in der Reihenfolge zu lesen.

Der Flug der
Libellen

ISBN 978-3744869997

Als Taschenbuch und E-Book in allen Buchhandlungen und Online-Shops.

Inhalt:

Seit Jahren verschwinden Prostituierte im
Ruhrgebiet. Keine Leichen. Keine Spuren.

Nichts kann den Killer aufhalten. Die erst 10-jährige
Andrea Lesbe und ihr gleichaltriger Freund leiden schon in der Schule
unter Mobbing. Die Mitschüler machen ihnen das Leben zur Hölle. Was
die Kinder zu diesem Zeitpunkt nicht wissen können: Ein Hurenmörder
beginnt gleichzeitig sein perfides Werk. Unaufhaltsam verbindet sich ihr
Schicksal mit dem des irren Killers.

Als Andrea als Erwachsene wieder in ihre Heimatstadt Essen zieht, trifft
sie nicht nur auf den einstigen treuen Freund. Sie begegnet auch einem
geheimnisvollen Fremden, der sie magisch anzieht. Hauptkommissar
Schlicht ermittelt mit seiner Soko seit 16 Jahren erfolglos im Fall eines
vermissten Kindes und der beängstigenden Mordserie. Erst als der Killer
die Abstände seiner grausamen Taten verkürzt, finden sich erste Spuren.

Damit das Geheimnis um den Serienkiller gelüftet werden kann, müssen
die Beteiligten in den Vorhof zur Hölle hinabsteigen. Erst dort begegnen
sie der grausamen Wahrheit.

»Ein Thriller, der die schmale Kluft zwischen Normalität und dem
menschlichen Wahnsinn spannend beschreibt.«

261

ISBN 978-3752856873

Als Taschenbuch und E-Book in allen Buchhandlungen und Online-Shops.

Inhalt:

Als sich die Zellentür für Dirk Rasper nach vielen Jahren vorzeitig öffnet, ahnt Hauptkommissar Klare nicht, welche Welle der Gewalt er damit auslöst. Nach seinen Recherchen saß der Mann über sieben Jahre unschuldig hinter Gittern.

Ein geheimnisvolles Versprechen aus der Vergangenheit band Rasper daran, die ihn möglicherweise entlastende Wahrheit zu verschweigen.

Als der Gefangene aus der Hölle des Strafvollzugs entlassen wird, treibt ihn die Liebe zu seiner kleinen Tochter und der Wunsch nach Rache an. Es mehren sich Zweifel daran, ob die Entscheidung, den Mann zu entlassen, nicht ein weiterer Fehler war.

Das Grauen findet einen neuen Anfang und endet im überraschenden Showdown.

ISBN 978-3741275203

Als Taschenbuch und Ebook in allen Buchhandlungen und Online-Shops.

Inhalt:

Täglich gibt es in Deutschland etwa vierzig Fälle von Kindesmissbrauch. Die Dunkelziffer ist jedoch höher, denn viele Opfer und ihre Angehörigen schweigen, aus Scham, aus Angst. Heilt die Zeit diese Wunden? Kann der Mensch erlittenes Leid vergessen? Tina muss sehr bitter erfahren, was es bedeutet, wenn Gespenster der Vergangenheit lebendig werden. Wohlbehütet aufgewachsen, begegnen ihr plötzlich Grausamkeiten, die sie sich nie hätte vorstellen können. Die Gräueltaten eines Sexualtäters verknüpfen sich unaufhaltsam mit dem Schicksal ihrer Familie.

Ein Thriller, der nicht loslässt. Er nimmt den Leser mit in eine Welt, die direkt neben uns existiert. Eine Welt, mit der viele Menschen selbst Erfahrungen sammeln mussten und es aus unterschiedlichsten Gründen totschweigen.

Der Autor möchte mit seiner Geschichte nachdenklich machen und zu Diskussionen anregen. Gibt es hier nur Schwarz und Weiß, nur Gut und Böse?

Eine Geschichte, frei erfunden, doch grausam nah an der Realität.

ISBN 978-3741226458

Als Taschenbuch und Ebook in Online-Shops und im Buchhandel

Inhalt:

Als Nicole Manfred Kirchner begegnet, glaubt sie, den Richtigen für ein bleibendes Glück gefunden zu haben. Als das Monster die Maske fallen lässt, ist es schon zu spät. Nicole muss einen sehr hohen Preis bezahlen: Sexueller Missbrauch, grausame Misshandlung und kriminelle Machenschaften treiben Nicole fast in den Freitod.

Ihr Weg kreuzt den eines älteren Mannes. Nun erfährt sie, dass es auch Menschen gibt, die Hilfsbereitschaft und Freundschaft über ihre eigene Sehnsucht nach Liebe stellen. Doch Manfred Kirchner ist nicht der Mann, der sein Opfer so schnell aus den Klauen lässt. Das Schicksal treibt ein makabres Spiel und zwingt zwei Menschen an die Grenze des Zumutbaren.

Wird Nicole sich befreien können? Erkennt sie das wahre Glück und greift danach? Kennt das Glück wirklich kein Erbarmen?

Der Autor lässt den Leser wie schon in seinen beiden vorangegangenen Romanen tief in die dunklen Seiten des menschlichen Zusammenlebens eintauchen und bietet viel Stoff für Diskussionen.

**Weitere Bücher des Autors finden Sie unter
https://www.scherf-autor.de**